야미킥

지금, 세계 맛집으로 순간이동

야 미 킥 [yummy kick]

(명사)

1. 정신이 번쩍 들 정도로 놀라운 맛!

❝
당연한 것에 마음을 담는 일,
가장 쉬우면서도 가장 어려운 일이다.
책 속 주인공들이 정성 담긴 요리를 통해 위안을 받는 모습이,
어찌 된 일인지 나에게도 큰 위안이었다.
작은 위로가 필요한 이들에게 이 책을 권한다.

❀ 나카무라 코우지 셰프 ❀

MENU

APPETIZER

지은이 인트로덕션   P.9

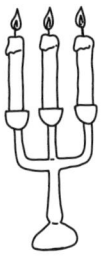

MAIN COURSE

기본에 충실한 마르게리타   P.12

본질을 잃지 않은 스시   P.76

서사가 좋은 푸아그라   P.147

울림이 있는 햄버거   P.220

DESSERT

지은이 피날레   P.299

‡ APPETIZER ‡

저는 군것질거리를 찾아 이곳저곳 떠도는 방랑자이자,
매일 비좁은 주방에서 최상의 요리를 만드는 맛 예찬론자입니다.
누군가를 만나거나 낯선 나라를 여행하는 때에도,
그 일대의 숨은 맛집을 찾아다니길 좋아합니다.

그러던 어느 날 문득, 이런 생각이 떠올랐습니다.

전 세계 맛집으로
순간 이동할 수 있는 치트키가 있다면 얼마나 좋을까?

그럼, 아침에는 일본으로 날아가
장인이 갓 만든 스시를 즐기고,
점심엔 이탈리아로 워프해 화덕에서 구운
정통 피자의 풍미를 만끽하고,
저녁으론 태국으로 점프해 팟타이의 새콤달콤한 맛으로
하루를 마무리할 수 있겠죠.

이 달콤한 상상에서 탄생한 미각 로망물,
상상만 해도 군침 돌지 않나요?

일러두기

1. 이 작품에 등장하는 인물과 사건은 실화에서 많은 영감을 받았으며, 네 개의 에피소드가 우연 혹은 필연적으로 서로 연결되어 있습니다. 그 연결 고리를 숨은그림찾기 하듯 찾아보면, 작품을 더욱 흥미롭게 즐기실 수 있습니다.
2. 눈부심 없이 오랜 시간 편안하게 독서할 수 있도록 연한 미색 용지를 선택했습니다. 자연스러운 감촉과 은은한 윤기, 적당한 가벼움과 부드러운 넘김이 돋보입니다. 또한 형광증백제를 사용하지 않아 위생적이며, 친환경적 요소를 갖추었고, 시간이 지나도 변색이 적습니다.

❀ MAIN COURSE ❀

❀ Main Course I ❀

기본에 충실한 마르게리타

입에 단내 나는 침이 찔끔 고인다. 그 침을 1.5리터짜리 페트병에 카악 뱉는다. 그러기를 어언 이십여 분째. 허연 거품이 낀 침은 거의 페트병 끝까지 차올랐다.

기껏해야 20살 남짓 된 앳된 인상의 청년은 머리가 희끗한 장호철 관장이 건네는 신맛 나는 레몬 껌을 벌써 3개째 입속에 넣고 질겅질겅 씹었다. 대게 신맛이 나면, 침이 질질 흐르기 마련. 그러나 침샘이 다 말라 버렸는지, 이런 제기랄! 한 방울도 나오지 않는다.

"인마, 아침에 뭐 먹었어?"

장 관장이 볼멘소리를 하자,

"아우, 안 먹었다니까요!"

청년은 세상 억울한 표정을 지었다.

"이게 어디서 농을 쳐?"
"아놔 영감님, 진짜 안 먹었어요."
"어제 다 맞춰놨더니 그새를 못 참고!"
"퓨, 말을 맙시다."
"애새끼가 정신 상태가 썩어빠졌어."
장 관장은 마늘처럼 알싸한 독설을 훅훅 던졌다.
"다시 튀어 올라가 봐."
장 관장의 호령에 청년은 비실거리며 체중계 앞으로 다가섰다. 청년은 한 달 만에 몸무게를 10kg 이상 감량했고, 어제는 종일 거의 아무것도 못 먹어 머리가 어찔어찔했다.
"선수증이랑 신분증이요."
심사관이 무미건조하게 말했다. 청년의 선수증, 신분증을 건네받은 심사관은 신분증에 붙은 사진과 청년의 얼굴을 서로 대조했다.
"노형산 씨 올라가세요."
그게 청년의 이름이었다.
"잠시만요."
형산은 심사관의 바로 코앞에서 입고 있던 검은색 드로어즈를 쑥 내렸다. 그러자 심사관은 흠칫 놀라며 몸을 뒤로 젖혔다. 이때 한 발 뒤에 물러나 있던 장 관장이 총총걸음으로 다가와, 대형 스포츠 타월을 펼쳐 형산의 중요 부위와 엉덩이를 둥글게 가렸다. 그 상태에서 형산은 느긋한 표정으로 심사관 앞의 디지털 정밀 체중계 위로 올라섰다.
68.911kg이란 수치가 깜빡였다.

"됐네, 됐어!"

장 관장은 타월을 팔랑이며 기뻐했다. 한데, 심사관은 눈을 치뜨고는 타월 위에 걸친 형산의 손가락을 노려봤다.

"거기 수건에 손 떼요! 손!"

순간 형산은 어깨를 움찔했다.

이런, 타월에 손끝을 살짝 댄 게 들켜버렸다!

이건 계체량 심사에서 체중을 맞추지 못한 선수들이 종종 쓰는 꼼수였다. 손끝만 타월에 살짝 걸치기만 해도 4kg 정도는 우습게 줄일 수 있다.

심사관의 경고에 형산은 하는 수 없이 두 손을 번쩍 들어 올렸다. 그러자 몸무게가 순식간에 70kg을 넘…… 는가 싶더니, 묘하게 다시 찔끔찔끔 내려가 최종 68.987kg을 찍었다.

"이제 된 거 아닌가?"

장 관장이 심드렁하게 말했다. 그러자 이번에는 심사관의 칼날처럼 날카로운 시선이 관장에게로 향했다.

"거기, 선수 뒤로 떨어지세요."

형산이가 만세 자세를 취할 때, 장 관장은 형산의 팔꿈치를 자기 가슴팍에 슬그머니 대었다. 이 수법 역시 체중을 줄이는 빤한 술수 중 하나였다. 장 관장은 귀가 시뻘게져 뒷걸음질 쳤다.

그러자 몸무게는 69킬로그램을 넘어서 최종 69.200kg을 찍었다.

"200그램 오바!"

심사관이 외쳤다. 복싱 웰터급 선수는 한계 체중인 69kg을 넘으면, 시합 자체를 뛸 수 없다.

"거, 좀 봐주십쇼."

장 관장이 사정했지만,

"실격패 드실래요?"

심사관은 고추장처럼 매운 눈빛을 쏘았다. 형산과 장 관장은 동시에 땅이 꺼지라 한숨을 내쉬었다.

"10분 남았습니다."

그때 계체량 종료를 알리는 목소리가 체육관에 쩌렁쩌렁 울렸다. 형산은 눈앞이 캄캄해지고 몸에 수분이 바짝 마르는 기분이었다.

지난 일 년간 오로지 2025년 국가대표 선발전을 바라보며 구슬땀을 흘려왔다. 여태까지 훈련 중에 흘린 땀방울을 전부 모으고 모으면, 여기 있는 체육관을 수영장으로 만들 수 있을지도 모른다. 그만큼 죽기 살기로, 이 대회를 준비해 왔다. 더군다나 오늘은 꼭두새벽에 일어나 서울에서 멀리 떨어진, 충남 청양군까지 내려왔다. 이대로 시합 한번 못 뛰어보고 짐을 쌀 순 없었다.

순간, 간이 테이블에 놓인 사무용 가위가 눈에 번쩍 띄었다. 형산은 그곳으로 성큼 다가가 가위를 집어 들었다. 그러고는 자기 머리를 아무렇게나 자르기 시작했다. 이에 깜짝 놀란 장 관장이 한달음에 쫓아왔다.

"야, 인마…… 뭐해?"

자기 머리를 벌집으로 만드느라 대답할 정신도 없었다.

"뭔 짓거리냐고!"

"아, 보면 몰라요. 뒤에 와서 뒷머리나 쳐줘요."

머리카락을 잘라서라도 200g을 줄이고 싶었다. 그만큼 형산은 절박한 심정이었다.

"5분 남았습니다."

엉겁결에 가위를 건네받은 장 관장은 형산의 뒷머리를 뭉텅 도려냈다. 일자로 쭉 펴진 긴 직모가 체육관 마룻바닥에 대파 묶음처럼 수북이 쌓였다. 까까머리가 된 형산은 다시 한번 알몸으로 체중계에 올라섰다. 그사이 장 관장은 머리카락을 손으로 쓸어 담아 휴지통에 버렸다.

그러자 체중은 놀랍게도 69.050kg까지 떨어졌다.

"50그램 오바!"

그러나 여전히 불합격이었다.

"심판 양반, 요 정도는 인간적으로 봐줍시다."

손바닥에 붙은 머리카락 잔털을 털며 장 관장이 말했다.

"50그램 오바, 못 들었어요?"

여전히 심사관은 얄짤없었다.

"3분 남았습니다."

체중계에서 내려간 형산은 대뜸 양손을 마룻바닥에 짚었다. 그러더니 다리를 길게 뻗어 팔굽혀펴기 자세를 한 뒤, 다리를 가슴 쪽으로 끌어당겨 만세 자세로 위로 점프했다. 이 일련의 동작을 엄청나게 빠른 속도로 반복했다. 이 운동은 최단 시간에 고열량을 태우는, 이른바 '악마의 운동'이라 불리는 '버피 테스트'였다.

삽시간에 형산은 온몸에 올리브유라도 바른 듯 땀으로 번들거렸다.

"이제 일 분이요!"

그 고지가 있고 난 뒤, 거의 10초가량을 남기고 새카맣게 된 발바닥으로 체중계 위에 올랐다. 형산과 장 관장은 일제히 숨을 죽이고 체중계 수치를 눈여겨봤다. 수치는 한계 체중을 넘는가 싶더니, 끝에 정확하게 69.000kg을 찍었다.

"저스트!"

체중계에서 내려오자마자 형산은 체육관 바닥에 대자로 뻗었다. 장 관장은 신속하게 생수 뚜껑을 깠다. 쩍쩍 갈라진 형산의 입술 사이로 물이 폭포수처럼 쏟아졌다.

아, 맹물이 이처럼 달콤했던가?

형산은 눈이 풀어지고 입도 헤, 벌어졌다.

"짜샤, 시합이라도 이겼냐?"

장 관장은 발끝으로 형산의 옆구리를 툭툭 찔렀다. 그래도 좋다며 형산은 헤벌쭉 승리의 미소를 지었다.

약 4시간 뒤, 체력을 빠르게 회복한 형산은 서울시청 소속 김재혁 선수를 꺾고, 다음 날 국군체육부대 소속 이승준 선수까지 연이어 무찔렀다.

※

어느덧 대회 3일째, 대망의 마지막 경기만을 앞둔 시점이었다.

선수 대기실에서 형산은 상·하의가 청색인 복싱복으로 갈아입었다. 상의에 커다란 글씨로 '챔프 복싱'이, 바로 아래엔 노형산이란 이름이 쓰인 선수복이었다. 곁에 있던 장 관장은 마우스피스를 형산의 입에 쑤셔 박았다. 물론, 10온스짜리 글러브 착용도 잊지 않고 도와주었다.

"이제 고지다. 한 놈만 때려눕혀. 딱 한 놈만 더!"

형산은 반쯤 풀어진 눈으로 고개를 까딱했다. 대기실 벽면에 '2024년 국가대표선수 최종 선발대회 대진표'가 붙어 있었다. 잠깐 다가가 확인해 보니, 한국체육대학교 소속 '이도현'이란 선수였다.

"긴장 말고, 몸에 힘 빼고, 흥분하지 말고. 평소 하던 대로……?"

장 관장은 주의 사항을 일러 주다가 일순 말을 멈추었다.

"야이 시끼야, 내가 뭐랬어?"

장 관장은 꿀밤을 한 대 먹였다.

"정신 차리라고 정신!"

"아유, 고막 터지겠네."

"이놈이 마음이 콩밭에 가 있네. 이 중요한 순간에 뭔 잡생각이야?"

장 관장이 몰아세우자, 형산은 잠시 머뭇댔다.

"솔직히 말해요?"

"……."

"……화 안 낼 거죠?"

"뜸 그만 들이고 말해. 요것아."

"배 터지는 상상이요."

"뭐라?"

"지금 제 눈앞에 말이에요. 삼겹살에 소주, 치킨에 콜라, 피자와 맥주가 뱅글뱅글 돌고 있거든요. 인제 시합이고 뭐고 다 때려치우고 맛집 사냥 가고 싶다구요."

너무 뜻밖의 대답에 장 관장은 실소했다.

"야, 딱 한 놈만 때려눕혀. 배 찢어지게 해주마."

"쏘시는 겁니까?"

"에라이, 기분이다."

"영감님, 약속했어요. 내빼기 없습니다."

먹을 것 앞에서 눈을 반짝이는 형산을 보고 장 관장은 아빠 미소를 지었다.

과거 혹독하게 선수 생활을 했던 장 관장은 지금 선수의 심정을 누구보다 잘 이해하고 있었다. 어찌 보면 상대와 대결하는 것보다 더 힘들고 고통스러운 게 바로 체중 감량이었다. 특히 복싱은 여타 투기 종목과 달리 매 시합, 당일 아침에 몸무게를 재야 하므로 계체량 자체가 극한의 지옥 훈련이나 다름없었다.

시합 전날만 해도 한계 체중을 맞추기 위해 밥 한 숟갈 떠먹고 체중계에 오르내리는 짓을 반복해야 했다. 심지어 물을 많이 마셔서 체중이 오버될까 봐 얼음 하나를 머금고 천천히 녹여 먹을 정도였다. 이미 형산은 6주 전부터 끼니마다 맛대가리 없는 현미와 닭가슴살, 고구마만 줄기차게 먹어왔다. 그러니 그만큼 기름지고 달콤 짭짤한 음식들이 당길 수밖에 없었다.

오로지 배고픔을 떨쳐내려고 형산은 스텝을 밟았다. 그리고 허공에 섀도복싱을 하며 '삼겹살, 치킨, 피자, 콜라, 자장면' 따위를 되뇌었다.

"가자."

드디어 출전의 시간이다. 장 관장이 대기실 문을 열어젖히자, 형산은 링 B 무대를 향해 거침없이 나아갔다.

공이 땡하고 울리는 순간, 형산은 1라운드 초반부터 상대의 묵직한 펀치를 맞고 비틀거렸다. 상대 선수, 도현은 반 박자 빠른 발놀

림과 날카롭고 묵직한 펀치로 형산을 코너로 몰아붙였다. 형산은 빗발치는 주먹세례에 가드를 올려 공격을 막아내기에 바빴다. 겨우 몇 번 주먹을 뻗어봤지만, 상대는 가볍게 피하거나 주먹을 흘려내며, 속이 빈 주먹을 내지르는 기분만 들게 했다.

실력 차이는 가히 압도적이었다. 형산은 술에 취한 사람처럼 비틀거리다 앞으로 한 번, 뒤로 한 번 다운되었다. 아직 1라운드가 채 끝나지 않았는데, 전쟁터에서 피격을 당한 군인처럼 형산의 얼굴과 몸은 피투성이가 되어 있었다. 결국 주심은 도현과 형산 사이에 끼어들어 두 팔을 크게 휘저으며 레프리 스톱을 선언했다.

주심은 권투 글러브를 벗은 두 선수를 링 중앙으로 불러세웠다. 고개를 떨군 형산은 흐르는 눈물을 감추려고 대형 스포츠 타월을 머리에 푹 뒤집어쓰고 어깨를 들썩였다. 홍코너 도현의 손이 번쩍 올라갔다. 도현은 형산을 하찮고 한심하게 흘겨보며 고개를 저었다.

"실력 꼬락서니 하고는……."

그 순간 형산의 눈 흰자위가 번뜩였다. 도현이 코너로 돌아서려는 찰나, 형산은 캡사이신만큼이나 강렬한 맨주먹을 그의 뒤통수에 냅다 꽂았다. 깜짝 놀란 주심이 형산을 막으려 하다가 셋의 몸이 서로 뒤엉키며 넘어갔다. 그 와중에 형산은 도현의 어깨를 이빨로 콱 물었고, 그 모습은 마치 마이크 타이슨이 홀리필드의 귀를 깨물었던 핵 이빨 사건을 떠올리게 했다. 도현은 경기장이 떠나갈 듯한 비명을 질렀다.

뒤늦게 달려온 장 관장이 뒤에서 형산을 끌어당겼고, 상대 세컨드는 도현을 급히 코너로 피신시켰다. 링 아래에 있던 주심과 부심

들은 길바닥 싸움판이 되어버린 경기장을 보며 아연실색했다.

"네가 선수야? 깡패야?"
장 관장은 선수 대기실 문을 발로 차고 형산에게 철제 의자를 집어 던졌다.
"아주 협회랑 복싱계에 똥칠을 해라, 똥칠을!"
"가뜩이나 깨져서 기분 옷 같은데 그 새끼가 긁잖아요!"
"그런다고 주먹질을 해? 링이 길바닥이야? 이번 건으로 영구 제명되면 어쩔래?"
"아, 하라 해요. 까짓것! 프로로 전향하면 되죠."
"그 수준에 퍽이나."
장 관장을 끌끌 혀를 찼다.
"선수가 체중도 못 맞춰. 감정 컨트롤 하나 못해. 기본이 안 됐잖아. 기본이. 근데 아마추어를 떠나 프로로 가겠다구?"
장 관장의 말대로 프로 복싱은 아마추어 복싱—여기서 아마추어란 일반적으로 통용되는 '비전문가'란 뜻이 아니라 올림픽, 아시안게임, 전국체전에서 활약하는 엘리트 체육을 뜻함—보다 훨씬 혹독하고 험난한 세계였다. 물론 마이크 타이슨이나 플로이드 메이웨더처럼 큰 성공을 거두면 막대한 부를 거머쥘 수 있지만, 그만큼 경쟁이 더 치열한 판이었다. 단순 경기 시간만 비교해 봐도 아마추어는 3라운드를 뛰는 반해, 프로 복싱은 최대 12라운드까지 버텨야 하므로 체력적 부담부터 상당했다.
"여기가 정글이면, 거긴 지옥일 거다!"
장 관장은 문을 발로 차고 사라졌다. 홀로 대기실에 남은 형산은 애먼 철제 로커를 주먹으로 쾅쾅 내리치다 분을 이기지 못하고 갤럭시 최신형 스마트폰을 바닥에 내동댕이쳤다. 그 바람에 액정이 무슨 벨기에 와플 같은 그리드 패턴으로 빠지직 갈라졌다.

서울에 도착하자마자 삼성 공인 서비스센터부터 찾았다. 그런데 뭔 놈의 수리비가 64만 2,500원이 나왔다. 이 가격이면 차라리 새 핸드폰을 사고 말지.
"수리하실 거예요?"
서비스센터 직원이 물었다.
"아~ 새, 생각 좀 해보고요."
그때 통창 너머로 사설 수리점 하나가 눈에 띄었다. 혹시나 하는 마음에 형산은 반대편 길가로 넘어갔다.

후미진 골목길에 자리 잡은 사설 수리점은 입구에 '세광액정'이라는 녹슨 철제 입간판을 세워 두었다. 건물 외관은 페인트가 어지럽게 덕지덕지 덧발라져 있고 유리창이 깨져 있었다.

여긴 휴대폰 액정 수리보다 건물 수리를 먼저 받아야 할 것 같았다. 사람으로 치면, 거의 백 살 먹은 할아버지 같은 느낌의 노쇠한 건물이었다. 이런 데서 잘못 수리받았다간 고장만 더 나겠다는 생각에 형산은 미련 없이 뒤돌아섰다.

한데, 입간판 아래에 매직으로 휘갈긴 '수리비 단돈 5천 냥'이라는 문구를 보고 목이 휘릭 돌아갔다.

믿어지지 않았다. 오, 오천 원이라구?

마침, 지하에서 휴대폰 수리를 받은 손님이 룰루랄라 휘파람을 불며 올라왔다. 그걸 보고 형산은 반신반의하는 마음으로 한번 내려가 보기로 했다.

  지하에 달린 천장등은 거의 수명이 다했는지 불규칙하게 껌뻑거렸다. 딱 공포 영화에나 나올 법한 흉흉하고 으스스한 분위기였다. 형산은 마른침을 삼키며 조심조심 발을 내디뎌 마지막 계단에 다다랐다. 그런데 기분 나쁘게 삐걱대는 철문을 여는 순간, 전혀 딴 세상이 펼쳐졌다.

  천장에는 우아한 청동 샹들리에가 매달려 있었고, 그곳에서 쏟아지는 로즈핑크 색 광채는 마치 비단처럼 공간을 부드럽게 감싸안았다. 벽면은 잘 익은 바나나 껍질을 닮은 파스텔 색조의 샛노란 색으로 칠해져 있었으며, 바닥에는 사과 문양이 박힌 민트그린 색의 카펫이 완벽한 대칭을 이루며 펼쳐져 있었다. 모든 것이 지나치리만치 질서정연하고 정교한 세트장 같았다. 마치 웨스 앤더슨의 그랜드 부다페스트 호텔 속으로 걸어 들어간 듯한 기분이 드는 공간이었다.

  형산은 무언가에 홀린 표정으로 접수대 겸 작업실로 쓰는 데스크 앞에 섰다. 그곳엔 남자인지 여자인지 헷갈리는 중성적인 용모를 지닌 한 생명체가 스키용 고글을 쓰고 열심히 액정 수리를 하는 중이었다.

"이거 액정 수리…… 되나요?"

"액정값, 5천 원은 별도라서 합쳐서 만 원이에요. 저흰 현금만 받아요."

  사설 수리점 사장이 말했다.

"왜 이렇게 싼 거죠? 이러고 남는 게 있어요?"

"제 맘입니다만."

"……."

굉장히 시큰둥한 말투였다. 그나저나 그는 목소리마저 중성적이라 도무지 성별을 짐작할 수 없었다. 심지어 나이조차 판단 불가였다. 찰랑이는 단발머리는 염색이 아닌 순수한 백발로 보였는데, 뽀얀 피부를 보면 20대처럼 보이기도 했다. 그 투명한 피부 덕에 딸기씨처럼 촘촘히 박힌 주근깨가 더욱 도드라져 보였다. 그는 어쩐지 모나리자를 닮은 듯한 묘하고 섬뜩한 인상이어서 형산은 피부에 살짝 소름이 돋았다.

"할 거예요? 말 거예요?"

"해, 해야죠."

수리점 사장의 아쉬운 것 없는 태도에 형산은 냉큼 현금을 꺼내서 휴대폰과 함께 내밀었다.

"3일 뒤에 와요. 그때까지 이걸 쓰시고요."

수리점 사장은 마지막에 묘한 표정을 짓더니 유심칩을 꽂은 대여폰을 내주었다. 형산은 께름칙한 얼굴로 그걸 받아서 올라왔다. 마음 한구석이 찜찜했지만, 대여폰이 그럭저럭 최신 기종이라 뭐 크게 손해 보는 장사는 아니었다.

난데없이 배에서 꾸르륵 소리가 들렸다. 서울행 고속버스를 타기 전에 청양 시외터미널 앞에 있던 노포 식당에서 닭볶음탕을 시켰었는데 괜히 입맛만 버렸다. 양념은 겉도는 데에다 닭에서 비린내와 쿰쿰한 냄새가 진동했고 공깃밥은 밥알이 떡이 져서 뭉쳤다. 그래서 몇 숟갈 뜨지 않고 밖으로 튀어나와 가게를 향해 욕을 한 바가지 퍼부었다.

"아유, 퉤퉤! 뭔 밥집이 기본이 안 돼 있냐, 기본이."

6주 넘게 음식다운 음식을 못 먹어본 형산은 맹렬한 허기를 느꼈다. 그는 인적 드문 골목 구석에서 전자담배를 뻐끔뻐끔 피우며 대여폰을 꺼냈다. 냉동고를 연 듯한 12월의 찬바람이 밑창 터진 운동화 틈으로 스며들어 발가락이 얼얼했다. 형산은 발을 동동 구르며 음식 관련 앱 몇 개를 설치하려다가 이미 한 폴더에 깔끔히 정리된 앱 더미를 발견했다.

　맛집 추천, 맛집 웨이팅, 배달 앱까지, 유명한 것들이 모두 모여 있었다. 맛만 있다면 뭐, 배달도 나쁘지 않은 선택지였다. 그런데 '배달해 만족', '쪼기요', '쿠폰 잇찌' 사이에 끼어 있는 한 앱이 유독 눈길을 사로잡았다.

　"야미…… 킥?"

　자신도 모르게 앱의 이름을 따라 읽었다.

　으잉, 처음 들어보는 앱인데?

　네이밍의 어감이 꽤 재밌어 알 수 없는 호기심이 생겼고, 손가락이 저절로 화면에 닿았다. 그러자 독특한 기하학적 문양의 로고가 반짝이더니 아래에 슬로건이 떠올랐다.

정신이 번쩍 들 정도로 놀라운 맛!

　잇달아 떠오른 메인 화면의 조작 디자인을 보아하니, 신규 배달 앱임이 틀림없었다. 그런데 다른 배달 앱과 달리, 나라별 음식으로 카테고리를 나눈 점이 독특했다.

　형산은 수많은 나라 가운데 '프랑스'를 콕 집었다. 그러자 코코뱅, 라따뚜이, 뵈프 부르기뇽 등의 고급스러운 요리가 줄지어 나타났다. 먹고 싶은 메뉴를 찾아서 손가락을 튕기는데 뜬금없이 '이용 약관' 창이 커다랗게 팝업으로 떠올라 화면을 가렸다. 바로 닫으려 했지만, 짜증 나게 끝까지 읽어야 창이 닫히는 시스템이었다.

야미킥을 이용해 주셔서 감사합니다!
본 이용 약관은 귀하와 당사 사이의 구속력 있는 계약을 구성합니다.
귀하는 본 약관을 읽고 이해했으며 이를 준수할 것에 동의하며,
동의하지 않는 한 서비스에 액세스하지 않아야 합니다.

성가신 화면을 빠르게 스크롤 하다가 무언가를 보고 잠시 화면을 올렸다. 제7조에 적힌 내용에서 그의 시선이 멎었다.

제7조 ("사용자"의 서비스 이용 안내)
① 모든 음식은 무료로 제공됩니다.
② 식사 시간은 최대 3시간까지 이용가능합니다.
③ 메뉴를 클릭하는 즉시, 현지 맛집으로 순간 이동합니다.
   1. 최대 1인의 동반자와 손을 잡고 함께 이동할 수 있습니다.
   2. 일부 식당에서는 미션이 부여될 수 있습니다.
   3. 미션 실패 시, 벌칙이 적용될 수 있습니다.

황당무계한 규정에 헛웃음이 터져 나왔다.
"에이, 장난해~ 이게 다 뭐냐?"
이 앱을 만든 제작자는 정신병자 내지는 몽상가일지 모른다. 바로 앱을 꺼버릴까 하다가 남은 약관을 대충 넘겨서 창을 닫고, 그냥 재미 삼아 라따뚜이 메뉴를 클릭했다.

그러자 형산이 서 있던 장소가 놀이기구를 탄 것처럼 엄청나게 빠른 속도로 빙빙 돌더니, 순식간에 파리의 어느 레스토랑으로 바뀌었다.

아니, 좀 더 정확히 말하면, 호텔 분위기가 물씬 풍기는 파리 레스토랑의 화장실 변기 칸으로 바뀌었다. 도대체 이게 무슨 일인지 싶어 머리를 세차게 흔들었다. 바로 변기 칸 문을 박차고 나오자, 우아한 홀이 눈앞에 펼쳐졌다.

여긴 한국에 있는 프랑스식 식당이 아니라 프랑스 현지에서 운영되는 레스토랑임이 분명했다. 통창 너머로 보이는 거대하고 압도적인 에펠탑과 파리 현지인으로 보이는 식당 안 손님들이 부정할 수 없는 증거였다.

형산은 멍한 표정으로 눈을 비볐다. 한참을 그렇게 있다가 손에 쥔 대여폰을 멍하니 내려다봤다. 화면 상단에 표시된 제한 시간이 3시간에서 조금씩 줄어들고 있었다.

바로 아래에 '접속 종료' 버튼이 보였다. 그걸 누르자 원래 서 있던 뒷골목으로 되돌아왔다. 형산은 머리 위에 건빵 별사탕이 떠오를 정도로 자기 뺨을 주먹으로 세게 쳐봤다. 분명 꿈은 아니었다.

그래도 도무지 믿기 어려워 다른 나라를 한 번 더 클릭했다. 이번에는 '대만'이었다. 디저트 천국이라 불리는 대만답게 전주나이차(버블티), 펑리수, 망고 빙수 등 사랑스럽고 달콤한 디저트들이 끝없이 펼쳐졌다. 그중에서 망고 빙수를 찍자, 이번에도 어김없이 타이완 현지의 빙수 가게로 순간 이동해 버렸다. 형산은 가게 창밖으로 보이는 대만 야시장을 바라보며 입을 다물지 못했다.

"와하핫! 말도 안 돼!"

형산이 소스라치게 놀라서 뱉은 감탄사에 망고 빙수를 먹던 손님들의 시선이 일제히 쏠렸다. 그는 머쓱해진 표정으로 머리를 긁적이며 화장실 칸으로 돌아왔다. 그러고는 '접속 종료' 버튼을 눌렀다.

주어진 3시간 제한 중 10분 정도를 맛보기로 썼다. 시간을 최대한 아껴 써야겠다고 다짐하며, 형산은 이 요술 같은 미식 탐험에 함께할 사람이 자연스럽게 머릿속에 떠올랐다. 전자담배를 주머니에 찔러넣고, 부리나케 어디론가 뛰어갔다.

형산은 숨을 몰아쉬며 달려간 곳은 근처의 종합병원이었다. 그의 손끝에는 인근의 무인점포에서 사 온 쌍쌍바와 더위 사냥 아이스크림이 담긴 비닐봉지가 걸려 있었다. 엘리베이터 문이 열리자마자 6007호 육 인실로 단숨에 뛰어갔다. 하지만 가장 안쪽 침대에 있어야 할 환자는 보이지 않고, 텅 빈 의료용 침대만 덩그러니 있었다. 이유 모를 불안이 스멀스멀 피어올랐다. 형산은 서둘러 복도로 나와 6병동 간호사 스테이션을 찾아갔다.

"6007호 환자 왜 안 보이죠? 병실 바꿨어요?"

머리를 풀어 헤친 채 거울을 보며 똥머리를 틀던 간호사는 당황한 기색이 역력했다.

"저, 그게…… 수술 중이라서요."

"……그런 얘기 없었는데? 느닷없이 웬 수술이죠?"

"……환자분, 자살 기도했어요."

순간, 스탠딩 다운이라도 당한 듯 형산은 몸을 휘청했다. 현기증이 일어나 그대로 손바닥을 짚고 바닥에 주저앉았다. 한참을 그렇게 있다가 반쯤 녹아버린 아이스크림을 들고 다시 6007호 병실로 들어갔다. 한 칸짜리 냉장고 위 칸에 아이스크림을 대충 던져 넣고, 정수기 물을 연신 들이켰다.

빈 의료용 침대 아래에 희끄무레한 물체가 보였다. 고개를 숙여 보니, 피 묻은 과도였다. 그게 형산의 눈을 찌르듯 아프게 박혔다.

형산은 그것을 집어 들고 복도로 나왔다. 피 묻은 칼을 든 채 성큼성큼 걷는 그와 마주친 사람들은 기겁하며 벽 쪽으로 달라붙었다. 이내 구내식당 통로에 놓인 커다란 음식물 쓰레기통이 눈에 띄자, 그 칼을 그곳에 아무렇게나 쑤셔 넣었다.

형산은 터널처럼 긴 수술실 복도를 끝에서 끝까지 몇 번이고 오갔다. 대기 의자에 궁둥이를 붙여봤지만, 가만히 앉아 있자니 답답해서 미칠 것 같았다. 결국 분을 이기지 못하고 콘크리트 벽을 주먹으로 내리치기 시작했다. 살갗이 까져 피가 철철 흐르는데도 멈추지 않았다. 그 모습을 우연히 본 간호사가 달려와 형산의 팔을 잡아끌었다. 이내 구급상자를 가져온 간호사는 그의 손에 약을 바르고 붕대를 감아주었다.

간신히 분노를 가라앉히고 대기 의자에 앉은 형산은 눈을 감고 두 손을 모은 채 제발 살아 있기를 기도했다.

6병동 간호사 말에 따르면, 6007호 환자는 과도로 손목을 그어 힘줄 6개와 감각 신경 3개가 끊어졌고, 동맥 일부가 크게 손상돼 위급한 상태라고 했다.

6007호 환자 '노형진'은 형산의 친형이자 유일한 혈육이었다.

유년 시절, 부모님이 각각 간암과 저혈당 쇼크로 비슷한 시기에 갑작스레 세상을 떠나자, 형이 부모 역할을 대신하며 동생을 키웠다. 지옥 같았던 보육원 생활—형들에게 심심하면 얻어맞고, 밥이라며 나온 멀건 된장국에 죽은 파리가 둥둥 떠다니기 일쑤였다—을 3개월도 채 견디지 못하고 달아난 형제는 외삼촌이 보호자를 자처해 줘 간신히 그곳을 빠져나올 수 있었다. 하지만 막노동자 꾼인 외삼촌은 집에 거의 들어오지 않아 결국 형이 돈을 벌어 생계를 유지했다.

형은 돈이 되는 일이라면 가릴 것 없이 닥치는 대로 하며 동생을 학교에 보내고, 먹고 싶은 것도 최대한 사 주었다. 그러다 하루는 체육관에서 복싱을 배웠는데, 어느 순간 복싱의 매력에 완전히 빠져버린 듯했다. 그때부터 형은 올림픽과 아시안게임 금메달을 목표로 삼고 잠자는 시간마저 쪼개 훈련에 매진했다.

그러나 너무 무리를 했던 탓일까? 형은 돌연 훈련 중에 쓰러져 다리가 골절되고 뼈에 금이 갔다. 형산이 급히 구급차를 불러 병원에 갔더니 '골육종'이라는 충격적인 진단이 내려졌다.

골육종은 뼈와 근육, 지방 조직에 생기는 악성 종양이었다. 가엾게도 형은 양쪽 다리의 종양을 제거하고 인공관절을 이식했지만, 인공 뼈가 제대로 붙지 않아 무릎이 펴지지 않았다. 정상적으로 걸을 수 없게 된 형에게 담당 의사는 실제 뼈를 이식하지 않는 한—그마저도 힘든 수술이라며 고개를 저었다—평생 휠체어 신세를 져야 한다고 했다. 형산은 가슴이 저몄다. 설상가상으로 수술비가 1억 원을 넘었고, 형제의 형편으로는 도저히 감당할 수 없는 액수였다.

사실 복싱 재능은 형이 훨씬 뛰어났다. 전국체전에 나갈 때마다 금메달을 목에 걸었다. 업계 전문가들은 이대로 잘 성장하면, 아시안게임, 더 나아가 올림픽 메달까지 충분히 노려볼 만하다고 입을 모았다. 하지만 그 꿈이 하루아침에 산산조각 나고 만 것이다.

원래 형산은 형을 좇아 건성건성 복싱을 시작한 놈팡이였다. 그러다 형의 꿈이 무너지자, 그 꿈을 이어받기로 결심하고 그때부터 뒤늦게 진지하게 복싱에 뛰어들게 된 것이다. 형이 자신을 업어 키운 것을 아는 동생은 투잡, 쓰리잡을 뛰며 형의 병원비를 마련하고 복싱 훈련에 매진해 왔다. 한데, 그 듬직하고 믿음직했던 형이 이런 어리석은 짓을 저지르다니, 형산은 실망과 분노를 금치 못했다.

"왜 그랬어. 대체 왜 그랬어. 병신같이."

이젠 똥오줌조차 마음대로 못 누는 형의 심정을 이해하지 못하는 건 아니지만, 그래도 이런 극단적인 시도는 절대 용납할 수 없었다.

문득 더플백 위로 삐져나온 권투 글러브가 눈에 들어왔다. 글러브 손목 안쪽에 자수로 새긴 '노형진' 이름이 선명했다. 형이 형산에게 물려준, 손때 묻은 권투 글러브였다. 형산은 그것을 두 손으로 꼭 움켜쥐고 하늘에 기도를 올렸다. 글러브 위로 눈물이 톡톡 떨어졌다.

날을 새고 다음 날 오전이 되어서야 수술실 문이 열리며 담당 의사가 나왔다. 뜬눈으로 간밤을 지새운 형산은 대기실 의자에서 벌떡 일어났다. 수술 캡을 벗은 의사가 땀에 젖은 머리칼을 쓸어 넘기며 엷은 미소를 짓자, 형산은 의사에게 달려가 그의 허벅지를 끌어안고 번쩍 들어 올렸다. 의사의 목에 금메달이라도 걸어주고 싶은 심정이었다.

※

 수술 직후 의식을 회복한 형이 내뱉은 첫마디는 어이없게도 "배고파"였다.
 "너 이 새끼, 지금 주둥이에서 배고프단 말이 나오냐?"
 형산은 욱해서 주먹으로 형의 얼굴을 한 대 후려쳤다. 그걸로 부족해 뒤에서 형의 목을 팔로 꽉 조였다.
 "쿠웨웨엑! 그, 그만해!"
 "그니까 왜 뒤질 생각을 해? 앙?"
 같은 병실 환자들은 키득키득 웃으며 형제를 바라봤다. 하지만 형의 얼굴이 시뻘겋게 변하며 팔다리를 심하게 버둥거리자, 구경꾼들의 입가에 점차 웃음기가 빠졌다.
 "커커억, 사, 사람⋯⋯ 살려."
 "아니, 그냥 뒈져. 뒈져버리라고!"
 "커어어억. 자, 잘못했어. 잘못했다니까!"
 거의 숨통 끊어지기 직전에 팔을 풀었다. 구경하던 환자들은 마치 자신이 목 졸린 듯 숨을 내쉬었다. 형은 한참 동안 콜록거리며 괴로워했다.
 "너만 힘드냐? 나도 힘들어서 죽을 맛이야! 알아?"
 형은 죄인처럼 고개를 푹 떨구었다.
 "언제 내 경기 보러 온다며?"
 "⋯⋯."

"딴생각 말고 재활해. 늘 좋은 생각 하고."

"……알겠어."

"틀림없이 나아질 거야……. 꼭 회복해서 내 경기 보러 와. 약속해."

형산은 자신의 새끼손가락에 형의 새끼손가락을 단단히 걸었다.

"한번 봐봐."

그제야 형산은 깁스한 형의 팔을 조심스레 살펴보았다. 손목에는 약 사십 바늘쯤 꿰맨 자국이 선명했다. 형산은 상처 부위를 피해 그 주변을 정성스레 마사지해 주었다. 다행히 감각이 남아 있는지, 형은 손가락을 움찔움찔했다. 그렇게 손을 충분히 풀어준 다음에, 형산은 형의 다리를 조물조물하며 평소에 하던 다리를 접었다가 펴주는 운동을 이어 나갔다.

그러다 냉장고에 넣어둔 아이스크림이 은연중에 떠올랐다. 형산은 아이스크림을 꺼냈고, 형제는 쌍쌍바와 더위 사냥을 각각 반으로 쪼개 서로에게 건넸다. 두 종류의 아이스크림을 손에 쥔 형제는 아이스크림을 번갈아 가며 핥았다.

"오늘 게임은 어땠어?"

형이 물었다.

"상판대기 보면 몰라?"

형산이 삐딱하게 말했다.

"오르막이 있으면 내리막도 있는 거지. 인생이 원래 새옹지마 아니냐? 비 온 뒤에 땅이 굳어지는 법이고…"

"형, 제발 닥쳐."

시건방진 동생의 말에 형은 그냥 피식거렸다.

"그래도 쌈은 이겼다."

"쌈?"

"마, 그런 게 있어."

"또 사고 쳤구나."

"나 프로로 전향할까?"

"이 새끼 사고 쳤네, 사고 쳤어. 하여간 넌 그 다혈질이 문제야. 성질 좀 죽이고 살아."

"아님, 그냥 다 때려치우고 경찰이나 소방 시험이나 봐?"

"……그 정도로 대형 사고야?"

"형아, 지금 그게 중요한 게 아니야."

"그러면 뭐가 중요한데?"

"세상에 재능충들이 너무 많다구. 죽도 밥도 안 되기 전에 빨리 노선을 바꿔타는 게 루저가 안 되는 길이야."

"겨우 한 판 깨졌다고 사내새끼가. 그리고 현실적으로 네 대가리로 경찰, 소방이 되겠냐?"

"……사실 그게 제일 문제긴 해."

순간 눈이 마주친 두 사람은 비실비실 웃음이 새어 나왔다.

"그나마 비벼볼 만한 게 복싱이야. 내가 볼 땐 그래."

형이 말했다.

"……."

"그리고 세상에 쉬운 일이 어디 있겠냐? 뭐든 너다워지는 일을 해라."

"나다운 일?"

"그래. 난 그래서 복싱이 좋았다."

"하, 모르겠다."

그때 마침 간호사가 들어와 저녁 식사 시간이 됐다고 알려주었다.

"형, 오늘 병원 밥 띵길래?"

"뭐?"

"병원 밥은 언제 먹어도 먹잖아. 지금 젤루 당기는 게 뭐야?"

형은 턱을 쓰다듬으며 눈동자를 굴렸다.

"흐음…… 핏자?"

"그게 1순위라는 거지?"

형이 고개를 끄덕이자, 형산은 기다렸다는 듯 대여폰을 꺼내 '야미킥' 앱을 열었다. 거기서 이탈리아 국적 카테고리를 선택하자 마르게리타, 부팔리나, 로마나 같은 정통 이탈리아 피자가 끝없이 나열됐다. 보기만 해도 군침이 고이는 이미지 아래엔 각 피자의 위치 정보가 상세히 적혀 있었다.

"자, 여기서 맘에 드는 좌표 찍어 봐."

형산이 형에게 폰을 건넸다.

"첨 보는 앱이네~ 와, 근데 뭐야, 피자 종류가 장난 아닌데?"

다양한 피자 리스트를 스크롤 하며 형은 감탄을 감추지 못했다.

"그런데 우리나라에 이런 피자를 팔았어? 처음 보는 피자가 너무 많은데?"

형은 무얼 골라야 할지 난감한 눈치였다. 그건 형산도 마찬가지였다. 형제는 난생처음 보는 엄청난 종류의 피자 리스트를 보며 무척 신기해했다.

"아, 배고프니까 대충 익숙한 놈으로 하나 찍어."

형산이 말했다.

"무난하게 마르게리타? 아냐 아냐, 고르곤졸라로 때릴까?"

"둘은 서로 지역이 다르잖아."

"으응?"

"고르곤졸라는 롬바디고, 마르게리타는 나폴리에서 팔잖아."

"……뭔 개소리냐?"

형산은 형의 이런 반응을 어느 정도 예상하였다. 하지만 앱의 초현실적이고 마법 같은 기능을 굳이 말로 설명하기보다는, 직접 보여주는 것이 훨씬 효과적일 거라고 판단했다. 그래서 곧바로 앱을 실행하려고 했는데, 형이 자꾸 말을 걸어와 손가락이 멈칫했다.

"아니다. 고르곤졸라, 마르게리타 두 판 시켜서 반반씩 나눠 먹자."

"형, 이 피자는 쌍쌍바나 더위 사냥처럼 반반씩이 안 돼."

"……아이씨, 내가 돈 낼게."

"휴, 돈 문제가 아니라…… 판매 지역이 다르잖아."

"……뭔 개소리를 자꾸 하지?"

형산은 고구마 백 개를 삼키기라도 한 것처럼 답답해하며 한숨을 내쉬었다. 그래도 약간의 설명은 필요할 것 같았다. 그래야 이탈리아로 순간 이동했을 때 형이 심히 당황하지 않을 것 같았다.

"형, 그니까…… 이게 일종의 배달 앱이긴 한데…… 음식이 배달되진 않아."

"……그럼?"

"음식이 아니라 우리가 배달될 거야. 이탈리아 현지로~"

"……야, 가라. 병원 밥 먹으련다."

꼬치꼬치 묻던 형은 이맛살을 찌푸렸다. 부득이 형산은 앱 화면을 보여주며 하나씩 차근차근 설명을 시작했다.

"여기 이 버튼 보이지? 이걸 누르잖아. 그러면 바로 이탈리아로 순간 이동해 버린다구."

"……오늘 대체 얼마나 처맞은 거지?"

"하아, 답답하네."

"너 설마…… 펀치 드렁크 온 거 아냐?"

형은 입을 틀어막으며 자못 심각한 표정을 지었다. 펀치 드렁크 증후군은 복싱 선수들이 뇌에 충격이 쌓이면서 치매, 실어증, 반신 불수 같은 증상을 겪는 일종의 직업병이었다.

"안 되겠다. 온 김에 검사나 받자. 저기 간호사 불러."

형산은 고개를 절레절레 저었다. 더 설명해 봤자 소용없다는 판단이 들었다. 이렇게 된 이상 직접 보여주는 것이 최선이었다.

"형아, 내 손 꽉 잡아."

"아이씨 뭐냐, 다 큰 놈이 징그럽게."

"아, 빨랑 잡으라구!"

형이 손을 뒤로 빼자, 형산은 재빨리 깁스한 형의 손을 낚아챘다.

"꽉 잡아. 절대 놓치면 안 돼."

"와~ 이놈 진짜 큰일이네."

"나폴리로 간다. 그냥 마르게리타나 처먹어."

"야, 이 새끼야, 제발 정신 차려!"

온화한 성품을 지닌 형의 입에서 찰진 욕이 튀어나왔다. 그 순간 형산은 마르게리타 버튼을 눌렀다. 그러자 주변에서 물보라가 일어나 소용돌이치더니, 마치 배수구로 빨려가듯 빙그르르 회전하며 어디론가 끌려갔다. 눈을 떠보니, 순식간에 이탈리아 나폴리의 한 피자 가게 화장실로 장소가 바뀌어 있었다.

형산과 손을 잡은 채로 변기 칸에 떨어진 형은 꺼먹꺼먹 눈을 깜빡였다.

"이제 손 놓자. 징그러우니까."

형산이 손에 힘을 풀며 말했다. 하지만 이번은 형이 손을 잡고 놔주지 않았다. 잔뜩 겁에 질린 얼굴이었다.

"우리가 왜 통통 안에…… 있냐?"

좌식 변기에 궁둥이를 붙인 형이 형산을 올려다보며 물었다.

"말했잖아. 여기가 바로 이태리라구."

"이태리제 변기?"

"아 놔, 이탈리아 현지라고! 젠장!"

형은 도무지 정신을 못 차리고 눈이 해롱거렸다. 하는 수 없이 형산은 형의 겨드랑이에 팔을 걸어 일으켜 세웠다. 변기 칸 문을 열고 나오자, 소변을 보던 중년의 이탈리아 남자가 있었다. 두 남자가 변기 칸에서 함께 나오는 모습을 본 그는 움찔하며 소변기에 바짝 붙어 섰다. 형산은 장난기 어린 미소를 지으며 "본 조르노"라고 이탈리아어로 인사했다.

형제는 홍어처럼 톡 쏘는 암모니아 향이 나는 화장실을 벗어나 홀로 걸어 나왔다. 그곳을 보는 순간, 형의 아래턱이 고장 난 것처럼 툭 떨어졌다.

따뜻한 오렌지빛을 머금은 테라코타 타일이 홀 바닥재로 깔려 있고, 붉은 벽돌을 촘촘히 쌓아 올린 벽면과 높다란 천장이 나폴리 특유의 온화한 정취를 풍겼다. 그리고 어디선가 칸초네 선율이 잔잔하게 흐르고 창문 틈으로 스며든 바람에 하얀 레이스 커튼이 살랑 흔들리자, 탁 트인 지중해 풍경이 눈에 가득 들어왔다. 무엇보다 압권은 코끝에 감도는 화덕에서 갓 구워낸 고소하고 그윽한 피자의 향기였다. 형산은 형을 보며 어깨를 으쓱했다.

"여기가 정말 이태리 맞아……? 이거 꿈 아니지?"

형산은 일말의 주저함도 없이 형의 뺨을 한 대 갈겼다.

"아아……! 아파."

"졸라 아프지."

"이게 어디서 형을?"

형이 발끈하자, 형산은 능청스럽게 화제를 돌렸다.

"잘 들어. 제한 시간은 3시간이고 요리는 무료 제공이래. 근데 식당마다 미션이 있다나뭐라나."

"심지어 공짜라구? 와, 약 제대로 빨았네."

"내가 어제께 말이야. 폰 액정이 깨져서 서비스센터에 갔는데, 뭔 놈의 수리비가 60만 원이 넘는 거야. 그 돈이면 걍 새 폰 사지, 안 그래? 근데 바로 건너편에 있는 사설 수리점에 갔더니, 단돈 만 원이면 된다는 거야. 이게 일단 말이 안 되잖아. 수리점 사장 생긴 것도 굉장히 묘하고 수상쩍은 느낌이 들었거든? 암튼 3일 뒤에 찾아오라며 이 대여폰을 주더라고. 아니 그런데 여기에, 이 약 빤 앱이 깔려 있던 거야. 라따뚜이를 누르니 파리로 날아가질 않나, 망고 빙수 누르니 대만으로 날아가 버리네? 그래서 바로 그 길로 형한테 달려온 거지. 세상에 요렇게 이쁘고 참한 동생이 어딨냐, 안 그래?"

형은 멍한 얼굴을 하고서 고개를 끄덕였다.

"고르곤졸라가 더 당기면 말해. 바로 롬바디로 바꿔타면 되니까."

"……아냐…… 걍 마르게리타 머거……."

형산은 여전히 초점이 흐릿한 형을 약간 걱정스레 바라봤다.

"형, 안 되겠다. 일단 바람부터 좀 쐬자."

형산은 형을 부축해서 손때 묻은 원목 테이블 사이를 가로질러 출입문으로 향했다. 중세 시대에서나 볼 법한 고딕 양식의 아치형 문을 힘껏 밀어젖히자, 보석처럼 반짝이는 지중해가 눈앞에 닿을 듯이 보였다. 보드라운 햇살을 머금은 물결 위로 은빛 포말이 춤추듯 피어올랐고, 수평선 너머에서는 파스텔 색조의 푸른 물감이 번지듯 하늘을 아름답게 물들였다. 난생처음 지중해를 마주한 형의 입에서 감탄사가 터졌다.

"와, 역대급 하드 펀쳐다."

형이 아이처럼 기뻐하는 모습을 보니, 형산의 기쁨도 배가 되었다.

비교적 높은 지대에 서 있던 형제는 미로처럼 좁고 구불구불한 골목길을 따라 천천히 내려갔다. 방향을 틀 때마다 건물 사이로 보이는 영롱한 지중해 풍경이 시시각각 변했다. 저 아래에 유유히 떠 있는 작은 어선들과 유유히 선회하는 갈매기들이 보였고, 바다를 향해 층층이 자리 잡은 가정집 테라스에는 빨래가 널려 있었다. 그리고 레몬 나무에 주렁주렁 열린 상큼한 레몬을 보니, 이곳의 정취가 더욱 감미롭게 다가왔다.

비로소 형제는 이탈리아에 와 있다는 걸 실감했다. 어린 시절부터 소년 가장으로 살아온 형제에게 해외여행은 그저 꿈같은 일이었다. 먹고사는 것만으로도 벅찼던 지난날이 떠올랐다.

"나폴리를 보고 죽어라."

형이 문득 중얼거렸다.

"뭐?"

"여기 속담이래."

형은 금세 휴대폰으로 나폴리에 대해 검색해 본 모양이었다.

이탈리아 남부에 있는 나폴리는 로마와 밀라노에 이어 이탈리아 3대 도시로서 지중해를 품은 항구 도시이자, '나폴리를 보고 죽어라(Vedi Napoli e poi muori!)'라는 속담이 있을 정도로, 세계적으로 손꼽히는 아름다운 곳이었다.

"나폴리가 세계 챔피언 먹어도 되겠다."

형의 말에 형산이 공감하며 고개를 끄덕였다.

둘은 동네를 십여 분 정도 거닐다가 다시 언덕배기에 있는 가게로 돌아왔다.

형산은 대여폰을 꺼내 시간을 확인했다. 이탈리아 현지 시각으로 오전 11시 30분, 한국은 저녁 7시 30분으로 두 나라의 시차는 8시간이었다.

가게 출입구 위에는 자유로운 필기체로 'Pizzeria Da Napoli'(피제리아 다 나폴리)라는 상호가 적혀 있었다. 파스텔 색조로 칠해진 상냥한 외벽은 오랜 시간 바닷바람에 씻긴 듯 바래 있었고, 그 자체로 멋스러움을 풍겼다.

형산은 형을 부축해 가게 안으로 들어가 창가 쪽 자리에 앉았다. 창문을 통해 설탕 같은 부드러운 햇살이 쏟아졌고, 지중해가 한눈에 내려다보이는 완벽한 전망이 펼쳐졌다. 이윽고 종업원이 양피지 느낌의 종이에 고딕 필체로 적힌 메뉴판을 가져다주었다.

"Cosa vorreste ordinare?"

종업원이 이탈리아어로 말했다. 형산은 급히 대여폰을 꺼내 번역 앱을 실행한 뒤, 말했다.

"저희는 이 앱을 타고 왔는데요."

번역된 이탈리아어 텍스트("Siamo arrivati tramite questa app.")를 '야미킥' 앱과 함께 종업원에게 보여주었다. 그러자 종업원은 "아!" 하고 짧게 탄성을 내뱉더니, 곧장 누군가를 부르러 갔다. 이내 주방에서 조리복을 입은 풍채 좋은 셰프가 다가와 형제를 바라보며 물었다.

"Siete arrivati tramite un'app?" (앱을 타고 왔다고요?)

형제는 동시에 고개를 끄덕였다. 대머리에 흰 눈썹이 인상적인 셰프는 외모만으로도 상당한 내공을 지닌 요리사처럼 보였다. 그는 직원에게 무언가를 가져오라고 손짓했고, 이내 스키 고글을 연상시키는 알이 커다란 안경 두 개가 테이블 위에 놓였다.

형제는 어리둥절한 표정으로 서로를 보다가, 살짝 주저하며 안경을 집어 들었다.

"반가워요. 조르조 주방장이라고 해요."

그때부터 놀랍게도 셰프의 말이 모두 한국어로 통역되어 투명 안경 디스플레이에 자막으로 떠올랐다. 언어가 눈앞에 살아서 꿈틀거리는 느낌이었다.

조르조 셰프는 사람 좋은 미소를 날리며 형제에게 악수를 청했다. 그의 손은 키위처럼 까끌까끌하고, 코코넛처럼 두껍고 단단했다. 그리고 무처럼 우람한 팔뚝을 보아하니, 소싯적 주먹깨나 날렸을 법한 포스가 느껴졌다.

"형진입니다. 저희 둘은 형제고요."

"동생, 형산이에요."

형제와 똑같은 투명 안경을 쓴 조르조 셰프는 꿍꿍이속이 감춰진 표정으로 말했다.

"날 따라오세요."

"둘 다요?"

조르조 셰프는 형진의 다리가 불편하다는 것을 알아챘다.

"형은 거기에 있고, 동생만 따라오세요."

그는 가게 안쪽 주방으로 걸음을 옮겼다. 형산은 형을 한 번 쳐다본 뒤 뒤통수를 긁적이며 셰프의 뒤를 따랐다. 화덕에서 튀어 오르는 불꽃이 천장과 벽을 붉게 물들였고, 이글거리는 뜨거운 불에 가까워질수록 마치 지옥 불 속에 뛰어드는 듯한 기분이 들었다. 조르조 셰프는 화덕이 있는 주방을 가로질러, 허리를 한껏 숙여야 지날 수 있는 쪽문을 열었다.

거의 쭈그려 앉다시피 그 문을 통과하자, 길가에 클래식한 디자인의 이탈리아 국민 스쿠터, 베스파 프리마베라 125cc가 눈에 들어왔다. 영화 로마의 휴일에서 오드리 헵번이 탄 모델로, 이탈리아 감성이 물씬 풍기는 올리브그린 색상이었다. 그 스쿠터를 넋을 잃고 바라보는 찰나, 조르조 셰프가 포장된 피자 한 판을 불쑥 형산에게 내밀었다.

"이게 뭐, 뭔가요?"

"뭐긴 뭐야. 자네가 배달할 피자지."

"네에?"

"미션이 있는 건 알지?"

조르조 셰프는 언제 봤다고 그새 반말을 찍찍 날렸다.

"아 네, 그건 보긴 봤는데……."

"조금 전 마피아 보스가 늘 즐겨 먹던 피자 한 판을 주문했어."

"네에?"

"십오 분 안에 배달해. 안 그럼 자넨 죽어."

"머, 머어, 라고요?"

얼토당토않은 소리에 형산은 말을 심히 더듬거렸다.

"대체 왜 절 주, 죽이죠? 누가…… 왜?"

"누구긴 누구야, 마피아 일당들이지. 배달이 늦어지면 가차 없이 총으로 쏴 죽일 거야. 보스가 식은 피자를 먹는 걸 죽기보다 싫어해서 말이야."

"뭐 그딴 미션이 다 있대요? ……하기 싫은데요. 그냥 형이랑 딴 데 갈래요."

"소용없어. 이미 미션은 시작됐다구."

"그게 뭔 소리죠?"

"그 약관 못 봤어? 한번 미션이 시작되면 이동 불가이고, 이를 어기면 큰 벌칙이 따른다는 문구 말이야."

"아씨 자꾸 뭔 개소립니까, 진짜."

조르조 셰프는 형산의 대여폰을 낚아채더니 '야미킥' 해당 약관을 찾아 보여주었다. 과연 그의 말대로 제13조에 깨알 같은 글씨로 그 내용이 적혀 있었다.

제13조 ("사용자"의 서비스 이용 제한)

① 미션 시작 전에는 횟수 제한 없이 이동할 수 있으나,

미션이 시작된 후에는 단순 변심에 의한 이동이 불가능합니다.
② 미션을 클리어한 후에만 재이동하거나 본국으로 귀환할 수 있습니다.
③ 이를 위반하고 무단으로 이탈할 경우, 즉시 혀가 녹아내리는
엄중한 제재가 가해집니다.

"혀가 녹아내려……? 하아, 뭔 말 같지도 않은 소리야!"
 형산은 어이가 없이 실소가 나왔다.
"요딴 약관을 누가 일일이 들여다봐요?"
 그는 침을 튀기며 강력하게 항의했지만, 조르조 셰프는 분홍 잇몸을 드러내며 싱글싱글 웃을 뿐이었다.
"아무튼 약관은 약관이니까."
"아, 몰라 몰라. 싫어. 안 해. 맘대로오오오… 해… 에에에에……요오오오오."
 형산은 성질을 내며 당장 그 자리를 뜨려고 했다. 그런데 그때 혀가 눈 녹듯 사라지기 시작했다.
"내… 내… 혀… 혀어… 가… 가아… 왜… 왜 이래… 이이… 이래…"
 형산은 머리를 쥐어뜯으며 경악을 감추지 못했다. 혀는 순식간에 녹아내려 마지막에 남은 길이가 고작 0.1cm밖에 되지 않았다. 조르조 셰프는 짓궂은 미소를 흘리며 형산의 귀에 속닥였다.
"평생 아무런 맛도 못 느끼며 살래? 아님, 여기서 지상 최고의 피자 맛을 볼래?"
"피이이이… 자아… 아아… 머어… 어그으을…래에에요오오오."

형산이 0.1cm 길이로 짧아진 혀를 힘겹게 놀리며 말했다.

"지금 당장 스쿠터에 궁둥이를 붙여. 그럼, 혀가 복원될 거야."

형산이 베스파 스쿠터에 궁둥이를 붙이자, 거짓말처럼 혀가 원래의 길이로 돌아왔다.

"벌써 1분을 까먹었어. 주소는 찍어놨으니 폰 내비게이션 보면서 잘 다녀와."

조르조 셰프는 다정하게 형산의 대여폰을 스쿠터 핸들의 거치대에 끼워주고, 뒷자리에 붙은 알루미늄 배달 상자에 피자를 넣어주었다.

"무사히 돌아오길. 그럼, 행운을 비네."

조르조 셰프는 의미심장한 웃음을 흘렸다. 그 표정이 의미하는 바를 알았더라면, 형산은 차라리 혀가 없어지는 편이 더 나았을지 모른다.

형산은 엄지 근처에 있는 시동 버튼을 눌렀다. 그리고 냅다 오른손 손잡이를 돌리자, 베스파 스쿠터는 울퉁불퉁한 돌바닥에서 바퀴가 서너 번 헛돌다가 총알처럼 튀어 나갔다. 속도를 높이자, 옷자락이 펄럭였다. 형산은 대여폰의 내비게이션을 보며 자갈과 현무암으로 포장된 좁은 골목길을 내달렸다.

예상 소요 시간 12분.

이대로만 간다면, 충분히 피자 배달 임무를 완수할 수 있다!

바로 그때였다. 난데없이 등 뒤에서 날카로운 총성이 터졌다. 깜짝 놀라 핸들에 장착된 리어뷰미러를 보니, 웬 매트릭스 요원 같은 나폴리산 검정 슈트를 차려입은 3인이 따라오고 있었다. 그들은 각자 권총을 손에 쥐고 형산을 정조준했다.

탕, 타앙, 타탕!

형산은 복싱선수가 위빙을 하는 것처럼 바이크 몸체를 왼쪽, 오른쪽으로 휙휙 꺾었다. 총알이 형산의 옷자락과 올리브그린 베스파 본체에 스크래치를 내며 아슬아슬하게 스쳤다.

"잘 가고 있나?"

난데없이 투명 고글의 안경다리에서 조르조 셰프의 명랑한 목소리가 튀어나왔다. 안경다리 끝부분에 교신이 가능한 무선 스피커가 콧마루에 닿는 안경 걸이에는 초소형 마이크가 달려 있었다.

"이런 쌍쌍바! 누, 누우……, 누가 뒤에서 절 죽이려 해욧!"

형산이 광분해서 빽 소리쳤다.

"역시, 암살자가 붙었군."

"머……, 머어, 뭐욧?"

"뭔 놈의 피자 배달에 암살잡니까?"

"대상이 마피아 보스 아닌가. 반대파에서 보낸 암살조인 셈이지."

"뭔 이런 개떡 같은 미션이……."

형산은 하도 기가 막혀 말문이 막혔다.

"피자 모양이 많이 망가져도 미션 실패니, 주의하게. 자네 형은 내가 잘 데리고 있으니 안심해. 부디 살아서 돌아오길 바라."

그 말을 끝으로 교신이 끊겼다.

"여, 여보세요! 여보세요!"

몸이 불편한 형까지 인질로 잡혔다. 모든 게 최악이었다.

형산은 이를 악물고 오른손으로 가속 그립을 힘껏 비틀었다. 내비게이션이 안내하는 방향과 다른 비좁은 샛길로 들어갔다.

125cc 스쿠터가 낼 수 있는 최고 속력은 120km/h 수준. 그마저도 엔진 상태가 안 좋은 데다 도로마저 울퉁불퉁해 80km/h 이상을 내면 위험할 것 같았다.

이에 반해 상대는 강력한 퍼포먼스를 내는 경주용 슈퍼바이크! 배기량이 무려 1,000cc가 넘는 두가티 스트리트파이터 V4 모델을 탄 암살자 A는 눈 깜짝할 사이에 형산의 옆으로 따라붙었다.

암살자 A는 헬멧에 달린 선글라스 같은 윈드실드를 올리더니 형산의 심장을 향해 권총을 겨누었다. 헬멧 프레임 위로 놈의 입꼬리가 살며시 올라왔다. 그런데 어찌 된 일인지 형산이 더 환하게 뺨을 부풀려 생긋 웃는 거였다. 그 순간 정면을 본 암살자 A는 헉 소리를 내며 앞에 정차해 있던 트럭과 쾅 부딪혔다. 두가티는 공중으로 두 바퀴 공중제비를 돌아 울퉁불퉁한 돌바닥에 주욱 미끄러졌다.

이제 남은 건 둘이다.

이번에 형산은 큰 도로로 커브를 틀었다. 두 대의 두가티는 순식간에 형산이 탄 스쿠터의 좌우에 붙어 달렸다. 암살자 B, C는 동시에 권총을 조준했다. 탕, 하며 발사하는 순간 형산은 브레이크 레버를 당겨 급감속했다. 암살자 B, C가 쏜 총알은 서로를 쏘아 맞혔다. 두 대의 두가티는 춤을 추듯 미끄러졌다.

"무하하하, 아디오(addio)다! 이 개자식들아!"

형산은 기쁨에 탄성을 질렀다. 이제 내비게이션이 안내하는 방향으로 속도를 높였다. 목적지가 눈앞에 다가왔다.

마침내 마피아 보스가 있는 저택에 도착했다. 스쿠터에서 내린 형산은 알루미늄 배달 상자에 든 피자를 꺼내었다. 박스 포장을 살며시 들추어 보니 다행히 토핑이 한쪽으로 쏠린 것 외에는 피자 상태가 양호한 편이었다. 형산은 토핑을 대충 보기 좋게 분산 배치한 뒤, 양념이 묻은 손가락을 쪽쪽 빨며 피자 뚜껑을 덮었다.

남은 시간은 3분.

꽤 여유 있게 미션 성공이다. 형산은 큰 대문 앞에 서서 초인종을 눌렀다. 곧 누가 봐도 마피아 같은 인상의 체구 좋은 녀석이 문을 열었다.

"핏짜!"

형산은 착한 미소를 지었다. 한데, 그 녀석이 대뜸 주먹을 내지르는 거였다. 순간 형산은 복서의 동물적인 감각으로 그 주먹을 피했다. 그리고 저도 모르게 반사적으로 놈의 복부에 강력한 어퍼컷을 꽂았다. 놈이 일격에 쓰러지자, 그걸 본 다른 마피아들이 입구 쪽으로 우르르 몰려들었다.

이게 대체 뭐지? 여기가 마피아 보스의 본거지 아니었나?

형산은 당혹스러웠다. 그때 다시 조르조 셰프 측으로부터 통신이 왔다.

"아직 잘 살아 있나?"

"지, 지금 막 도착했는데 이놈들 뭐죠? 여기가 마피아 진지 아녔어요?"

"무슨 소리! 거긴 적의 소굴이야. 마피아 보스는 3층에 납치돼 있다구!"

"머, 머어, 뭐라고요?"

"놈들을 격파하고 보스에게 피자를 전달해. 이상!"

다시 일방적으로 통신이 끊기자, 형산은 입에서 쌍욕이 튀어나왔다. 어느새 안에 있던 일곱 명의 적은 형산을 뺑 에워쌌다. 첫 번째 놈이 달려들었다. 형산은 맨주먹을 놈의 턱에 꽂았다. 뒤따라 달려드는 놈들의 얼굴과 배에도 짧고 강한 원투 펀치를 냅다 먹였다. 놈들이 추풍낙엽처럼 기절하며 바닥에 쓰러졌다.

와씨, 그래도 복싱을 배워둔 보람이 있네. 이런 데서 복싱이 쓰일 줄이야.

아무리 마피아라 해도 싸움 실력은 일반인보다 약간 나은 정도였다. 형산은 1층의 적들을 모조리 제압한 후, 피자를 한 손에 든 채 2층으로 올랐다. 2층으로 이어지는 계단에서 더 많은 적과 마주쳤다. 형산은 그들과 난투극을 벌이면서 한 손에 든 피자가 기울지 않도록 중심을 잘 잡았다. 적들은 계단 아래로 굴러떨어졌고, 형산은 거침없이 3층으로 돌진했다.

그러다 피자를 하마터면 1층 난간 아래로 떨어뜨릴 뻔했다. 형산은 두 손을 뻗어 떨어지는 피자 박스를 간신히 잡았다. 그 틈을 노린 적들이 형산의 옆구리에 주먹을 꽂았다. 형산은 단말마의 비명을 지르며 피자 박스를 3층 안쪽으로 안전하게 던진 뒤, 남은 적들을 깡그리 무찔렀다.

형산은 거친 숨을 몰아쉬며 밧줄에 묶인 마피아 보스 앞으로 몸을 날렸다. 남은 시간은 단 10초.

그런데 발이 미끄러지면서 피자 박스가 바닥에 엎어졌다. 형산은 머리를 쥐어뜯으며 경악했다. 토마토소스와 토핑이 바닥에 흘러나와 있었고, 도우는 뚜껑 안쪽에 들러붙어 있었다.

망했다.

그래도 포기하지 않고 엉망이 된 피자를 최대한 원 상태로 복구해 담았다. 그리고 마피아 보스를 묶고 있던 밧줄을 풀어 던졌다.

제한 시간이 끝나는 순간, 안경다리에서 조르조 셰프의 목소리가 흘러나와 마피아 보스를 찾았다. 마피아 보스는 형산의 안경을 빌려 썼고, 둘은 잠시 대화를 나눴다. 형산은 두 손을 꼭 모으고 결과를 기다렸다.

"통과!"

형산은 포효하듯 소리를 지르며 마피아 보스를 힘껏 끌어안았다. 그러자 마피아 보스는 양 손바닥으로 형산의 뺨을 움켜쥐더니 입술에 붙여 진한 키스를 하는 거였다. 형산은 기겁하며 그의 복부에 주먹을 냅다 꽂았다. 그러고는 그 길로 부리나케 1층까지 내려왔다.

"아이씨, 뭐야? 게이야? 퉤에! 퉤엣!"

올리브그린 125cc 스쿠터에 올라탄 형산은 입가를 손으로 문질러 닦으며 침을 몇 번이나 뱉었다. 털털거리는 스쿠터를 타고 가게로 돌아오던 중, 불과 500미터를 남기고 엔진이 멈췄다. 연료 게이지가 바닥난 사실도 몰랐다.

"가지가지 한다. 정말."

스쿠터를 그냥 버리고 뛸까, 고민하다가, 또 무슨 변을 당할지 몰라 씩씩대며 손잡이를 밀고 앞으로 나아갔다.

"이제 됐죠? 피자 주세요."

가게 뒷골목에 스쿠터를 삐딱하게 세운 형산은 쪽문 앞에 선 조르조 셰프를 지나쳐 안으로 들어가려 했다. 그런데 조르조의 말이 형산의 뒤통수를 잡아챘다.

"자, 다음 미션 장소로 이동!"

"미, 미션이 또 있어요?"

"그럼 하나만 있을 줄 알았나?"

조르조가 먼저 자세를 낮춰 쪽문으로 들어갔다. 입이 댓 발 나온 형산은 몸을 숙여 그 뒤를 따랐다.

조르조는 반죽하는 대리석 조리대로 형산을 데려갔다. 거기에는 밀가루 반죽을 하던 스타 라토레 셰프—Stagliatore, 반죽 전담—가 있었다. 조르조는 그를 밀쳐내고 직접 조리대 위에 세몰리나—거친 밀가루—를 살짝 뿌린 다음, 손으로 치대며 반죽을 하는 시범을 보였다.

"자자, 이렇게 체중을 실어 반죽하는 거야."

"와씨, 이젠 반죽입니까?"

형산이 발끈했다.

"두 번째 미션은 기계식 반죽기와의 한판 대결이야. 시간은 30분 줄게. 반죽의 질감이 기계보다 부드럽고 균일하게 탄력이 있어야 통과야. 만약 반죽의 찰기가 기계보다 못하면!"

조르조는 대뜸 형산의 옆구리에 청양고추만큼이나 매운 주먹을 날렸다. 무방비 상태였던 형산은 꾀꼬리 같은 비명을 질렀다.

"이렇게 몸이 반죽이 되는 거야."

형산은 치욕감에 온몸이 부들부들 떨렸다. 당장 조르조를 흠씬 두들겨 패버리려고 주먹을 꽉 움켜쥐는데 그의 뒤에 키가 2미터에 달하는 셰프 두 명이 각자 손에 화덕용 팔렛(피자 삽), 밀대를 쥐고 호위무사처럼 버티고 섰다. 충분히 살상용 무기로 활용할 수 있는 조리 도구를 든 그들은 모두 인상이 예사롭지 않았다. 소매를 한껏 걷어 올리자 우람한 팔뚝에 새겨진 뱀, 거미, 해골 따위의 살벌한 문신이 드러났다.

　불현듯 이들이 마피아 조직원일지도 모른다는 생각이 스쳤다. 그렇담, 여긴 위장용 업소인가?

　형산은 죽기 아니면 까무러치기로 싸울 각오를 다지며 오른발을 뒤로 빼고 자세를 잡았다. 그 순간, 주방 구석에 있던 형진과 눈이 마주쳤다. 형은 간이의자에 앉아 깁스하지 않은 손으로 콘디토레 셰프—Condittore, 피자 토핑 전담— 앞에서 피자 토핑 재료를 부지런히 올리고 있었다. 이들은 일찌감치 형을 인질로 잡아 노예처럼 부려 먹고 있었다. 형진은 눈을 감고 고개를 절레절레 흔들었다.

　순간, 형이 했던 말이 떠올랐다.

　"하여간 넌 그 다혈질이 문제야. 성질 좀 죽이고 살아."

　그래, 형을 봐서라도 참고 묵묵히 미션을 수행하자.

　사람 몸통만 한 커다란 밀가루 덩어리가 조리대에 탁 올려졌다. 커다란 원통형 탱크 안에도 동일한 크기의 밀가루 덩이가 들어갔다. 조르조는 30분 타이머를 세팅했다.

　"자, 시작!"

　기계식 반죽기의 탱크가 무서운 속도로 돌아갔다. 이에 질세라 형산은 온 힘을 다해 밀가루 덩어리를 누르고 치댔다. 그렇게 십 분이 지나니 어깨가 빠질 것처럼 아팠다.

　"사내놈이 어디 그래서 되겠어?"

　"더 세게 야무지게! 피자 맛은 도우가 생명이야!"

　"반죽이 차질수록 고객의 입이 즐거워지는 법이야!"

　조르조는 형산의 귀에 대고 고막이 나갈 데시벨로 끊임없는 잔

소리를 퍼부었다. 형산은 둥글어진 반죽을 조르조의 얼굴이라 상상하며 스트레이트, 훅, 어퍼컷을 무자비하게 날렸다.

그렇게 타격하니 나름대로 재미도 있고 돌덩이 같던 반죽이 차츰 부드러워졌다. 반죽은 꼭 살아있는 생명체 같았다. 형산은 반죽이 토해내는 숨소리를 들으며 리듬을 탔고, 어느 순간 무념무상의 상태에 빠져 반죽을 치대며 나라는 존재를 까맣게 잊게 되었다.

"오호, 이제 잘 치는군."

조르조가 처음으로 칭찬을 날렸다.

"손 본새가 좋아. 반죽용으로~"

"멋대로 내 손을 평가하지 말라구요!"

"타고났어!"

조르조는 형산의 손에 눈독을 들였다.

"어디서 굴러먹었어?"

"뭐요?"

"사회에서 뭐 했냐고?"

"복싱 선숩니다."

"꼴에 복서?"

"참나."

"미션 끝나고 우리 가게에서 일할 생각 없나?"

"복싱 할 겁니다. 복! 씽!"

형산은 이를 뽀드득 갈며 반죽을 두드렸다. 땀을 비 오듯 흘리며 마지막 순간까지 최선을 다했다. 그랬더니 거짓말 안 보태고 반죽이 무슨 마시멜로처럼 말랑말랑해졌다. 조르조는 기계로 돌린 반죽과 형산이 손으로 한 반죽을 서로 비교하며 고개를 끄덕였다.

"통과!"

형산은 "예스!"하며 주먹을 불끈 쥐었다. 등줄기가 땀으로 젖은 형산에게 조르조는 친절하게 물 한 잔을 내주었다. 형산은 물을 벌컥벌컥 들이켠 후, 형과 피자를 먹으러 홀로 나가려고 했다. 한데,

"자, 이제 다음 미션은……"

"아, 뭔데 또 있어요? 또?"

"이게 마지막이야. 남자답게 삼세판은 해야지."

"3시간을 준 이유가 다 있었구먼!"

형산은 앱의 시간제한 정책에 대해 깊은 분노를 느꼈다.

조르조는 붉은 벽돌로 정교하게 쌓아 올린, 동굴 모양의 화덕으로 형산을 데려갔다. 화덕 안에서 활활 타오르는 너도밤나무 장작의 뜨거운 열기가 피부에 후끈 닿았다. 그곳에는 포르나이오 셰프—Fornaio, 화덕 굽기 전담—가 삽처럼 생긴 길쭉한 팔렛을 찔러넣어 불이 골고루 닿을 수 있게 피자를 요리조리 돌렸다. 화덕에서 구워내는 피자의 향은 너무나 고소하고 달콤해 온몸이 나른해졌다.

"이제 자네는 화덕 속으로 뛰어들어 피자를 구출해 낼 거야."

"네에?"

뭔가 잘못 들었나 싶어, 형산이 귀를 가까이 가져갔다.

"저길 어떻게 들어가죠? 사람이?"

아무리 화덕이 크다고 한들 지름이 1.2m 정도인 데다 입구는 60cm 정도에 불과해 인간이 들어갈 수 있는 크기가 아니었다.

조르조는 의미심장한 미소를 지으며 손목시계를 확인하더니 "삼, 이, 일"이라고 숫자를 셌다. 그 타이밍에 맞춰 형산의 몸이 순

식간에 줄어들기 시작하더니, 마지막엔 키가 무슨 새끼손가락 길이 만큼 작아졌다. 형산은 경악하며 머리를 쥐어뜯었고, 이를 바라본 형도 놀라움을 감추지 못했다.

"당신 나한테 뭔 짓을 한 거야!"

형산이 고함을 쳤지만, 상대에겐 모깃소리처럼 작게 들렸다.

"아까 마신 물에다 슬쩍 약을 탔지. 크크."

조르조의 속닥이는 목소리가 형산의 귀에는 고막이 찢어질 듯 크게 울려 퍼졌다. 화들짝 놀라 귀를 틀어막은 형산은 마치 소설 '이상한 나라의 앨리스'나 영화 '애들이 줄었어요' 속에 떨어진 듯한 기분이었다. 거인처럼 보이는 조르조는 한쪽 무릎을 꿇고 키위처럼 까끌까끌한 손을 내밀었다. 그 손 위에 올라가기 싫었던 형산은 달아났지만, 조르조는 엄지와 집게손가락으로 형산의 티셔츠 깃을 집어 올렸다.

"아아~ 시, 싫어. 싫다구!"

형산은 공중에서 발버둥을 치며 발악했지만, 소용없었다. 조르조가 데려다 놓은 화덕 난간의 높이는 키가 6센티미터로 줄어든 형산에겐 거의 아파트 15층 높이의 옥상에 올라선 듯한 느낌이었다. 자칫 저 아래로 떨어진다면, 몸이 케첩처럼 터져버릴 게 불 보듯 뻔했다. 화덕의 불길이 조르조의 매끈한 대머리 위로 너울댔다. 조르조는 흰 눈썹을 찡긋했다.

더는 물러날 곳이 없는 형산은 뒤돌아서서 지옥의 문을 연상시키는 아치형의 화덕의 입구를 향해 천천히 걸음을 옮겼다. 가까이 다가갈수록 살이 타버릴 듯한 열기가 느껴졌다. 화덕 내부는 무려 섭씨 400도가 넘는 고온이었다. 형산은 화마와 가장 멀리 떨어진 화덕 모퉁이에 자리를 잡았다.

"10분 동안 총 다섯 판의 피자를 고루 구워내면 성공이야! 각 피자 당 2분씩인 셈이지."

조르조의 거대한 목소리가 동굴 같은 화덕 안에 메아리쳤다.

"피자를 많이 태우면 실격! 그럼, 거기서 나올 수 없어."

아치형 프레임을 통해 조르조의 벌름거리는 콧구멍과 광기 어린 입술이 보였다.

이내 집채만 한 원형 피자가 깊숙이 들어왔다. 형산은 우선 피자를 최대한 바깥쪽으로 끌어내리려고 둥근 테두리를 잡아당겼다. 불길에 너무 가까이 붙어 벌써 그을음이 피어올랐다.

그런데 피자는 꿈쩍도 하지 않았다. 이대로 가다간, 첫판부터 태울 판이었다. 심지어 나무 장작에서 불똥이 튀어 형산의 옷에 불이 붙었다. 형산은 화들짝 놀라서 바닥에 뒹굴어 불을 껐다. 다시 정신을 차리고 피자를 밀어보기도 하고 끌어보았지만, 요지부동이었다.

다 끝났다. 모든 게 다……

형산은 두 손과 발을 바닥에 짚었다. 매캐한 연기로 가득해 이제 앞이 거의 보이지 않는다. 눈과 코가 따갑다. 콜록콜록 기침만 나온다. 형산은 피자 테두리에 부지깽이처럼 부서진 숯 조각을 꽂고 등을 대고 앉았다.

바로 그때, 피자가 미세한 움직임을 보였다. 순간 자리에서 벌떡 일어나서 주위를 두리번거렸다. 열기가 식은 너도나무 숯 조각이 여럿 있어 그걸 피자 테두리에 일정 간격으로 쑤셔 넣었다. 그리고 나서 선박의 조타 핸들처럼 튀어나온 손잡이를 잡고 피자를 밀기 시작했다.

고요히 서 있던 피자가 마침내 천천히 돌아가기 시작했다. 좀 더 힘을 주자 속도가 났고, 그 원심력을 이용해 피자를 낑낑대며 돌렸다.

첫판은 탄 부분이 꽤 넓었지만, 두 번째 판부터는 탄 면 없이 비교적 잘 구워낼 수 있었다. 형산은 그런 방식으로 악다구니를 쓰며 피자를 돌리고 또 돌렸다. 불똥이 여기저기 튀어 옷에 구멍이 많이 났지만, 한번 원운동이 시작되면 가속도가 붙어 꽤 빠른 속도로 피자를 돌릴 수 있었다. 그렇게 다섯 판까지 개처럼 돌렸다.

순식간에 10분이 흘렀고, 형산은 새카맣게 때 묻은 얼굴을 하고 밖으로 기어 나왔다. 무슨 폭탄이라도 맞은 듯 머리카락은 바삭 타고, 사방으로 엉망진창 뻗쳐 있었다.

조르조는 손목시계를 봤고 처음처럼 "삼, 이, 일"이라고 숫자를 세자, 형산은 원래의 키로 돌아왔다. 콘디토레 셰프의 부축을 받아 옆으로 다가온 형진이 형산의 옷에 타다가 남은 불씨를 손으로 탁탁 털어주었다. 조르조는 형산이 온몸으로 구워낸 피자 다섯 판을 차분히 들여다봤다.

"흐음, 첫판은 꽤 태웠는데……"

조르조는 아래턱을 쓸며 고심했다.

"쓸만해. 이만하면, 합격!"

기쁨에 겨워 형제는 서로를 끌어안았다.

"홀로 나가 있어."

마침내 셰프의 허락이 떨어졌다.

드디어 지상 최고의 피자를 맛볼 시간이 왔다!

Recipe Card: 조르조 셰프의 비법 레시피

「준비 재료」　　　　　　　　　　　　　　※1인분, 1판 기준

00번 밀가루 160g, 나폴리 지하수 100ml, 소금 5g, 생이스트 0.7g, 산 마르자노 토마토 70g, 모차렐라 50g, 바질잎 5장, 엑스트라 버진 올리브오일 1큰술, 소금 1꼬집

1. 밀가루와 소금을 큰 볼에 넣어 섞어라. 그리고 물에 이스트를 녹여 부어라. 한 덩어리가 될 때까지 혼합한다. 실시!
2. 이제 반죽해라. 팔이 빠질 것 같다고? 안 돼, 더! 더!
(바로 이곳이 승부처니까!)
3. 반죽을 볼에 넣고 랩을 덮어 실온에 최소 1시간 둬라.
(이스트가 설탕과 전분을 먹고 방귀를 뽀뽀오옹~ 뀌면서, 반죽이 호빵처럼 부풀어 오르게 되니까 제발 참을성 있게 기다려)
4. 발효된 반죽을 찢어 피자 모양으로 펼쳐라. 그 위에 손으로 으깨고 블렌더로 살짝 간, 산 마르자노 토마토를 넓게 펴 발라라.
5. 모차렐라 치즈를 손으로 툭툭 찢어 올려라. 바질잎도 얹어.
(냉장고에 다른 재료가 있으면? 맘대로 추가해. 오히려 좋아)
6. 화덕에서 구워라.(집에 화덕이 없다고? 그럼 에어프라이어나 오븐을 써. 그것도 없어? …후라이팬이라도 써. 넌 할 수 있어)
7. 엑스트라 버진 올리브오일을 한 바퀴 두르고, 뜨거울 때 먹어.
(잘했어. 여기까지 따라왔다면, 이제 너도 피자의 '피'쯤은 만들 수 있게 된 거야)

Notes: 위 재료가 없으면? 부엌에 굴러다니는 밀가루, 수돗물, 드라이 이스트, 케첩 따위로 대체해도 됨. 다만, 맛은 책임 못 짐!

형제는 처음 앉았던, 지중해가 훤히 내려다보이는 전망 좋은 자리에 앉았다. 형산이 미션을 수행할 때만 해도 복작거리던 가게는 이제 피크 타임이 지나버려 무척 한산했다. 피자를 기다리며, 형제는 전통과 역사를 고스란히 담은 실내를 둘러보았다.

할리우드 스타들이 다녀간 사진, 매년 나폴리에서 개최하는 세계 챔피언십 피자 대회에 출전해 각종 트로피를 거머쥔 사진, 3대에 걸쳐 전통 피자 가게를 운영해 온 가족사진—할아버지, 아버지, 조르조 셰프—이 모든 것이 한쪽 벽면을 가득 메우고 있었다. 거기에는 세월을 따라 내려온 한 집안의 낭만이 고스란히 배어 있었다.

그때 틈이 벌어진 나무 프레임 창 너머로 헐렁한 리넨 셔츠에 짙은 청색 바지를 걸친 나폴리 선원들이 스치는 장면이 보였다. 그들은 재잘재잘하며 선착장이 보이는 비탈길로 내려갔다. 그 평화롭고 수채화 같은 풍경을 감상하다가 주방으로 시선을 돌렸다.

언뜻 보이는 주방에서 조르조 셰프가 화덕에서 직접 피자를 구워내는 모습이 눈에 들어왔다. 잔잔하면서도 묘한 감동이 밀려왔다. 곧 조르조는 양손에 피자 두 판을 가득 들고서 형제가 앉은 테이블로 친히 다가왔다. 고소하며 세상 달콤한 피자 냄새가 코를 강렬하게 타격했다.

나폴리 특유의 진하고 빨간 토마토소스, 신선한 초록 바질, 그리고 손으로 툭툭 찢어 올린 새하얀 모차렐라 치즈의 삼색이 조화로운 빛을 발했다. 두 눈이 멀 정도로 아름다운 피자였다. 형제는 엉덩이를 들썩이며 콧구멍을 벌름거렸다. 그리고 그 속으로 빨려 들어갈 듯 눈을 휘둥그레 떴다. 공기 중에 퍼진 살짝 탄내와 빵, 치즈가 어우러진 향기에 취해 정신을 잃을 것만 같았다.

그런데 피자 한 판은 누가 봐도 마르게리타였지만, 다른 한 판은 낯선 종류의 피자였다. 고요한 저녁의 붉은 노을을 닮은 그 피자는 주로 토마토소스만 사용해 도우 윗면이 온통 새빨갰다.

"그럼, 좋은 시간 되십시오."

조르조 셰프는 공손한 태도로 형제에게 인사한 후, 주방으로 선선히 들어갔다.

"형님, 먼저 드시죠."

어쩐 일인지 형산이 공손하게 말했다.

"같이 먹자."

"아, 빨리 한 입 물어."

"네놈이 언제 위아래 따졌다고."

"아, 말 많네. 다 식겠다."

형산은 피자 한 조각을 집어 형의 입에 밀어 넣으려 했다. 하지만 형은 입술을 안으로 말아 넣었다. 그렇게 형과 실랑이하다가 어린 시절의 추억이 눈앞에 선하게 부풀어 올랐다.

마당 개가 종일 혀를 내밀 정도로 후덥지근한 어느 여름날이었다. 열 살배기 형산은 한바탕 소나기가 지나간 뒤, 생긴 물웅덩이 앞에 쭈그려 앉았다. 진흙이 가라앉기를 기다렸고 적당히 맑은 물이 되자 손 바가지로 물을 떠서 혀로 할짝댔다. 그러는데 누군가가 뒤통수를 깠다. 올려다보니 당시 열 한살이던 형, 형진이었다.

"미친놈아, 왜 구정물을 마셔?"

"이씨, 집에 물 떨어졌단 말이야."
"수돗물…… 안 나와?"
"아무리 틀어도 안 나와."
형산은 손바닥에 묻은 흙을 털며 일어났다.
"그거 뭐야?"
형의 손가락 끝에 걸린 불룩한 까만 봉지를 보고 형산이 물었다. 형진이 우쭐한 표정으로 봉지를 열자, 밀가루와 달걀, 과자와 사이다 등이 보였다. 형산은 "우와!"하며 감탄했다. 가로등도 없는 골목에 서서히 땅거미가 깔리기 시작하자, 형제는 손을 맞잡고 작은 발을 부지런히 놀렸다. 뒤에서 본 형진의 머리통은 형산보다 한주먹만큼 작았다. 금세 형제는 짙은 밤의 어둠 속으로 녹아들어갔다.

당시 초등학생 신분으로 할 수 있는 일은 굉장히 제한적이었다. 그나마 또래에 비해 성숙해 보였던 형은 나이를 중학생으로 속여 전단지 아르바이트를 따낼 수 있었다. 그게 두 형제의 목숨줄이나 다름없었다. 당시 전단지 1,000장을 붙이면, 만 원을 받았다. 형은 학교가 끝나면, 밤늦은 시각까지 발바닥에 땀이 나도록 집집마다 전단지를 붙이고 다녔다. 그렇게 번 돈으로 장만한 식량이었다.

요금 체납으로 단수가 되어, 옆집에서 수돗물을 구걸해 온 형이 휴대용 버너에 불을 켰다. 불꽃이 튀며 한 평 남짓한 어두침침한 실내를 환하게 밝혔다. 형은 수돗물에 밀가루와 설탕을 풀고, 달걀 하나를 깨 넣었다. 그리고 쇠숟가락으로 마구 휘저었다. 반죽이 뭉치자, 고사리 같은 손으로 조몰락조몰락 주물렀다. 코팅이 다 벗겨진 프라이팬을 데워 그 위에 반죽 덩이를 툭툭 떨어트렸다. 모양은 엉망이었지만 그래도 빵 굽는 냄새 하나는 기가 막혔다.

형진은 프라이팬째로 들고 와 장판 위에 벼룩시장 신문지를 깔았다. 프라이팬을 내려놓기가 무섭게 형산은 빵을 손으로 뜯어먹었다. 어찌나 뜨거운지 왼손 오른손 번갈아 가며 식혀서 입에 넣었다. 그래도 혀가 델 정도였다. 그 광경을 본 형진이 동생의 뒤통수를 때리며 웃어젖혔다. 형산의 볼은 금세 빵빵해졌고, 그 모습만 봐도 형은 배부르다는 느낌이 들었다. 비록 이스트를 쓰지 않아 부드럽고 폭신한 빵은 아니었지만, 팬케이크 스타일의 그럴싸한 요리였다.

형산의 기억 속에 그 당시 형이 만들어 준 빵이 세상에서 가장 맛난 빵이었다. 그건 지금까지도 변함없었다.

그때의 추억이 머릿속에서 물러나자, 형산은 다시 형에게 짜증을 냈다.

"아, 제발 빨리 먹으라고! 다 식겠네!"

그제야 형진은 입을 열어 형산이 내민 피자 한 조각을 받아 물었다. 모차렐라 치즈가 길게 늘어진 마르게리타 피자 조각을 입속에 통째로 구겨 넣었다. 턱이 빠질 정도로 입안이 꽉 찬 형은 힘겹게 피자를 씹었다. 곧 형진은 눈에서 감동의 눈물을 흘리며 엄지를 치켜세웠다.

고작 피자 한 조각에 눈물을? 그 정도라고?

도무지 그 반응을 믿을 수 없어 형산은 얼른 형처럼 한입에 피자를 넣었다. 그 순간, 압도적인 맛의 파노라마가 터지며 뇌가 정지해 버린 것 같았다.

여태까지 먹었던 피자는 피자라고 부르기 민망할 정도였다. 도우의 쫀득함과 고소한 풍미 그리고 천연 모차렐라 치즈의 진한 풍미가 입안에서 훌라춤을 추고, 직접 만들어낸 토마토소스는 신선함과 달콤함이 입에 향기를 더했다. 마치 여름 햇살 아래 어린 시절의 형이랑 물장구를 치며 뛰노는 향수가 떠오르는 그런 느낌이었다. 마지막엔 바질이 한 잎 더해지면서, 푸른 숲속의 신비하고 상큼한 풀 향이 은은하게 퍼졌다. 이건 요리를 넘어 하나의 독자적인 예술품이었다. 단, 뱃속으로 사라지는 예술이라는 점에서 아쉬움이 컸다. 피자는 그렇게 자신이 가진 최고의 재능을 발휘했다.

형은 눈이 뒤집혀 콜라를 벌컥벌컥 들이켜며 게걸스럽게 피자를 먹어 치웠다. 이에 뒤질세라 형산도 볼이 미어터지도록 피자를 밀어 넣었다. 그렇게 두 형제는 순식간에 마르게리타를 해치우고 난생처음 보는 빨간 피자에도 손을 댔다.

마르게리타에 비해 다소 심심한 맛일 거라고 예상했는데 의외로 첫맛부터 강렬한 풍미가 훅 치고 올라왔다. 단출하고, 소박해 보이지만 토마토소스와 마늘, 허브가 주는 맛의 조화가 놀라웠다. 치즈가 없어 담백한 맛을 선호하는 사람들이 특히 좋아할 피자 같았다. 형은 마르게리타에 엄지를 척 들었지만, 형산은 이 이름 모를 피자에 엄지를 더 세우고 싶었다.

뭐, 복싱선수에 빗대면, 마르게리타는 무하마드 알리, 두 번째 피자는 마이크 타이슨 타입이랄까.

형산은 말 못 할 정도로 고통스러웠던 식단 조절과 그간 쌓인 피로, 그리고 경기를 준비하며 쌓였던 스트레스가 한순간에 사라졌고, 구름 속에 두둥실 뜬 기분으로 순박한 맛의 행복에 푹 빠져있었다.

어느새 피자가 떨어진 걸 눈치챈 조르조 셰프가 다가와 물었다.

"한 판 더 구워 줘?"

"이 맛이면, 두 판도 문제없죠."

형산의 말에 형진이 고개를 끄덕였다. 조르조는 피식하며, 주방에 피자 2판을 추가 주문 넣었다. 마침, 콜라도 다 떨어져서 홀 담당을 시켜 가져오게 했다. 그사이 형산이 딱 한 조각 남은, 두 번째 피자 접시를 가리키며 조르조에게 물었다.

"이 피자는 뭐예요?"

"마리나라란 피자이고, 이탈리아 말로 바다를 뜻하지. 오래전부터 나폴리 어부가 뱃일을 마치고 돌아와 즐기던 간편식이었어. 단순하면서 소박한 재료로 어부들의 배고픔을 달래준 추억의 요리이지."

"맛은 단순하지 않던데요?"

"결코 재료와 타협하지 않아서야. 도우를 손수 손으로 반죽해서 화덕에 구워낸 피자는 맛이 없으려야 없을 수가 없어."

"한국에서 먹던 화덕보다 훨씬 맛있게 느껴졌어요."

이번은 형이 의문을 던졌다.

"그건 물 때문일 거야. 나폴리 물은 샤워할 때 거품이 잘 안 나거든. 그 말인즉슨, 곧 미네랄 함량이 월등히 높다는 걸 의미해. 맛을 좌우하는 요소 중 의외로 물맛이 큰 비중을 차지하는 경우가 많단 말이지. 요즘은 전 세계 어디서나 피자를 즐길 수 있지만, 결국 물맛 때문에 나폴리를 따라오지 못하는 거라구."

형제는 신기해하며 고개를 끄덕였다.

"그러니까 주인공은 어디까지나 재료야. 난 재료 속에 잠재된 본연의 맛을 끄집어내는 보조자의 역할을 할 뿐이야."

조르조는 내친김에 마르게리타의 유래에 대해서도 줄줄 읊었다.

"마르게리타 피자는 왕비의 이름을 따온 거야. 1889년에 나폴리를 방문한 마르게리타 왕비를 위해 피자 장인이 이탈리아 국기를 모티브로 만들었지. 토마토, 치즈, 바질의 삼색이 꼭 이탈리아 국기 같지 않았나?"

"그러네요."

형제는 동시에 똑같이 대답했다.

"이런 전통을 알고 먹으면, 더욱 깊이 다가오는 법이지."

"후유…… 저희가 그간 먹었던 건 죄다 가짜였어요."

형산이 한숨을 내쉬며 말했다.

"도대체 어떤 피자를 먹었길래?"

조르조가 궁금해서 물었다.

"제가 원래는 하와이안 피자광이었단 말이에요."

"오, 제발!"

첫 마디부터 조르조는 거의 경기를 일으켰고, 양손을 오므려 잘게 흔들었다. 이건 상대가 말도 안 되는 소리를 하거나, 이해할 수 없는 행동을 할 때 쓰는 이탈리아인 특유의 제스처였다. 조르조는 콜라를 벌컥벌컥 마시고는 속사포처럼 말을 쏟아냈다.

"산도 높은 토마토 위에 왜 파인애플을 얹어? 맛의 조화나 정통 피자에 대해 조금이라도 식견이 있는 전문가라면 그런 터무니없는 조합을 할 수가 없어! 나폴리 피자는 유네스코 무형문화 유산에 등재된, 문화와 역사 그리고 자부심이 깃든 요리이자, 이탈리아 그 자체라고!"

형산은 얼굴에 튄 조르조의 침을 닦아내며 심드렁하게 말했다.

"뭐 어쨌든, 전 맛있게 먹긴 먹었는데요……."
"그 피자는 이탈리아에 대한 모독이야. 모독! 알아듣겠어?"
여전히 형산이 이해하지 못하고 고개를 갸웃하자, 조르조가 공격적인 어조로 물었다.
"한국에서 젤 유명한 음식이 뭐야?"
"김치……가 있죠?"
"좋아, 적절한 예시야. 김치도 유네스코 무형문화 유산이니까. 만약에 그 김치를 소금, 젓갈, 고춧가루에 절이지 않고 케첩이나 마요네즈에 버무려서 김치라고 우기면 기분이 어떻겠어?"
"오~ 그러니까 바로 이해가 되는데요."
그제야 형산이 고개를 끄덕였다.
때마침 주문한 피자 두 판이 테이블에 도착했다. 조르조 셰프는 빈 의자를 끌어오더니 아예 통로 쪽에 눌러앉았다. 그러고는 형산과 형진에게 그동안 먹어본 피자들에 관해 이야기해 달라고 부탁했다.
형제는 피자를 한 조각씩 집어 먹으며 서로 눈치를 살피더니, 한국에서 먹은 몇몇 유명 브랜드 피자를 언급하기 시작했다. 그 말을 들은 조르조 셰프는 깊은 한숨을 푹푹 내쉬며 고개를 절레절레 저었다.
"양키 놈들이 피자를 다 망쳐놨어. 보다시피, 우린 천연 재료만 써. 냉동이나 가공품? 절대 쓰지 않아. 그런 걸 쓰는 순간 맛이 50% 이상 깎인다고 보면 돼. 요리사가 편하고 쉬운 길만 찾으면 절대 고객을 감동하게 할 수 없어. 요리사가 귀찮고 힘들고 불편해야만 최고의 맛이 나오는 법이야."

조르조는 마지막에 검지를 세우고 힘주어 말했다.

"잘 새겨둬. 프랜차이즈는 골고루 맛없는 맛이야!"

그 통찰력 있는 한 마디에 형제는 불쑥 웃음이 터졌다. 그러고 보니 확실히 공장에서 똑같이 찍어낸 피자와 달리 화덕에서 손으로 구워낸 피자는 매번 모양도 제각각이고 탄 부분이 항상 있었는데, 그런 고르지 못한 면에서 인간다움이 느껴져 더 맛있게 다가오는 것 같았다.

"그래도 미국 덕분에 피자가 전 세계로 뻗어나간 거 아녜요?"

형산이 마리나라 피자를 맛있게 먹으며 일부러 딴지를 걸었다.

"그 공로는 일부 인정하지만, 정통 피자를 망친 죄가 너무 커."

"그런 분께서 왜 미국 콜라를……."

형산이 자꾸 깐족거리며 조르조의 심기를 건드리자, 형진이 테이블 아래로 다리를 뻗어 형산의 정강이를 툭툭 찼다.

"여기 빈 병 안 치우고 뭣들 해!"

조르조는 괜히 홀 직원을 타박했다.

"어이, 꿀통! 여기서 일해볼 생각 없나?"

조르조가 대뜸 형산에게 물었다.

"진심이에요?"

"그러면 장난일까?"

형산은 잠시 고민하다가 입을 열었다.

"음…… 그냥 권투할래요."

"아니야, 네 손은 반죽용으로 딱 타고났어."

"멋대로 평가하지 말랬죠?"

이번은 조르조가 살살 약을 올리자, 형산이 발끈했다.

"이런 피자를 매일 먹을 수 있다고 해도?"

그런 사탕발림에 잠깐 망설이는 듯했지만, 곧 형산은 고개를 저었다.

"그래도 권투할래요."

"싸움 지지리 못할 관상인데."

"맘대로 생각하세요. 아까 반죽하면서 깨달았다구요. 죽이 되든 밥이 되든, 전 권투할 때 제일 신난다구요."

형산의 눈빛이 흔들림 없이 빛났다. 형진이 흐뭇한 눈길로 동생을 바라봤다. 조르조는 그런 형산을 인정하며 손을 내밀어 악수를 청했다.

"건투를 빈다."

이제 조르조는 형제가 편안히 피자를 즐길 수 있도록 자리를 비켜주었다. 그런데 형과 함께 남은 피자를 먹던 형산은 갑자기 의자를 뒤로 밀고 일어나 화장실로 뛰어갔다. 순간 머릿속에 팟하고 조르조를 골려줄, 기가 막힌 아이디어가 떠올랐기 때문이었다.

형산은 변기 칸에 들어가 앱을 열고 '접속 종료' 버튼을 누른 뒤, 형의 병상으로 쫓아가 냉장고에서 케첩과 파인애플 통조림을 꺼냈다. 그리고 그것을 들고 순식간에 다시 이탈리아로 건너왔다.

헐레벌떡 자리로 돌아온 형산은 통조림을 따서 파인애플이 넘칠 정도로 마리나라 위에 토핑으로 올렸다. "지금 뭐 하는 거야?"라고 형진이 갈라진 목소리로 만류했지만, 형산은 동작을 멈추지 않고 자체 제작한, 조각 피자를 손에 들고서 주방으로 막 들어가려던 조르조를 명랑하게 불렀다.

"셰프니이임!"

마리나라가 하와이안 피자로 둔갑한 것을 본 조르조는 눈깔이 홱 뒤집혔다.

"크억, 너…… 너어……"

기도가 좁아진 탓에 말이 나오지 않았다. 느슨한 자세로 앉은 형산은 여기에 한술 더 떠서 오뚜기 케첩을 파인애플 위에 지그재그로 뿌렸다. 케첩이 거의 다 떨어져 용기에서 푸프프-뽀지지직, 통방귀 비슷한 소리가 났다. 조르조는 목덜미를 잡고 졸도하기 직전이었다.

"그거 먹기만 해 봐. 지구 끝까지 쫓아가서 죽여 버릴……!"

시뻘겋게 핏발이 선 그의 눈에서 살기가 느껴졌다. 하지만 형산의 무례한 장난은 그칠 줄 몰랐고, 킬킬대며 손수 만든 하와이안 피자를 넣을까 말까, 입 앞에서 왔다 갔다 하며 계속 약을 올렸다. 그걸 보다 못한 형이 형산의 머리를 팍 내리치며 피자를 빼앗았다.

"적당히 해. 얌마."

조르조 셰프는 지옥에서 돌아온 사람처럼 숨을 토해냈다.

"셰프님, 죄송합니다."

형이 대신 고개 숙여 사과했다. 형산은 뺨을 씰룩거리며 셰프에게 윙크했다. 조르조는 심장을 움켜쥐고서 주방으로 사라졌다.

형제는 남은 피자를 여유롭게 음미하듯 먹었다. 1인당 두 판을 해치웠음에도 질리지 않는 맛이었다. 마지막 두 조각이 남았을 때, 둘은 허리띠를 풀고 잠시 숨을 돌렸다. 그때 주방에서 나온 조르조 셰프가 입을 열었다.

"시간 잘 체크하고 있어?"

형산은 앱을 열어 남은 시간을 확인했다. 3분도 채 남지 않은 상황이었다.

"으잇, 벌써 시간이……! 이거 시간 초과하면 어떻게 되죠?"

"비행기가 있잖아. 배도 있고. 표 살 돈 없으면 여기서 구르면 돼."

조르조가 요괴 같은 미소를 지었다. 그 말에 형제는 정신이 번쩍 들었다. 형산과 형진은 남은 피자 조각을 허겁지겁 입에 쑤셔 넣고 자리에서 벌떡 일어났다. 형산은 형을 부축하며 화장실 쪽으로 급히 걸음을 옮겼다.

"배 찢어지게 먹고 갑니다. 셰프님."

"지상 최고의 맛이었어요."

형제가 조르조를 향해 깍듯이 고개를 숙이며 경의를 표했다.

"또 볼 날이 있겠지."

조르조가 말했다.

"꼭 다시 올 겁니다."

형산이 힘주어 말했다.

"Che la fortuna accompagni il cammino di mio fratello."

미리 안경을 벗은 바람에 조르조의 마지막 말은 이탈리아어로 들렸다. 조르조는 입술에 손가락을 모아서 붙인 후, 손을 펴 앞으로 날리며 형제의 앞날에 행운을 비는 제스처를 날렸다. 형제는 서둘러 변기 칸으로 들어가 앱을 열었다.

이제 남은 시간은 불과 10초.

형제는 서로의 손을 꽉 잡았다. 남은 시간이 3초에 가까워졌을 때, '접속 종료' 버튼을 눌렀다. 어김없이 배수구로 빨려 들어가는 느낌으로 빠르게 회전하며 처음 출발했던 곳으로 무사히 되돌아왔다.

육 인실을 함께 사용하던 환자들은 잠을 자거나 외출 중이라 이 마법 같은 진귀한 장면을 아무도 목격하지 못했다. 이내 똥머리를 한 6병동 담당 간호사가 병실로 들어왔다.

"노형진 씨, 어디 있었어요? 한참 찾았잖아요. 또 뭔 일이 생겼나, 얼마나 걱정했다구요."

"미, 미안합니다."

"식사 안 했죠?"

"방금 동생이랑 먹고 왔는데……."

"병원 밥 거르면 혼나요. 빨리 약 드세요."

간호사는 물과 함께 약봉지를 찢어주었고, 형이 약을 제대로 삼키는지 앞에서 지켜봤다.

"동생분은 빨리 집에 가세요."

"아유, 갑니다! 가요! 가!"

"면회 끝난 지가 언젠데. 이 시간까지."

"거참, 되게 빡빡하네. 인사만 하고 갈게요."

간호사는 투덜대는 형산을 흘겨보며 다른 업무를 보러 병실을 나갔다.

"간다. 푹 쉬어라."

"덕분에 잘 먹었다. 좋은 구경 잘했고."

형산은 병실 문을 열고 나가려다 잠시 문 앞에 멈춰 섰다.

"나, 프로에 가서 꼭 벨트 딴다."

형이 싱긋 웃었다.

"그니까 뒤질 생각 말고 내 경기 보러 올 생각이나 해."

"인마, 그 맛을 봤는데 어떻게 죽냐?"
"……뭐?"
형산이 고개가 잠시 뒤로 돌아갔다.
"오늘 예술을 맛보고, 세상엔 아직 맛봐야 할 요리들이 많다는 걸 깨달았어. 덤으로 네 경기까지 볼 수 있으면…… 뭐, 좋고."
형산은 고개를 절레절레 흔들며 병실을 나갔다.

그날 이후, 대여폰에 설치돼 있던 야미킥은 더 이상 작동하지 않았다. 약속된 날짜에 맞춰 사설 수리점에 들른 형산은 대여폰을 반납하고, 말끔히 복구된 휴대폰을 돌려받았다.
그리고 한참 후, 우연히 그 거리를 다시 지나게 됐다. 하지만 아무리 둘러봐도 그 수리점은 보이지 않고 그 자리 지하에는 피시방이 운영 중이었다. 궁금한 마음으로 피시방에 들러 아르바이트생에게 물어보니, 이곳은 십여 년 전부터 변함없이 피시방을 운영했다는 답이 돌아왔다. 한여름의 꿈처럼 사설 수리점이 사라져 버리자, 형산은 멍한 얼굴이 되어 밖으로 나왔다.
그게, 그 기묘한 사건에 대한 마지막 기억이었다.

그로부터 3년 후.
근사한 초콜릿 복근을 장착한 형산이 정밀 체중계 위로 올라섰다.
"원 헌드레드 포티 나인 파운드!"

블랙 슈트를 차려입은 장내 아나운서가 마이크를 잡고 형산의 체중을 요란하게 외쳤다. 계체량 심사를 가뿐히 통과한 형산은 양팔을 귀 높이까지 들어 올려 안쪽으로 힘껏 구부렸다. 그러자 코코넛처럼 단단해 보이는 팔 근육이 부풀어 올랐고, 쫙쫙 갈라진 초콜릿 복근이 매끈하게 반짝였다.

그의 앞에는 챔피언 벨트를 어깨에 둘러멘 흑인 선수, 버나드가 서 있었다. 카메라 기자들의 플래시가 사방에서 터졌고, 계체량 행사를 보러 온 팬들은 휴대폰으로 동영상과 사진을 찍으며 환호성을 질렀다. 형산은 앞뒤로 큼직하게 '챔프 복싱'이라 적힌 티셔츠를 꺼내 입었다. 그 모습을 지켜보던 장호철 관장은 흐뭇하게 미소 지었다.

그 계체량 행사가 있고 며칠 뒤, 조르조 셰프의 지휘 아래 'Pizzeria Da Napoli'(피제리아 다 나폴리)의 주방은 여느 때처럼 분주하게 돌아갔다. 그러다가 점심시간이 훌쩍 지나고 손님이 모두 떠나자, 조르조 셰프는 이마에 달라붙은 밀가루를 털며 잠시 홀로 나왔다.

스타 라토레, 포르나이오, 콘디토레 셰프는 빈 테이블에 앉아 스마트폰으로 무언가를 시청하고 있었다. 그들 셋은 조르조 셰프를 보자 다급히 손짓했다. 조르조 셰프는 근처 테이블에서 빈 의자를 하나 끌어와 자리에 앉았다.

때마침 스마트폰에 화면에는 미국 라스베이거스에서 열리는 프로 복싱 경기가 생중계되고 있었다. 이내 형산이 전장의 전사처럼 두 팔을 휘저으며 달려 나왔다. 예상치 못한 돌발 행동에 장 관장은 깜짝 놀라 그의 뒤를 급히 쫓았다.

그 모습을 본 조르조 셰프는 웃음을 터뜨렸다. 형산은 고함을 지르며 두 발로 바닥을 쿵쿵 울리며 링 쪽으로 돌진했다. 마치 전설적인 프로레슬러 워리어가 다시 돌아온 듯한 폼이었다. 그는 링에 오르기 직전, 관중석 맨 앞줄에 앉아 있는 형진에게로 다가갔다.

형진은 비틀거리며 일어나 느리게 몇 걸음 앞으로 걸어가 형산을 힘껏 끌어안았다. 그리고 동생의 등을 두어 번 두드렸다.

얼마 전, 인공 뼈가 아닌 실제 뼈를 이식받은 형은 7시간에 걸친 대수술—수술비는 전액 형산이 부담—을 무사히 마치고 재활에 성공해 기적적으로 다시 걷게 되었다. 형제는 뜨거운 포옹을 하며 서로의 볼에 입을 맞추었다.

순식간에 장 관장이 벌려놓은 로프 틈 사이로 들어간 형산은 링 위로 경쾌하게 튀어 올랐다.

링 아나운서는 특유의 말끝을 늘여 빼는 듯한 말투로 형산과 그의 상대, 흑인 선수 버나드를 소개했다. 이어 경기 시작을 알리는 종이 '땡' 하고 울렸다.

버나드가 먼저 빠르게 원투를 날렸다. 형산은 나비처럼 가벼운 발놀림으로 그의 공격을 피하며, 자신감 있는 주먹을 내질렀다. 형산의 주먹은 알이 꽉 차 있었다. 그 다부진 주먹이 버나드의 얼굴을 반죽하듯 찰지게 꽂혔다.

한편, 'Pizzeria Da Napoli'(피제리아 다 나폴리)의 창가 자리에는 모차렐라 치즈처럼 부드럽게 늘어진 따사로운 햇볕이 스며들었다. 빈 테이블 위에 그릇과 포크 두 세트가 누군가를 기다리듯 가지런히 놓여 있었다.

❀ Main Course II ❀

본질을 잃지 않은 스시

 왁스로 헤어스타일에 한껏 힘을 준 30대 후반의 남자가 변기에 앉아 전동 칫솔을 쓴다. 오줌발이 멎자, 비데가 유연하게 작동한다. 몸을 일으키면 자동으로 변기 커버가 닫히고 변기 물도 알아서 내려간다. 모든 게 최신식이다.

 연이어 전기면도기로 거뭇한 턱수염을 깎고, 코털 정리기를 콧구멍 깊숙이 넣어 깔끔히 손질한다. 단장을 마무리하고 욕실을 나가려던 찰나, 세면대 거울에 고구마 맛탕에서 보이는 실타래가 보였다. 자세히 보니 새치 한 가닥이었다. 수납장에서 핀셋을 꺼내 그놈을 잡으려 하지만, 털이 꼬부라져 쉽게 붙잡히지 않는다.

 은근히 부아가 치밀어 오른다. 몇 번 애를 쓴 끝에 마침내 탁, 새치를 뽑아낸다. 두피에 따끔한 통증이 전해진다. 새치 하나 뽑으려다 멀쩡한 머리카락 세 개가 같이 뽑혀버렸다. 요즘 가뜩이나 탈모가 심해지는데…… 제기랄!

턱을 가슴팍에 바짝 붙인 그는 눈을 부릅뜨고 정수리 부근을 살핀다. 손가락으로 모발을 헤치자, 그사이에 숨어 있던 흰털들이 팝콘처럼 튀어 올랐다. 남자는 얼굴이 노랗게 질렸다. 이건 뽑는 걸로 해결될 사안이 아니다. 아무래도 쿠팡으로 새치 커버 염색약 한 통을 주문해야 할 것 같다.

아침부터 잡친 표정으로 욕실을 나오는데, 어디선가 기막힌 냄새가 솔솔 풍겨온다. 부엌에서 아내가 김치찌개를 끓이고 있었다. 남자는 아내의 등 뒤로 다가가 투덜거렸다.

"아침밥 싫다고 몇 번을 말해야 해……요."

"다 됐어……요."

"아침엔 속이 더부룩하다고……요."

"조금이라도 먹어야 힘쓰지……요. 앉아요."

동갑내기 부부는 아직 높임말이 익숙지 않아 보였다. 남자는 전기밥솥을 열어 밥을 절반쯤 담아서 벽으로 붙여 놓은 3인용 식탁에 자리를 잡았다. 곧 아내가 뭉근히 끓인 김치찌개를 들고 식탁으로 왔다. 이미 식탁에는 반찬집에서 산 '3팩에 만 원' 묶음 반찬—콩나물무침, 어묵볶음, 애호박전—이 놓여 있었다. 아내는 대각선 자리에 눌러앉아 턱을 괸 채 남편이 밥 먹는 모습을 물끄러미 바라보았다.

"정연 씨, 그러지 말고 같이 들죠."

"아침엔 속이 더부룩해서요."

아내, 정연은 싫다며 도리질을 쳤다.

"왜요? 간이 안 맞아요?"

김치찌개를 조금씩 떠먹는 성욱을 보며 정연이 물었다.

"어, 그게 아니라 맛이 약간……"

"먹지 마요. 그만 먹어요."

기분이 상한 정연이 성욱의 밥을 뺏으려 하자,

"어어, 왜 이래요? 장난이에요. 맛…… 맛있어요!"

성욱은 익살스러운 표정으로 밥을 맛있게 떠먹기 시작했다. 그 모습에 정연은 그만 웃고 말았다. 그렇게 남자는 혼자 밥숟갈을 뜨는데, 다섯 살짜리 남자아이가 졸린 눈을 비비며 거실로 나왔다.

"엄마, 나 쉬 마려워."

"에구, 우리 하준이 깼어?"

잠시 뒤, 정연은 하준이를 품에 안은 채 남편을 따라 현관으로 나왔다. 그녀는 남편의 정장 상의에 붙은 보푸라기를 손끝으로 떼어 내고, 그의 볼에 부드럽게 입술을 댔다.

"하준이도 아빠한테 뽀뽀해야지."

남자와 붕어빵처럼 쏙 빼닮은 하준이가 졸린 눈을 하고서 남자의 볼에 뽀뽀했다.

"잘 다녀와요."

"아빠, 안녕히 다녀오쎄요."

"하준이 엄마 말씀 잘 듣고, 유치원도 잘 다녀오세요."

"네엔."

남자는 아들의 볼에 입을 맞춘 뒤, 정연의 허리를 끌어안고 진한 키스를 했다. 정연은 창피해하며 남편을 살짝 밀쳐냈다. 손을 흔드는 아내와 아들을 보며 미소를 지은 채 남자는 현관문을 열고 밖으로 나갔다.

  1,341세대가 츄러스처럼 빼곡히 들어선 대단지 아파트의 중앙 광장을 남자는 걸었다. 아침부터 푹푹 찌는 날씨에 금세 사타구니 부근이 끈적였다. 사방에서 근무지로 향하는 여러 차량의 헤드라이트가 번쩍였다. 남자처럼 도보로 출근하는 주민들도 꽤 여럿 보였다. 그나저나 남자는 기진맥진 지친 모습으로 점점 느리게 걸었고, 아파트 주민들은 앞다투어 그를 추월했다. 아파트 정문을 빠져나온 그는 길 건너편에 있는 초등학교를 끼고 돌아 서울역 방향으로 터벅터벅 걸었다.

  십 분도 안 걸려 남자는 서울역에 도착했다. 고약한 두리안 냄새가 진동하는 공중화장실로 들어가 변기 칸 문을 걸어 잠갔다. 그리고 백팩에서 추리닝과 티셔츠를 꺼내 옷을 갈아입었다. 구두에서 운동화로 신발까지 바꿔 신은 뒤, 세면대에서 머리를 감고 발을 씻는 노숙자 무리를 멀찍감치 돌아서 화장실을 빠져나왔다.

  그 길로 남자가 향한 곳은 '더 이글루'라는 간판을 내건 무인 아이스크림 가게였다. 문을 열고 들어서자마자 바닥에 어지러이 널린 영수증과 아이스크림 포장지가 발에 챘다. 그리고 누가 탄산음료를 쏟았는지 운동화 밑창이 쩍쩍 달라붙었다. 남자는 영수증과 각종 쓰레기를 주웠다. 구겨진 영수증에는 상호, 포스기 번호, 상품 및 지급 금액 등이 적혀 있었고, 맨 위에 대표자 이름이 눈에 들어왔다.

대표자 : 이성욱

그가 이성욱이었다. 물티슈를 몇 장 뽑아 든 성욱은 쭈그려 앉아 바닥을 힘주어 빡빡 문질렀다. 그러던 중 냉동고 문 하나가 반쯤 열린 채로 방치된 것을 보고 깜짝 놀라 그곳으로 다가갔다. 냉동고 안에 손을 넣고 더듬자, 단단히 얼어 있어야 할 아이스크림이 죄다 물렁물렁하게 녹아 흐물거렸다.

성욱의 얼굴이 죠스바처럼 시퍼레졌다. 하필 값비싼 콘과 모나카류 아이스크림이 가득 채워진 냉동고였다. 성욱은 심장 부근을 손으로 움켜쥔 채 어지러운 머리를 가라앉히려 냉동고에서 뿜어져 나오는 찬기를 얼굴에 쐬었다. 그래도 진정이 되지 않아 옆 냉동고 문을 열고 막대 아이스크림 하나를 꺼내 포장지를 찢어 입에 물었다.

백 리터짜리 쓰레기봉투에 콘과 모나카류 아이스크림을 깡그리 쓸어 담았다. 눈에 눈물이 가득 차올랐다. 곧 눈물이 쏟아질 것만 같았다. 성욱은 크게 심호흡을 여러 번 했다. 그렇게 간신히 마음을 진정시킨 뒤, 침착하게 CCTV 녹화 영상을 돌려보았다.

한데, 냉동고를 연 범인을 찾던 중 뜻밖의 절도범을 포착했다. 교복 차림을 한 놈은 메로나와 뽕따 아이스크림 두 개를 계산하는 척 시늉하더니 홀연히 사라졌다. 얼굴이 어딘가 낯익어 화면을 확대해 보았다.

순간, 성욱의 눈이 출입문 옆에 붙여 놓은 대자보로 향했다.

틀림없다. 바로 그놈이다.

며칠 전 아이스크림을 훔친 절도범의 사진을 큼지막하게 출력해 벽에 붙인 다음, 그 위에 '한 번만 더 훔치면 경찰에 신고합니다!'라는 경고문을 빨간 매직으로 적어 놓았던 터였다. 그런데 그 녀석이 마치 농락하듯 다시 나타나 아이스크림을 또 훔쳐 간 것이다.

이번에는 키오스크에 체크카드를 꽂은 뒤, 결제 승인 직전에 카드를 빼내는 교활한 수법을 쓴 것 같았다. 성욱은 입에서 쌍욕이 튀어나왔다. 상대가 학생이고 피해액은 기껏해야 몇천 원에 지나지 않는다고는 하나, 이번만큼은 도저히 묵과할 수 없었다.

CCTV를 빠르게 돌려보던 성욱은 이내 냉동고를 연 범인도 찾아냈다. 후줄근한 옷차림의 그 남자는 한 손에 소주병을 들고 새벽 2시 13분경 매장에 들어와 아이스크림 세 개를 연달아 까먹었다. 그러더니 냉동고 문을 닫지도 않고 그 위에 털썩 드러누워 잠을 청했다. 며칠째 이상기온으로 열대야가 지속되어 잠을 통 이루지 못하는 이 시기에 놈은 태평하게 이곳에서 다섯 시간을 내리 자고 난 뒤, 아이스크림 두 개를 더 까먹고 유유히 사라졌다.

성욱은 피가 거꾸로 치솟는 기분이었다. 즉시 휴대폰으로 112에 신고를 때렸다. 잠시 후, 현장에 도착한 경찰관 두 명은 CCTV 영상을 확인하더니 업무 폰으로 증거 사진을 여러 장 찍어갔다.

그로부터 며칠이 지난 후, 브로콜리 모양으로 파마머리를 한 아줌마가 씩씩대며 무인 매장 안으로 들이닥쳤다. 때마침 성욱은 냉동고에 새 아이스크림을 채우느라 분주했는데, 아줌마가 어찌나 난동을 부리는지 결국 경찰을 부를 수밖에 없었다. 출동한 남녀 경찰관 두 명은 성욱과 아줌마 사이에 끼어 진땀을 흘리고 있었다.

"애가 철없이 실수한 거 갖고 어른이 그래야겠어요?"

"요즘 중학생이 무슨 앱니까? 그리고 실수는 무슨! CCTV 보면 몰라요? 다 알고 그랬지."

"그래서 내가 대신 사과하잖아요!"

"그게 미안한 태돕니까?"

성욱이 버럭버럭 고함치자, 브로콜리 아줌마는 목소리를 한 옥타브 낮춰 말했다.

"아아, 알았어. 나 이제 애들 밥해주러 가야 해. 아저씨, 내가 진심으로 사과할게. 정말 미안해요. 이제 그만하고, 우리 5천 원에 끝내자고요."

브로콜리 아줌마는 시장바구니에서 구겨진 천 원짜리 지폐 다섯 장을 꺼내 쑥 내밀었다. 성욱은 어이가 없어 헛웃음을 쳤다.

"아줌마, 지금 장난해요?"

"옴마? 이거면 남는 장사 아닌가? 피해 물품이 몇백 원짜리 아이스크림 4개라믄서!"

성욱이 잠자코 팔짱을 끼자, 브로콜리 아줌마가 캐물었다.

"아니 그럼, 얼마를 원하는데? 말해 보쇼."

"삼⋯⋯ 삼백이요."

성욱의 약간 더듬거리는 목소리에,

"사, 사삼, 삼백?"

브로콜리 아줌마의 눈이 튀어나올 듯 휘둥그레졌다. 곁에 서 있던 두 경찰관도 아줌마 못지않게 놀란 눈치였다.

"몇백 원짜리 아이스크림 몇 개에 뭔 수백을 달래?"

"내가 이 건으로 얼마나 마음고생하고 시간을 뺏겼는데요! 정신적 피해액까지 포함해서 그 정도는 받아야겠어요."

"요 아저씨가 이제 보니까, 합의금 전문 장사꾼이네."

브로콜리 아줌마는 와사비처럼 톡 쏘는 매운 말을 던졌다. 순간 성욱은 속이 뜨끔했지만, 겉으로는 최대한 티를 내지 않으려 애썼다.

"성실하게 물건 팔아서 돈을 벌어, 이 양반아. 그러다 천벌 받아!"

"……아줌마 아들내미 벌받을 걱정이나 하시죠."

"아니 경찰관 오빠야, 언니야, 지, 지, 지금 합의금 삼백이 말이야. 방귀야?"

"그, 그게…… 합의금은 딱히 정해진 기준이 없어서 저희도 뭘 어찌……."

여자 경찰관은 말끝을 흐리며 시선을 회피했다.

"지금 이 양반이랑 합의 안 하면 어찌 되는데?"

브로콜리 아줌마의 닦달에 남자 경찰관은 관련 법령을 스마트폰으로 찾아서 국어책 읽듯이 읊었다.

"14세 이상은 소년 재판이 아닌 형사 재판을 받게 될 가능성이 있구요. 형법 제329조 절도죄를 따르면, 타인의 재물을 절취한 자는 6년 이하의 징역 또는 1천만 원 이하의 벌금에……."

"아, 됐어. 됐어. 누가 손이 없어서 묻는대? 어이가 없어서~"

브로콜리 아줌마는 팍 짜증을 냈다. 그러고는 성욱을 향해 될 대로 되라는 투로 말했다.

"이봐, 아저씨. 나 돈 없어. 아니, 있어도 못 줘. 그런 터무니없는 액수가 말이 돼? 학교에 알리든 동네방네 떠들든 맘대로 해. 내 아들은 죄지은 만큼 처벌 달게 받을 거고, 앞으로 자식 교육 똑바로 시킬 테니까 그렇게 알아."

그 말을 끝으로 가게를 나가려던 브로콜리 아줌마는 출입문 앞에 멈춰 한 마디 더 날렸다.

"나도 늘 올바로 산 건 아니지만, 아저씨 그렇게 살면 안 돼! 애들이 나쁜 길로 빠지면, 훈계하고 지도할 생각부터 해야지. 처벌이나 합의금이 목적이 되면 안 되잖아. 우리 어른이 그러면 안 되지!"

"……."

아줌마의 따끔한 지적에 성욱은 얼굴이 화끈 달아올랐다. 그런 성욱에게 남자 경찰관은 눈치를 살피다가 조심스레 말을 걸었다.

"저기 사장님, 냉동고 연 피의자 말이에요. 저희가 수사 중인데…… 아무래도 서울역 근처를 배회하는 노숙인 같거든요. 그래서 소재 파악이 쉽지 않은 데다, 설령 잡힌다고 해도 보상받기가 굉장히 어려울 겁니다. 그 점 미리 알고 계시면 좋을 것 같아서요."

"……네, 고생하셨습니다. 살펴 가세요."

성욱은 어깨가 축 늘어진 채 경찰관들에게 고개를 숙였다.

잠시 후, 무인 아이스크림 가게를 나온 성욱은 그곳에서 약 5분 거리에 있는 '봇 커피' 매장으로 향했다. 가게 통유리창에는 '고급 아라비카 원두 사용'이라는 스티커와 '24시 무인 카페, 아메리카노 1,300원'이라는 현수막이 붙은 가게였다. 성욱은 그곳에 들어가서 손님들이 먹다 남긴 일회용 컵을 치우고 손걸레로 테이블을 닦아냈다.

내부 청소를 마친 성욱은 창가 테이블에 팔꿈치를 괴고 텅 빈 눈으로 밖을 바라보았다. 길 건너편에는 스타벅스를 비롯한 저가 커피 점포 네 곳이 나란히 자리 잡고 있었다. 사람들은 그곳에서 긴 줄을 이루며 커피를 주문했다.

반면, 이곳은 무슨 마가 낀 건지, 적막이 감돌았다. 성욱은 자신도 모르게 습관성 한숨을 푹푹 내쉬었다. 아메리카노를 1,300원이라는 저렴한 가격에 내놓았건만, 사람들은 몇백 원, 몇천 원 더 비싸더라도 이름난 브랜드의 커피 전문점을 찾았다.

가격을 더 낮춰볼까? 1,000원? 800원 그것도 아니면 파격적으로 500원까지?

휴대폰 계산기 앱으로 손익분기점을 계산해 보다가 고개를 저었다. 잘못 가격을 책정했다가 오히려 팔면 팔수록 손해가 날지도 모르는 일이었다.

성욱은 전면 유리창에 희끄무레하게 비치는 자신과 눈이 마주쳤다.

그는 그간 성실히 모은 적금과 10년간 몸담은 회사에서 받은 퇴직금을 탈탈 털어 무인점포 두 개를 차렸다.

창업에 든 비용은 총 7,500만 원.

처음엔 내 사업을 한다는 생각에 온 세상을 다 가진 것 같은 기분이었다. 자연스레 어깨에 힘이 들어갔고, 누군가에게 으스대고 싶었다. 목표는 무척 야심 찼다. 1년 안에 원금을 회수하고, 프랜차이즈 사업을 본격화해 단기간에 10호점, 100호점을 넘어, 나아가 전국 1,000호점까지 확장하는 거였다. 그리하여 무인 프랜차이즈 업계의 거대한 공룡으로 우뚝 서서, 회사를 수백억 원에 매각한 뒤 이른 나이에 경제적 자유를 누리는 달디단 꿈을 꾸었다.

그러나 현실은 점포당 월 백만 원의 수익조차 가져가기 힘든 구조였다. 이 흐름이 지속된다면, 머지않아 마이너스 수익률은 불 보듯 뻔한 일이었다. 매일 그런 스트레스로 인해 명치가 체한 것처럼 답답해져서 주먹으로 가슴팍을 쳤다.

모든 게 자신의 능력을 지나치게 과대평가한 대가였다. 한순간의 어리석은 판단과 오만방자함으로 인해 최악의 상황을 맞이했다. 이럴 줄 알았더라면, 얼마 전에 그만둔 회사에서 그냥 월급쟁이로 사는 편이 훨씬 나았지.

문득 이런 자책도 사치라는 생각이 들어 성욱은 휴대폰을 꺼내 아르바이트 자리를 찾기 시작했다. 남는 시간에 막노동을 뛰든, 편의점에서 아르바이트를 하든, 뭐라도 해야 했다. 그래야 전에 직장에서 받던 봉급을 얼추 맞출 수 있었다.

아내에겐 회사를 관뒀다는 사실을 차마 고백할 수 없었다. 사업이 어느 정도 자리를 잡으면 털어놓으려 했건만, 그 타이밍은 영원히 오지 않을 것만 같았다.

알바몬 사이트를 이리저리 헤매던 성욱은 한 게시글을 보고 눈이 번뜩 떠졌다.

[1박/2박 고액 단기 아르바이트 모집]
- 급여: 건당 최대 1,250,000원!
- 근무 기간: 1박 또는 2박 단기 알바
- 모집 기간: 상시 모집 중
관심 있는 분, 연락해 주세요!

상세 내용을 좀 더 살펴보니, '생동성 및 임상 시험 공고'였다. 자격 요건은 만 19세 이상의 건강한 성인 남녀이며, 누구나 지원할 수 있었다. 참여 방식은 입원과 통원 두 가지로 나뉘는데, 입원 옵션이 사례비를 좀 더 후하게 받을 수 있었다.

외래 없이 1박 2일씩, 총 2회 입원으로 67만 원을 받을 수 있는 조건에 신청서를 넣었다. 아내에게는 지방 출장이나 연수, 아니면 회사 동료 부친 장례식이라고 그럴듯하게 둘러댈 계획이었다. 이걸로 이번 달은 무사히 넘길 수 있다는 생각에 마음이 한결 가벼워졌다.

"하쭌이가 어린이집에서 오늘 만들었어요."

하준이가 이제 막 퇴근한 성욱에게 쪼르르 달려와 색연필로 그린 도화지를 자랑스럽게 보여주었다. 하늘에 태양, 달, 구름, 별, 무지개가 총총히 떠 있고, 그 아래에 아빠와 엄마 키만 한 하준이가 두 사람의 손을 잡고 정면을 바라보며 환히 웃고 있는, 아이다운 그림이었다.

"우리 하준이 그림 잘 그리네~ 이게 아빠고, 엄마야?"

"네엔. 근데 아빠 있자나요."

"으응?"

"하준이 친구들하구 영어하고 수영 배우고 시퍼요."

순간 성욱은 당황해서 헛기침했다.

"영어는 여섯 살, 수영은 일곱 살 때 배우면 딱 좋을 텐데."

"그러면은요. 하준이는요. 피아노랑 태권도 하구 스케이트 할 꺼에요."

"어…… 그러면 도화지 책상 서랍에 넣고, 장난감도 정리한 다음, 아빠한테 물 한 잔만 가져다주세요."

"네엔."

하준이는 세 가지 미션을 수행하려고 이 방 저 방을 출랑출랑 뛰어다녔다. 성욱은 그사이 아이의 관심이 다른 데로 옮겨가길 바랐다. 모든 임무를 완수하고 물 한 잔을 들고 온 하준이가 다시 재잘거리기 시작했다.

"하준이가 생각해 봤는데요. 태권도가 제일루 좋은 거 가태요."

"으응, 그래? 으라차차, 아빠랑 같이 찾아볼까?"

성욱은 하준이를 품에 안고서 스마트폰을 꺼냈다. 그리고 유튜브에서 어린이들이 태권도 하는 영상을 찾아 재생했다.

"아니이, 이런 거 시러. 진짜 태권도요오."

"오늘은 요거 보면서 아빠랑 같이 따라 해보자."

"아이 시러. 이런 거 말구."

성욱은 살살 구슬렸지만, 하준이는 칭얼대며 발버둥을 쳤다. 그 바람에 스마트폰이 손에서 미끄러져 거실 바닥에 엎어졌다. 깜짝 놀라 주워 보니, 액정이 칼로 썬 양파의 단면처럼 나선형으로 층층이 깨져 있었다. 그 순간, 성욱은 자신도 모르게 버럭 소리를 질렀다.

"너 이게 뭐야!"

"어허엉! 어어어엉!"

하준이의 울음소리에 부엌에서 저녁을 차리던 정연이 급히 쫓아왔다.

"아니 왜 애를 울리고 그래!"

"이거 봐봐. 깨졌잖아."

"그게 뭐라고? 고치면 되잖아! ……요."

정연은 최대한 화를 억누르고 높임말로 돌아갔다. 성욱도 최대한 이성을 차리고 말을 높였다.

"알았어……요. 미안해……요. 하준이 아빠가 미안해."

정연은 닭똥 같은 눈물을 뚝뚝 흘리는 하준이를 품에 안고 등을 토닥이며 달랬다. 그러나 아이의 울음은 좀처럼 잦아들지 않았다.

어둠이 내려앉은 콘크리트 건물에 검은색 계열의 옷을 입은 사람들이 여러 명 오갔다. 그 건물로 들어선 성욱은 휴대폰을 꺼내 영상 통화를 시도했다.

곧 화면에 아내와 아들의 모습이 떠올랐다. 하준이는 잠들기 직전인지 졸린 눈을 한 채 정연의 품에 안겨 있었다. 성욱의 등 뒤로 '고인의 명복을 빕니다'라는 글귀가 적힌 화환과 빈소가 보였다.

"하준이 오늘 어린이집에서 잘 놀았어?"

"……네엔."

"엄마 말씀 잘 들었고?"

하준이는 어찌나 졸리는지 고개만 까딱였다. 그 모습이 귀여워 성욱은 그만 웃고 말았다. 하준이를 안방 침대에 눕힌 정연은 조용히 거실로 빠져나왔다. 한데, 영상 통화를 하는 성욱의 차림이 어딘가 수상했다. 위쪽은 단정한 정장이었지만, 아래는 병원복이었다. 그러나 화면 너머의 정연은 이를 전혀 눈치챌 수가 없었다.

"오늘 하준이 케어하느라 고생 많았어요."

"위로 잘 해드리고, 조심히 올라와요."

"발인하고 화장까지 하고 올라가면, 내일 저녁쯤 될 거예요."

"알겠어요."

"여보, 사랑합니다."

성욱은 과장되게 손가락 하트를 뿅뿅 날려 보냈다. 정연은 피식 웃으며 손을 흔들었다.

영상 통화가 끝나자마자 성욱은 정장 상의를 훌훌 벗어 던졌다. 그러자 속에 입고 있던 '강남 세브란스' 마크가 찍힌 병원복이 드러났다. 그 모습을 본 한 유족이 의아한 눈초리로 성욱을 위아래로 훑어보았다. 성욱은 황급히 정장 상의를 둘둘 말아 쥔 채 줄행랑치듯 그 자리를 빠져나갔다.

성욱은 장례식장 건물 바로 옆에 붙은 본관 3동의 엘리베이터에 올랐다. 밤 10시가 취침 시간인데, 시계는 9시 58분을 가리키고 있었다. 7층에서 내린 그는 다급히 73병동으로 향하던 중 모퉁이를 돌다가 다른 환자와 몸을 부딪쳤다.

"아저씨! 천천히 다니세요. 코너에서 뛰면 어떡해요?"

"아유, 죄송합니다."

성욱과 부딪힌 사람은 놀라운 미모를 지닌 여성이었다. 병원복을 입고 있었지만, 특별한 아우라가 뿜어져 나왔다. 평범한 사람 같진 않고, 연예인 지망생 같은 냄새를 풍겼다. 그녀의 목에 걸린 명찰에는 '한국 마호제약(주) A021 박주연'이라고 쓰여 있었다. 성욱은 연신 고개를 수그려 사과했고, 그녀는 몸을 털며 73병동 맞은편에 있는 78병동으로 들어갔다. 그녀도 생동성 시험 참가자인 듯했다. 잠깐 넋을 놓았던 성욱은 정신을 차리고 얼른 73병동 문 앞으로 다가갔다.

"이 세 가지는 반드시 지켜주셔야 합니다. 안 그러면 즉각 퇴실 조치……."

마침, 빨간 뿔테 안경을 쓴 중년의 여간호사가 주의 사항을 일러주고 있었다. 성욱은 문을 살며시 열고 들어가 머쓱한 표정으로 자기 침대에 엉거주춤 올라갔다.

"방금 들어오신 선생님, 제가 주의한 세 가지가 뭘까요?"

"어…… 시간, 규칙 그리고……."

성욱이 머뭇거리자, 간호사는 빨간 뿔테 안경을 고쳐 쓰며 생강처럼 떫고 맵싸한 말투로 말했다.

"금식입니다! 금식! 지금부터 내일 정오까지 물만 조금 마실 수 있어요. 다른 걸 먹다가 걸리면 가차 없이 짐 싸서 집으로 돌려보냅니다. 그리고 내일 아침은 다섯 시 반 기상이에요! 다들 알겠습니까?"

여기저기서 불만 섞인 목소리가 터져 나왔지만, 그녀는 인공적으로 그린 각진 눈썹을 치켜세울 뿐이었다.

"질문 없죠?"

간호사가 나가자, 침대에 앉아 있던 10여 명의 남자 지원자들은 저마다 휴대폰이나 노트북을 꺼냈다. 다들 게임을 하거나 유튜브, 영화 따위를 보며 시간을 때웠다.

그런 데에는 별 취미가 없는 성욱은 폰을 켜서 무인 점포 두 곳의 CCTV를 살폈다. 간간이 손님이 드나드는 장면이 보였다. 다행히 오늘은 내부에 별 문제가 없어 보였다. 자영업자는 이렇게 몸은 병원에 있어도, 마음은 늘 가게에 머물러 있다.

그나저나 성욱의 휴대폰은 이전과 다른 기종이었다. 새로 산 것은 아니고, 수리점에서 임시로 내준 대여폰이었다.

며칠 전, 하준 때문에 액정이 깨져 공인 서비스센터를 찾았는데, 수리비가 터무니없이 비쌌다. 무려 48만 9,600원이었다. 그 돈이면 아메리카노와 아이스크림을 얼마나 팔아야 할까 싶었다. 하지만 폰으로 업무를 볼 일이 많아서 액정을 고치지 않고 지낼 수는 없는 노릇이었다. 망설이던 찰나, 공인 서비스센터 2층 유리창 너머로 반대편 골목에 자리 잡은 사설 수리점이 보였다. 은연중에 저기선 훨씬 저렴하게 수리할 수 있을지도 모른다는 생각에 그쪽으로 발걸음을 옮겼다.

'세광액정'이라는 녹슨 철제 입간판이 세워진 사설 수리점은 초록색 페인트가 군데군데 벗겨지고 높은 굴뚝이 솟은, 매우 낡은 건물 지하에 자리 잡고 있었다. 준공 연도가 최소한 1945년, 해방 이전일 것 같았다. 건물 천장 모서리에는 거미줄이 드리워져 있고, 계단은 곰팡이와 이끼가 낀, 오래된 돌계단이었다.

그 순간 성욱은 발길을 돌렸다. 외관만 봐도 수리는커녕 폰만 더 망가질 것 같았다. 하지만 입간판 아래 매직으로 휘갈겨 쓴 '수리비 단돈 5천 냥'이라는 글귀에 걸음을 딱 멈췄다.

오천 원? 믿기 어려운 가격이었다. 뭔 다이소도 아니고, 부품값조차 안 나올 것 같은 금액이었다. 혹시 사기 업체인가? 그런 의심이 들었지만, 지하로 드나드는 사람이 제법 많았다.

결국 묘한 호기심에 사로잡힌 성욱은 계단을 내려가기 시작했다. 습기 찬 공기가 피부를 적시며 눅눅한 계단을 타고 올라왔고, 천장등은 꺼진 채 어둠만 내뱉고 있었다. 그는 조심스럽게 발을 내디뎠다. 어딘가 불결하고 불쾌한 예감이 피부 속까지 스며드는 기분이었다.

그런데 녹슨 철문을 젖히자 딴 세상이 펼쳐졌다. 천장, 벽, 바닥이 온통 키위색으로 칠해져 있고, 사방에서 오렌지색 빛이 뿜어져 나왔다. 천장과 벽에는 아치형의 조명이 붙어 있어 미래로 통하는 터널에 들어온 듯한 착각이 들었다. 무슨 SF 영화 속 외계 공간에 떨어진 표정으로 성욱은 접수대 겸 작업실로 쓰이는 금속 재질의 데스크 앞으로 다가갔다.

그곳에는 성별이 분간이 안 되는 중성적인 외모를 한 이가 커다란 고글을 쓰고 열심히 액정 수리에 집중하고 있었다.

"저…… 액정 수리할까 하는데요. 정말 5천 원 맞아요?"

"네, 대신 현금만 받아요."

수리점 사장은 고개를 까딱 들어 소금 안 친 듯한 싱거운 말투로 말했다. 그의 음색은 중성적이었고, 나이를 짐작하기조차 어려웠다. 목덜미까지 닿는 단발머리는 새하얀 백발이었지만, 투명한 피부를 보면 30대, 아니 20대처럼 보이기도 했다. 얼굴에 자리 잡은 주근깨가 갓 뿌려진 후춧가루처럼 또렷하게 도드라졌다. 그는 도무지 이 세상 사람이 아닌 것 같아서, 성욱은 마치 먼 외계 행성에서 사는 외계인을 마주한 듯한 착시에 빠진 듯한 느낌이었다.

"부품값은 별도이고요."

"아하……."

그제야 약간 이해가 갔다. 그래도 뭐, 이 정도면 거의 공짜나 다름없지 않나?

"저, 저기…… 이 기종은 부품값이 얼마나 될까요?"

수리점 사장은 곧바로 노트북으로 액정 모델 번호를 조회했다.

"8천 원이네요."

"……."

"……왜요? 안 믿기세요? 그럼 가셔도 돼요."

"아, 아뇨."

성욱은 혹시라도 사장의 마음이 바뀔까 봐 냉큼 수리비와 부품 값을 현금으로 내고 폰을 맡겼다.

"5일 후에 와요."

"어, 지금 안 돼요?"

"부품이 해외 배송이라서요. 그동안 이거 쓰시구요."

수리점 사장은 마지막에 알 수 없는 미소와 함께 단종된 구형 스마트폰에 유심칩을 꽂아서 내밀었다. 성욱은 사장이 자기 폰을 들고 잠적하는 건 아닌지 약간 걱정이 들었지만, 대여폰이 뭐 그럭저럭 쓸 만한 기종이라 크게 손해 보는 장사는 아니라고 생각했다.

10시 정각이 되자, 병원 건물 전체의 조명이 꺼졌다. 성욱은 억지로라도 눈을 감았다. 침대 매트리스가 너무 딱딱해 잠자리가 불편했지만, 내일 아침 일찍 일어나려면 이렇게라도 잠을 청해야 했다.

침대에서 한참 뒤척이다 눈을 떠보니 새벽 2시쯤이었다. 양옆에서 코 고는 소리가 스테레오 스피커처럼 울려댔다. 한 번 잠에서 깬 뒤로는 도무지 잠이 오지 않았다. 화장실에 가서 소변을 누고 바람도 쐴 겸 몸을 일으켰다. 화장실에서 한껏 물을 빼고 나오니 배고픔이 몰려왔다.

집이었다면 야밤에 끓인 라면에다 맥주 한 캔을 곁들였을 텐데…….

성욱은 쩝쩝 입맛을 다시며 아쉬움을 삼켰다. 1차 채혈과 투약 전까지 허락된 건 약간의 물뿐이라, 복도에 비치된 정수기 물을 따라 마셨다. 그러고는 복도 의자에 앉아 무인 매장의 CCTV를 확인했다. 별다른 이상이 없어 화면을 끄려던 찰나, 대여폰에 설치된 낯선 앱 하나가 눈에 띄었다.

'배달해 만족', '쪼기요', '쿠폰 잇찌' 같은 친숙한 배달 앱들 사이에 자리 잡은 '야미킥'이라는 앱이었다.

"야미……킥? 새로 나온 배달 앱인가?"

성욱은 혼잣말을 중얼거리며 호기심에 앱을 툭 눌렀다. 기하학적인 문양의 독특한 로고가 반짝이며 '정신이 번쩍 들 정도로 놀라운 맛!'이라는 슬로건이 화면에 나타났다. 이어서 나라별로 음식이 구분된 다소 독특한 메인 화면이 펼쳐졌다.

어차피 못 먹는 감이었지만, 잠도 오지 않으니 재미 삼아 구경이나 해보자는 마음으로 '독일'을 클릭했다. 그러자 다양한 음식 리스트가 나타났고, 그중 '주류'를 선택했다.

화면에 수많은 종류의 맥주가 펼쳐졌다. 우리에게 편의점 맥주로 익숙한 파울라너(Paulaner), 크롬바커 바이젠(Krombacher Weizen), 에딩거(Erdinger)뿐 아니라 독일의 각 고장을 대표하는 낯선 맥주들이 끝없이 이어졌다. 놀라운 점은 이 모든 맥주가 생맥주로 판매되고 있다는 사실이었다.

성욱은 신기한 마음에 맥주 하나를 클릭해 봤는데, 갑자기 '이용약관' 팝업창이 커다랗게 떠오르며 화면을 가렸다. 바로 닫으려 했지만, 끝까지 읽지 않으면 사라지지 않는 은근히 부아가 치미는 인터페이스였다.

야미킥을 이용해 주셔서 감사합니다!
본 이용 약관은 귀하와 당사 사이의 구속력 있는 계약을 구성합니다.
귀하는 본 약관을 읽고 이해했으며 이를 준수할 것에 동의하며,
동의하지 않는 한 서비스에 액세스하지 않아야 합니다.

화면을 빠르게 내리다 흥미로운 문구가 보여 잠시 스크롤을 멈췄다.

제7조 ("사용자"의 서비스 이용 안내)
① 모든 음식은 무료로 제공됩니다.
② 식사 시간은 최대 3시간까지 이용가능합니다.
③ 메뉴를 클릭하는 즉시, 현지 맛집으로 순간 이동합니다.
   1. 최대 1인의 동반자와 손을 잡고 함께 이동할 수 있습니다.
   2. 일부 식당에서는 미션이 부여될 수 있습니다.
   3. 미션 실패 시, 벌칙이 적용될 수 있습니다.

"에이, 뭐야? 게임 앱이었잖아."

성욱은 김빠진 표정으로 앱을 닫으려다가, 남은 약관을 대충 훑어본 뒤 재미 삼아 '파울라너(Paulaner)'를 클릭했다.

그 순간, 성욱이 앉아 있던 복도 의자 주변 공간이 믹서기처럼 씽씽 돌아가더니 어느새 이국적인 광장의 노천 벤치로 바뀌었다.

어리둥절한 낯빛으로 주위를 한참 두리번거렸다. 광장 한가운데 우뚝 선 거대한 너도밤나무 주위로 성욱보다 코가 두 배는 더 커 보이는 서양인들이 가족이나 연인 단위로 모여 생맥주와 소시지를 즐기고 있었다.

여기저기서 사람들이 맥주잔을 치켜들며 "Oans, zwoa, drei, g'suffa!"(오안스, 츠보아, 드라이, 그수파)라고 시끌벅적하게 외치는 장면과 종업원들이 양손에 맥주잔을 대여섯 개씩 들고 파라솔 사이를 바쁘게 오가는 모습이 보였다. 길가에 일렬로 늘어선 수십 대의 푸드트럭에서 거품이 넘쳐날 정도로 황금빛 맥주를 뽑고 있었다. 푸드트럭 차양에는 '파울라너(Paulaner)', '크롬바커 바이젠(Krombacher Weizen)', '에딩거(Erdinger)' 같은 맥주 로고가 선명히 박혀 있었다.

의심할 여지 없이 이곳은 독일 현지였다. 성욱은 병원복 차림으로 그 주위를 어기적어기적 걸었다. 볼을 꼬집고 뺨을 몇 번 때려 봤지만, 눈앞의 풍경은 여전히 그대로였다.

멍하니 손에 든 대여폰의 '야미킥' 앱을 내려다봤다. 화면에는 제한 시간이 3시간으로 설정되어 있었고, 어느새 위치까지 감지했는지 시간대가 독일 현지 시각으로 바뀌어 있었다.

이곳은 바야흐로 저녁 7시였다.

성욱은 몽유병 환자처럼 이리저리 배회하다가 '파울라너(Paulaner)'라고 적힌 푸드트럭 쪽으로 다가갔다. 바이킹처럼 성긴 턱수염을 기른 50대 푸드트럭 주인이 그를 보고 넉살 좋게 말을 걸어왔다.

"코리안? 제펜? 차이니즈?"

"아 임 코, 코리안."

"원 비어?"

"예, 예스. 플리즈."

성욱은 얼떨결에 대답했다. 그러자 생크림 같은 거품이 흐르는 황금빛 생맥주를 유리잔에 가득 따라 주었다. 눈으로만 봐도 편의점에서 파는 파울라너 캔맥주와는 차원이 달랐다. 탄산 기포가 힘차게 빠글빠글 올라오고, 맥주 빛깔은 영롱해서 자체 발광하는 듯했다. 무엇보다 거품에서 풍겨오는 파울라너 특유의 싱그러운 과일 향이 환상적이었다.

"쓰리 유로."

푸드트럭 주인이 손가락 세 개를 펼쳐 보였다. 병원복 차림이라 신용카드나 지갑도 없이 이곳으로 온 성욱은 당황했지만, 문득 이용 약관에 '모든 음식 무료 제공'이라고 적혀 있던 게 떠올랐다. 그는 얼른 '야미킥' 앱을 보여주었다.

"오케이. 프리 드링크."

주인은 흔쾌히 맥주를 내주었다. 독일 현지에서 공짜 생맥주를 얻어먹는 사실에 성욱은 얼간이 같은 웃음이 새어 나왔다. 부드러운 맥주 거품이 손을 타고 흘러넘쳤다. 무아지경으로 입술이 닿은 순간, 빨간 뿔테 안경을 쓴 간호사의 새초롬한 눈빛이 거품처럼 빠글빠글 떠올랐다.

"지금부터 내일 정오까지 물만 조금 마실 수 있어요. 다른 걸 먹다가 걸리면 가차 없이 짐 싸서 집으로 돌려보냅니다."

인중에 맥주 거품을 묻힌 채로 멈칫했다. 벌써 1박 2일간의 1차 생동성 시험을 마친 터라, 딱 하루만 더 참으면 67만 원을 거머쥘 수 있었다. 하지만 어디선가 "한 잔은 아무도 모를 거야"라는 악마의 속삭임이 솔솔 들려왔다.

캔맥주보다 병맥주가 훨씬 낫고, 병맥주보다 생맥주가 훨씬 더 맛있다는 게 주당계의 정설인데, 같은 생맥주라도 본고장에서 양조한 생맥주가 훨씬 더 압도적인 맛을 자랑할 것 같았다. 그것 때문에 성욱은 한참을 망설였다. 그러다 끝내 푸드트럭 주인에게 맥주를 반납하고 '접속 종료' 버튼을 눌렀다.

어느새 병원 복도 의자로 돌아왔고 주변을 조심스럽게 두리번거렸다. 복도는 텅 비어 있었다. 3시간의 제한 시간 중 10분가량을 사용했다. 간밤에 꿈을 꾼 듯한 기분이었다. 대여폰 시계는 새벽 2시 16분을 가리키고 있었다.

성욱은 앱에 있는 다른 나라의 음식과 주류를 구경하다가 폰을 닫았다. 더 들여다봤다간 또 다른 나라로 날아갈 유혹을 이기지 못하고, 결국 식탐을 뿌리치지 못해, 병원에서 쫓겨나는 그림이 머릿속에 선연히 그려졌다.

대여폰을 꼭 손에 쥔 채 침대에 돌아온 성욱은 불현듯 생동성 시험의 유의 사항이 궁금해졌다. 간호사가 입소할 때 나눠준 프린트물을 꺼내 폰 플래시를 켜고 첫 장부터 훑었다. '한국 마호제약에서 건강한 성인 지원자를 대상으로 생물학적 동등성 평가를 위한…'이라는 문구를 지나, 페이지를 빠르게 넘겨 한 가지 사실만 확인했다.

예측할 수 있는 부작용에 설사, 구토, 발진 등이 적혀 있었는데, 다행히 망상이나 환각 같은 증상은 보이지 않았다. 성욱은 병원복 바지춤을 살짝 벌려 대여폰을 뱃살에 붙인 다음, 그 위로 두 손을 가지런히 포갰다. 그 자세로 반쯤 잠이 들었다.

정확히 5시 30분에 빨간 뿔테 안경을 쓴 여간호사가 요란하게 손뼉을 치며 참여자들을 깨웠다. 이내 쪽파 줄기처럼 시퍼렇게 튀어나온 혈관에다 '카테터'라는 플라스틱 장치를 꽂았다. 오늘 하루만 무려 20번 이상 피를 뽑아내는 데 쓰이는 도구였다. 9시에 투약을 마친 후, 본격적인 채혈이 시작되었다.

무탈하게 시험을 잘 마무리해 이번 달 생활비는 이걸로 충당할 수 있었다. 이제 남은 건 대여폰을 반납하기 전, '야미킥'을 제대로 써보는 일이었다. 성욱은 혼자 몰래 사용할지, 아니면 아내와 함께 사용할지를 두고 한참 고민에 빠졌다. 아내와 함께하는 것이 더 나은 선택처럼 보였지만, 문제는 앱의 초현실적인 현상을 어디서부터 어떻게 설명해야 할지 막막하다는 점이었다.

그런 고민을 하던 중, 원치 않는 방식으로 '야미킥'의 신비를 밝힐 자리가 운명처럼 마련되었다.

"당신, 여기서…… 뭐해요?"

마침, 냉동고에 아이스크림 재고를 채우던 성욱은 안으로 들어선 손님을 보며 소스라치게 놀랐다. 그 손님은 다름 아닌 아내, 정연이었다. 하준의 손을 잡고 있던 정연은 멍하니 성욱을 바라봤다.

"어, 아빠다! 아빠야!"

하준이가 방방 뛰어와 성욱의 허벅지를 와락 끌어안았다. 성욱은 순간 얼어붙은 듯한 자세로 하준이와 정연을 번갈아 바라봤다. 그러다 시치미를 떼고 냉동고에서 죠스바 하나를 꺼내 들었다.

"어어, 오늘 정신없이 바빴는데…… 혼자 늦은 점심을 하구…… 소화도 시킬 겸 걷다가 우연히 이쪽으로……. 근데 당신은 왜 이 동네에?"

집에서 동떨어진 지역이라서 성욱이 의아해서 물었다.

"하준이 친구, 민준이 엄마가 요 아파트에 살잖아요. 수다 떨다가 나왔죠."

"아하, 그랬구나."

성욱은 애써 자연스러운 척 죠스바 포장지를 뜯었다. 그러나 아이스크림을 한입 베어 물자마자 칠칠찮게 옷에 흘리고 말았다. 당황한 성욱은 손으로 옷을 털어내다가, 문득 아이스크림을 계산하지 않았다는 사실이 떠올랐고, 급히 카드를 꺼내 키오스크로 향했다. 정연은 콧잔등에 주름을 잡고서 허둥대는 남편의 모습을 지켜보았다.

"하준이 여기서 먹고 싶은 거 골라 봐. 아빠가 다 사줄게."

"와아, 진짜요! 마니마니 고를 거예요!"

성욱은 매장 입구에 놓인 플라스틱 소쿠리를 하준이에게 건네주었다. 하준이는 신이 나 폴짝거리며 냉동고 이곳저곳을 누볐다.

한편, 정연은 여전히 의심스러운 눈길로 성욱을 주시하고 있었다. 그 시선이 불편했던 성욱은 괜히 하준이 곁으로 다가가 아이스크림 담는 것을 거들었다. 소쿠리가 불룩해질 정도로 아이스크림이 쌓이자, 정연은 단호하게 딱 3개만 남기고 나머지를 모두 덜어 냈다.

"아이스크림 욕심 내면, 배 아야 해. 이빨도 썩어."

"왜왜왜왜왜! 하준이는 괜찮아. 다 먹을 건데 왜왜왜!"

하준이가 젖니를 보이며 울음을 터트릴 기미를 보이자, 성욱은 아들을 달래기 위해 아이스크림을 한 무더기 결제해 버렸다. 키오스크에서 영수증을 뱉었고, 정연은 늘 그렇듯 꼼꼼하게 영수증 명세를 확인하려고 했다. 그 순간, 성욱은 깜짝 놀라서 재빨리 영수증을 낚아챘다.

"내…… 내가 확, 확인할게."

정연이 다시 가져가려 했지만, 성욱은 영수증을 등 뒤로 숨겼다. 정연의 눈빛이 수상쩍게 빛났다. 성욱이 끝까지 버티며 주지 않자, 정연은 키오스크 주위에 어지럽게 널린 아무 영수증 하나를 집어 들었다. 자신의 운명을 직감한 성욱은 질끈 눈을 감았다.

곧 영수증 상단에 적힌 대표자 이름 '이성욱'을 발견하겠지.

눈을 감고 있어도 아내의 따가운 시선이 느껴졌다. 조심스럽게 실눈을 뜨자, 입술이 벌어진 채 자신을 바라보는 정연의 얼굴이 보였다.

잠시 후, 두 사람은 성욱이 운영하는 무인 카페로 자리를 옮겼다. 성욱과 정연은 각자 1,300원짜리 아메리카노 한 잔을 앞에 두고 심각한 표정으로 마주 앉았다. 성욱은 양파처럼 겹겹이 숨기고 있던 지난 일들을 하나둘 벗겨내기 시작했다. 아무것도 모르는 하준이는 맨바닥에 퍼질러 앉아 커피 원두, 종이컵, 빨대 등을 가지고 전쟁놀이에 열중했다.

"진작 왜 말하지 않았어."

긴 침묵을 깨고 정연이 공격적인 반말을 뱉었다.

"왜 말 안 했냐고 묻잖아!"

"……."

"그렇게 중요한 고민이 있으면 서로 상의했어야죠. 아무 생각 없이 혼자 이렇게 일을 벌여 놓으면, 나더러 어쩌라는 거야? 뒷수습은 누가 할 건데요? 응? 뭐라도 좀 말해봐."

"미, 미안……합니다."

성욱이 주눅이 들어 말했다.

"당신이 회사를 관뒀다고, 사업이 안 풀린다고, 화를 내는 게 아니라구……요."

정연은 절반쯤 반말을 섞어 쓰다가 애써 감정을 누르며 존대어로 돌아왔다.

"당신한테 너무 미안해서 그랬죠……. 어떻게든 혼자 해결해 보려 했는데, 일이 이렇게 커져 버렸어요."

"부부가 뭐예요? 좋을 땐 같이 기뻐하고, 힘들 땐 같이 머리를 맞대는 거 아녜요?"

"그렇……죠. 정말 미안합니다."

"당신 정말 교만한 데다 어리석어요."

"……알고 있어요. 반성 많이 하고 있어요."

"아뇨. 내 눈엔 전혀 반성하는 거 같지 않은데요."

"……."

그때 중년 여성 손님이 무인 카페로 들어오는 바람에 대화가 잠시 멎었다. 손님이 기계 조작에 어려움을 겪자 정연이 성욱에게 눈짓을 보냈다. 성욱은 자리에서 일어나 커피 내리는 방법을 친절히 설명해 줬다. 손님은 혼자 빈 테이블에 앉아 천천히 커피를 음미했고, 그사이 어색하고 불편한 침묵이 길게 이어졌다. 한참 후 손님이 나간 뒤에야 대화가 다시 이어졌다.

"이제 어쩔 건데요?"

정연이 물었다.

"……나도 잘 모르겠어요. 이대로 계속 가는 게 맞을지, 아니면 업종을 바꿔볼까? 아니면 아예 폐업을 해버릴까? 그것도 아니면 재취업이나 할까?"

도무지 갈피를 못 잡는 성욱의 모습에 정연은,

"……휴, 당신 정말 답이 없다."

"……."

"나도 당장 내일부터 뭐라도 해야 할 판이네요."

정연은 한없이 고개를 떨궜다.

"엄마 우러?"

혼자 잘 놀던 하준이가 엄마에게 다가와 물었다.

"이잉 뭐야, 아빠도 우는 거야?"

"울긴 누가 울어. ……집에 가자."

정연은 애써 밝은 척하며 자리에서 일어섰다. 성욱도 슬픔을 감추고 하준이를 보며 미소를 지었다.

세 가족은 집으로 돌아가는 길에 근처 대형 할인점에 들렀다. 바퀴 달린 카트에 앉은 하준이는 잔뜩 신이 나 있었다. 카트를 끌던 성욱은 정연의 눈치를 살피며 돼지 뒷다리 수육용 582g, 6,285원짜리 팩을 집으려다 멈칫했다.

결국, 바로 옆 코너에 있는 20% 할인된 닭백숙용 1kg짜리 팩(5,984원)으로 바꿔 들었다. 그러나 정연은 그 가격표를 확인하더니 팩을 다시 제자리에 놓고, 생선 판매대로 가서 40% 할인된 고등어 두 마리(3,278원)를 골랐다. 이제는 이런 가격조차 부담스러운 현실이 성욱의 마음을 무겁게 짓눌렀다.

그날 저녁, 식탁 위에 잘 구운 고등어 한 마리가 놓였다. 하준이는 어린이 전용 테이블에 앉아, 교정용 젓가락을 놀려 식판에 뼈를 발라낸 고등어 살을 집으려 했다. 정연은 아이에게 생선 가시를 발라주느라 정작 자기 밥그릇은 손도 대지 못했다.

평소에 보던 익숙한 풍경이었지만, 오늘따라 그 장면이 성욱의 눈에 가시처럼 아프게 박혔다. 그는 천장에 매달아 놓은 굴비를 한번 쳐다보고 밥 한술 떠먹는 자린고비의 심정으로 밥숟갈을 크게 떠서 고등어살을 조금 올려서 떠먹었다. 김치, 시금치 무침, 콩나물무침 같은 반찬도 조금씩 집어 먹었는데, 그러다 보니 목이 탁탁 막혀 물을 자주 삼켜야 했다.

하준이는 밥을 반도 안 먹고 자리에서 일어났다. 정연은 하준이의 식판을 끌어와 잔반을 처리했다. 정연의 식사는 늘 이렇게 아이가 남긴 걸 마무리하는 식이었다. 먼저 식사를 끝낸 성욱은 데면데면한 분위기를 바꿔보려고, 혼자 밥을 떠먹는 정연에게 조심스럽게 말을 붙였다.

"내일 어디 근사한 스시나 먹으러 갈래요?"

"……"

정연은 말없이 째려봤다.

"당신 스시 좋아하잖아요. 제가 한턱낼게요."

"여보, 지금 상황에 그런 말이 나와요? 제발 철 좀 들어요. 왜 정신을 못 차려요?"

정연은 남편을 한심한 눈길로 바라봤다.

"무료 쿠폰이 있으니까 그러죠."

"……어디서 난 건데요?"

그제야 정연의 귀가 솔깃한 눈치였다.

"저기 도쿄 긴자에……."

"하아, 지금 형편에 거길 어떻게 가……죠?"

계속되는 허튼소리에 그만, 욱해서 반말이 튀어나올 뻔했다. 참고로 둘은 신혼여행 이래로, 애 키우며 먹고살기 바빠 지난 6년간 해외여행 한 번도 못 나가봤다.

"그게…… 무료 탑승권도 있걸랑요."

"…… 무료 비행기 표가 있다구요?"

"뭐, 엇비슷한 개념인데……."

"……."

"내일 잠깐 다녀오죠."

"애 어린이집 보내야 하는데 뭔 소리예요? 정말."

"그 틈에 잠시 다녀올 수 있어요."

"……성욱 씨, 어디 아파요? 애 어린이집 간 사이에 도쿄를 다녀오자구요?"

성욱은 고개를 끄덕였다.

"어떡해……."

정연의 표정이 자못 심각해지더니 손으로 입을 틀어막았다.

"정신 차려요, 성욱 씨! 힘들면 병원 가서 약 타 먹어요. 당신 내가 볼 때, 지금 좀 위험한 상태 같거든요?"

"정연 씨, 지금부터 내가 하는 말 잘 들어요. 믿기 어려워도 믿어야 해요. 무조건."

"……."

"그저께 사설 수리점에 액정 수리를 맡겼는데, 수리할 동안 쓰라고 대여폰을 내주더라구요. 그런데 여기에 웬걸, 이 앱이 깔려 있더라고요."

성욱은 대여폰을 꺼내 '야미킥' 앱을 보여주며 말을 이었다.

"난 처음에 새로 출시된 배달 앱인 줄 알았어요. 근데 메뉴를 눌렀더니 음식이 아니라 내가 배달되는 거 있죠?"

"……머, 머어라구요?"

성욱의 말을 전혀 알아듣지 못한 정연은 눈을 빠르게 깜빡였다.

"그러니까 쉽게 설명하면, 스시를 주문하는 즉시 우리가 스시를 파는 일본 현지로 날아가는 거예요. 순간 이동 같은 개념이라고 보면 돼요."

"……시발, 내 귀에 도청장치야 뭐야."

"내 이럴 줄 알았어. 그래도 우리 욕은 하지 말구요."

"야, 이성욱! 정신 차려! 너 이 집의 가장이잖아! 가장! 이 새꺄!"

정연은 호통을 치며 양손으로 성욱의 뺨을 세게 후려쳤다. 그러고는 펑펑 울음을 터트렸다. 그 모습을 본 하준이가 울며 쫓아와 엄마를 끌어안았다.

"엄마아 왜 우러어. 허어엉, 우지 마아아. 아빠 미워어!"

하준이까지 가세하자, 성욱은 더 이상 입을 열 엄두를 내지 못했다.

다음 날, 하준이를 어린이집에 등원시킨 후 정연은 점심을 준비했다. 오전에 무인 매장 두 곳을 점검하고 청소까지 마치고 집으로 돌아온 성욱은 어제 마무리 짓지 못한 이야기를 다시 끄집어냈다.

그러자 정연은 손으로 귀를 틀어막다가 친정엄마에게 전화를 걸어 "엄마, 성욱 씨가 요즘 이상해."라며 하소연했다. 성욱은 황급히 전화기를 낚아채서 "장모님, 걱정하지 마세요. 정연이가 뭘 좀 오해했어요. 제가 나중에 전화 드릴게요."라고 말하며 전화를 끊었다.

"이러지 말고 오늘 병원에 가……요. 얼른요."

정연이 애걸했다.

"아, 알았어요. 그러면 손잡고 같이 가줘요."

"……진짜 왜 이래요? 애처럼?"

"손잡아주면 갈게요."

"아, 정말 왜 이러지?"

성욱은 억지로 정연의 손을 잡아끌었다. 그러자 정연이 성욱의 손등을 세게 깨물었다. 성욱은 외마디 비명을 지르며 재빨리 '야미킥' 앱을 열어 '일본'을 골랐다. 과연 스시의 왕국답게 유명 스시집 목록이 끝없이 나왔다. 성욱은 그중 하나를 대충 찍었다.

그러자 아파트 주방이 믹서기처럼 씽씽 돌더니 순식간에 사방이 스테인리스로 된 주방으로 변했다.

세 개의 개수대, 네 개의 화로, 널찍한 중앙 조리대, 벽에 걸린 오랜 세월 길들인 주방 도구들, 그리고 천장에 환풍구와 연결된 거대한 덕트까지 있는 업소용 주방이었다. 성욱의 손등을 깨물고 있던 정연은 천천히 입술을 떼어내고 멍청하게 그를 올려다보았다. 정연이 여전히 정신을 못 차리자, 이번엔 성욱이 그녀의 손등을 콕 깨물었다.

"아앗…… 아파……!"

"정신 차려요. 여보."

"여기가 어디……예요?"

"내가 말했잖아요. 우린 도쿄 긴자로 날아온 거예요."

"거, 거짓말……."

"어디 보자, 타이머가 2시간 50분 정도 남았으니까, 시간은 충분해요. 어린이집 하원 시간에 얼추 맞출 수 있겠네요."

성욱은 앱에 남은 제한 시간을 확인하며 말했다.

한데, 아직 아무도 출근하지 않았는지 주방에는 둘뿐이었다. 성욱이 주방 출입구에 매달린 붉은 가림천 사이로 고개를 살짝 내밀었다. 정연도 덩달아 고개를 뺐다. 이상하게 앞주방과 다찌석에도 피라미 새끼 한 마리도 보이지 않았다. 둘이 고개를 갸웃했다.

이곳은 앞주방, 뒷주방, 다찌 테이블을 합쳐도 10평 남짓한 아담한 가게였다. 실내는 바닥을 제외하고 좌석, 벽, 천장 면까지 모두 히노키(편백)로 마감해 따뜻하면서도 품격 있는 분위기를 풍겼다. 그래서 별다른 방향제 없이도 히노키 특유의 진한 나무 향이 공간을 가득 메워 울창한 숲속에 들어온 듯한 착각을 불러일으켰다. 성욱과 정연은 열 석 남짓한 다찌석을 지나 격자무늬로 된 나무 출입문을 열었다.

이른 시간부터 가게 앞에는 다양한 연령대의 손님들이 비엔나소시지처럼 붙어 길게 늘어서 있었다. 맨 앞줄에 선 손님이 성욱과 정연에게 일본어로 뭐라 말을 걸었다. 매장을 연 거냐고 묻는 것 같았다. 하지만 전혀 일본어를 할 줄 모르는 두 사람은 손을 홰홰 저으며 당황했다.

주변을 둘러보니 채소와 육류를 파는 식료품점, 오니기리와 타마고야키를 파는 가게, 일본 전통 칼을 판매하는 상점 등이 나란히 붙어 있었다. 이곳은 일본 전통 시장 안에 자리 잡은 스시 가게임이 틀림없었다. 문득 이곳의 정확한 위치 정보가 궁금해진 성욱이 폰의 지도 앱을 켰다.

역시 이곳은 '쓰키지 시장'이었다. 쓰키지 시장은 한때 세계 최대 수산물 도매시장으로, '도쿄의 부엌'이라 불리며 80년 넘게 도쿄 시민들과 관광객들에게 사랑받은 곳이었다. 안타깝게도 2018년 무렵에 쓰키지의 대규모 도매시장이 현대화된 시설을 갖춘 도요스 시장으로 이전하며 장내 시장의 역사를 마감하게 되었다. 그래도 장외 시장은 여전히 현 위치에 남아 재래시장의 명맥을 이어가고 있었다.

가게 문 옆에는 창호지로 만든 네모난 간판이 붙어 있었다. 소박한 정취를 자아내는 이 간판은 요란하지 않고 단정하면서도 정갈한 느낌을 주었다. 창호지 위에는 히라가나와 한자가 어우러진 붓글씨로 가게 이름을 써 둔 것이 멋스러워 보였다. 정연은 궁금한 마음에 휴대폰을 꺼내 이미지 번역기를 실행했다.

スシヤノブ

스시야 노부

그게 가게 이름이었다.

때마침 상자 안에서 은은한 호롱불이 들어왔다. 서로 눈이 마주친 성욱과 정연은 황급히 출입문을 열고 안으로 들어갔다.

순백의 도복에 스님처럼 민머리를 한 여성이 두 사람을 보고 눈을 동그랗게 떴다. 기껏해야 20살 중반쯤으로 보이는 그녀는 손을 휘휘 저으며 둘을 밖으로 밀어냈다. 성욱이 얼른 대여폰에 깔린 앱을 보여주며 소리쳤다.

"자, 잠깐만요! 저흰 이 앱 타고 왔다구요!"

민머리 여성은 즉시 동작을 멈췄다. 그러더니 뒷주방으로 들어가 아흔은 족히 넘어 보이는 장인 한 분을 모시고 나왔다.

한눈에 봐도 그는 이 가게의 주인이자 셰프였다. 어류, 특히 메기를 닮은 듯한 노인은 발을 바닥에 거의 붙인 채 물속을 유영하듯 다가왔다. 그러고는 주름이 하나 없는, 곱고 뽀얀 손에 새하얀 장갑을 끼더니, 대여폰을 낚아챘다. '야미킥' 앱을 확인한 그는 느릿느릿 고개를 끄덕였다.

장인은 민머리 여성에게 손짓해 서랍에 든 나무함을 가져오게 했다. 그 안에는 물안경처럼 생긴 독특한 디자인의 안경이 들어 있었다. 오리발만 있으면 수영장에서 사용해도 될 것 같았다. 성욱과 정연은 썩 내키지 않는 표정으로 안경을 받아 썼다. 그러자 놀랍게도 그 순간부터 상대방의 말이 한국어로 번역되어 안경알 위에 몽글몽글 자막으로 떠올랐다.

"よく来てくれました. うん、私（わたし）のことを話すと、小野信（おの のぶ）です."(잘들 놀러 왔어요. 에……나로 말할 것 같으면…… 오노 노부이올시다)

노부는 똑같은 물안경을 쓰고 오른손을 내밀었다. 그는 예의를 갖추기 위해 잠시 장갑을 벗고, 부부와 악수했다. 어쩜 그의 손결은 여자보다도 더 보드랍고 매끈해, 순간적으로 성욱과 정연을 당황하게 했다.

과연 이것이 스시 장인의 손이란 말인가?

노부는 말씨와 몸짓에서도 고수의 향이 물씬 느껴졌다.

"반갑습니다. 전 오노 유키이고, 할아버지 손녀예요."

청초한 인상의 유키가 물안경을 쓰자, 만화 속에서 튀어나온 캐릭터처럼 귀여운 모습으로 바뀌었다. 그녀는 수줍게 미소 지었다.

성욱과 정연도 자신의 이름을 밝히며 부부라고 소개했다.

"에헴, 가게마다 임무가 있는 건 아쇼?"

노부가 한쪽 눈을 씀벅거리며 물었다.

"네, 임무를 수행하면, 음식은 무료라고 들었는데…… 맞습니까?"

성욱이 조심스레 묻자, 노부가 무해한 미소를 지었다.

"노부 어르신, 임무는 뭔가요?"

그 질문이 끝나기가 무섭게, 유키는 품에서 꺼낸 바리캉을 뻗어 성욱의 앞머리를 단칼에 쳐냈다. 사무라이가 칼을 휘두르듯 정교하고 날렵한 동작이었다. 허를 찌른 기습에 성욱은 그저 어안이 벙벙했다.

아침에 15분 동안 헤어드라이어로 정성껏 말리고, 왁스로 6:4 가르마를 낸 헤어스타일이었다. 이 광경을 옆에서 본 정연은 반쯤 벌어진 입을 손으로 가렸다. 유키는 여기서 멈추지 않고 성욱의 등 뒤로 돌아 그의 뒤통수에 바리캉을 들이댔다.

"으아악! 이게 뭐, 뭣 하는 겁니까!"

가까스로 두 번째 바리캉 공격을 피한 성욱이 빽 소리를 질렀다. 자칫하면 뒤통수 중앙에 시원하게 고속도로가 뚫릴 뻔했다.

"에헴, 일단 머리부터 밀고 시작하자고."

노부가 말했다.

"아니! 왜! 뭐, 뭣 때문에 손님이 머리를 밀어야 합니까?"

"스시의 기본을 익히려면 머리부터 미는 풍습이 있다네. 장인 정신으로 음식을 만들기 위해선 외적으로 드러나는 겸손함부터 갖춰야 하는 법이지."

"그렇다고 머리까지 밀어요? 저흰 단지 밥 한 끼 먹으러 왔을 뿐이라구요!"

노부는 타고난 대머리처럼 보여, 성욱에겐 그게 더욱 성이 나는 지점이었다.

"그렇다고 안사람을 밀게 할 순 없지 않은가?"

노부는 눈을 가늘게 뜨며 으름장을 놓았다.

성욱은 가게 내부에 딸린 화장실로 달려가 세면대 앞에서 반쯤 날아간 앞머리를 손으로 더듬었다. 짧게 머리를 커트하면, 엉망이 된 머리를 살려줄 미용사가 어딘가에 있을 것 같았다. 간신히 화를 억누르고 제자리로 돌아온 성욱은 정연의 손을 붙잡고 대여폰을 열었다.

"쯧쯧, 절이 싫어서 중이 떠나는 모양새로구먼."

노부가 혀를 끌끌 찼다.

"삭발하면서 스시를 먹고 싶진 않네요."

성욱이 '접속 종료' 버튼을 누르던 찰나, 노부는 먼 시선을 던지더니 한마디 툭 날렸다.

"평생 후회로 살 터인데……."

"아뇨, 여기 말고도 맛집은 많습니다."

"에, 고것이 아니라……."

"……그, 그럼 뭔가?"

이번은 유키가 대신 나서서 마카롱같이 예쁜 목소리로 대답했다.

"정식 임무가 시작되기 전엔 자유롭게 이동할 수 있어요. 하지만 임무가 개시되면 이동에 제약이 생기고 그걸 무시하면 큰 벌칙이 뒤따르죠."

"아니 그런 건 모, 모옷…… 봐았는데?"

성욱은 당혹해 혀가 꼬였다. 그러자 유키는 친절하게 야미킥 앱의 해당 약관을 찾아 주었다. 유심히 들여다보니, 깨알 같은 글씨로 제13조에 해당 내용이 적혀 있었다.

제13조 ("사용자"의 서비스 이용 제한)
① 미션 시작 전에는 횟수 제한 없이 이동할 수 있으나,
미션이 시작된 후에는 단순 변심에 의한 이동이 불가능합니다.
② 미션을 클리어한 후에만 재이동하거나 본국으로 귀환할 수 있습니다.

무엇보다 충격적인 것은 이어지는 3항의 문구였다.

③ 이를 위반하고 무단으로 이탈할 경우,
평생 비린내를 맡게 되는 가혹한 처벌이 내려집니다.

노부가 눈짓하자, 유키는 앞주방으로 들어가 미리 만들어 놓은 타마고야키—일본식 계란말이로 설탕, 간장, 마 등이 들어감—한 덩이를 꺼냈다. 그녀는 넓적한 우스바—일본 전통 야채 칼—로 반듯하게 썰어 고양이 캐릭터가 그려진 종지 그릇에 담아 다찌석 위에 올려놓았다. 성욱과 정연은 흡사 카스텔라를 떠올리게 하는 노르스름한 타마고야키를 나무젓가락으로 한 점씩 집어 먹었다.

곧바로 성욱과 정연의 이맛살이 파도처럼 물결쳤다. 몇 번 씹지도 못하고 음식을 전부 뱉어냈다. 무슨 일인지 입안에 생선 내장 썩은 내가 진동했다. 둘은 혀를 길게 뽑아 퉤퉤 침을 뱉었고, 유키가 따뜻한 녹차 한 잔을 선선히 내밀자 단숨에 들이켰다. 하지만 녹차마저 푸욱 뱉어냈다. 녹차가 무슨 묵은김치처럼 시큼한 맛이 짙게 배어 있었다. 둘은 좀체 충격에서 벗어나지 못했다.

"뭐 이딴 개……, 게 다 있지?"

성욱은 하마터면 욕이 튀어나올 뻔했다.

"이딴 약관을 누가 꼼꼼히 보냐고요……. 와, 환장하겠네."

"어찌 감당 가능하겠남?"

노부는 헤실헤실 웃으며 말을 이었다.

"그건 약과라네. 진짜 지옥은 몸에서 나는 비린내일세."

성욱과 정연은 코를 킁킁대며 각자 몸에서 나는 냄새를 확인했다. 노부의 말대로 지독한 비린내가 진동했다. 이런 악취가 난다면, 아무도 곁에 다가오지 않을 것이다. 부부 관계도 큰 문제였지만, 무엇보다 하준이가 엄마와 아빠 곁에 오지 않을까 봐 그게 가장 두려운 지점이었다.

결국, 바리캉이 지이이잉, 모터사이클 타는 소리를 내며 머리칼을 잘라냈다. 바닥에 흩날리는 머리카락을 보지 않으려고 성욱은 질끈 눈을 감았다. 염색약이 미처 닿지 않은 새치들이 검은 머리카락 사이에 뒤섞여 나뒹굴었다.

바리캉 소리가 멈추고 눈을 뜨자, 거울 속에 웬 땅에서 갓 뽑아낸 흙 묻은 무 하나가 떡하니 비쳤다.

"훨 낫구먼."

노부가 듬성듬성한 이를 드러내며 웃었다. 바리캉을 든 유키도 반듯한 치아를 반짝였다. 그런데 무엇보다 성욱을 가장 화나게 하는 건, 정연이 입을 막고 웃음을 참는 모습이었다. 아내의 뺨이 한껏 부풀어 올랐다.

"지금 웃음이 나와…… 요?"

"미안……해요. 근데 잘 어울려요. 정말."

그런 칭찬은 조금도 달갑지 않았다.

"이제 뭘 하면 됩니까?"

성욱이 민머리에 붙은 잔털을 털며 씩씩대며 묻자, 노부는 보들보들한 미소를 띠며 붉은 가림천을 젖히고 뒷주방으로 들어갔다. 성욱은 그를 따랐고, 정연도 함께 이동했다. 노부는 뒷주방에 딸린 작은 문을 열었다. 그 순간, 눈이 휘둥그레질 만큼 놀라운 광경이 펼쳐졌다.

2018년 무렵 역사의 뒤안길로 사라졌던 참치 경매장이, 가게 뒷마당에서 은밀히 열리고 있었다.

경매장 입구에서 성욱은 숫자가 쓰인 경매용 모자와 장화를 건네받았다. 그것을 착용한 그는 다른 경매 참가자들에게 떠밀리듯 거대한 참치들이 줄줄이 놓인 나무판자 쪽으로 이동했다. 참치는 웬만한 성인 남성보다도 몸집이 컸고, 몸무게가 족히 100kg은 넘어 보였다.

"자네, 스시의 본질이 무어라 생각하나?"

곁에 선 노부가 뒷짐을 지고서 물었다.

"고……기 아닙니까?"

"그렇다네. 우선은 질 좋은 네타에 있다네."

노부는 경내의 참치를 훑어보며 말을 이었다.

"이 경매장에서 육질이 제일 알차고 신선한 놈으로 골라 보게. 그게 자네의 첫 번째 임무라네."

"네? 이것도 미션 임파서블인데…… 다른 게 또 있다고요?"

성욱이 눈을 동그랗게 떴다.

"최소한 삼세판은 해야 쓰지 않겠나. 하나라도 실패하면 스시는 없다네. 그리고 고국에 돌아갈 때, 뱅기나 배를 타야 할 터인데 푯값은 알아서 벌어야 한다네. 그게 미션 실패에 해당하는 벌칙일세."

성욱은 눈알이 새빨갛게 충혈될 정도로 부아가 치밀었다. 그러나 노부는 그저 실실 웃을 뿐이었다. 그 순간, 요란한 종소리가 장내를 가득 채우며 방송이 흘러나왔다.

"잠시 후, 참치 경매를 시작합니다. 중도매인 사장님들은 거래 참가증, 모자를 지참하시어 경매에 참여해 주시기를 바랍니다. 다시 한번 안내해 드립니다."

성욱은 부산스럽게 사방을 두리번거렸다. 그러다가 참치를 파는 선주들의 낯짝을 보고 깜짝 놀랐다. 순전히 참치에만 정신이 팔려 선주들의 상판을 제대로 보지 못했는데, 그들은 하나같이 영락없는 상어였다. 그러니까 상어를 닮은 사람이 아니라, 진짜 상어가 사람처럼 당당히 직립보행을 하는 해괴한 모습이었다. 성욱은 고개를 세차게 흔들어 보았다. 무슨 애니메이션에서나 볼 법한 일이 현실에서 펼쳐지고 있었다.

애꿎은 시간만 자꾸 흐르자, 성욱은 정신을 바짝 차리고 주변 중도매인들이 좋은 참치를 고르는 모습을 유심히 관찰했다. 그들은 손전등을 쥐고 절단된 참치 꼬리 부위를 꼼꼼히 살폈다. 손전등이 없는 성욱은 대여폰의 카메라 플래시를 켜고 그들의 동작을 그대로 복사하듯 흉내를 냈다. 하지만 아무리 들여다봐도 어떤 참치가 품질이 좋은지 도통 알 수가 없었다.

결국, 야쿠자처럼 생긴 상어의 눈치를 살살 살피다 스리슬쩍 살점을 뜯어 먹었다. 그렇게 수십 마리의 살점을 맛보며 비교한 끝에 야 선도의 미묘한 차이를 감별할 수 있었다. 그래도 전직 영업사원 출신답게 눈썰미가 좋고 빠릿빠릿하고 요령이 좋았다.

그 작업을 거쳐 가장 먼저 깨달은 진실은 생참치의 맛이 냉동 참치보다 확연히 뛰어나다는 거였다. 그래서 냉동 참치는 일찌감치 제외했다. 성욱은 폰의 메모장을 열어 참치 꼬리 면에 달린 번호표를 기록하고, 자신이 느낀 맛을 소상히 점수로 매겨가며 정리했다.

"내가 고른 놈과 정확히 일치해야 통과라네. 껄껄, 그렇지 않으면 집으로 돌려보낼 걸세."

이따금 다가온 노부가 성욱을 약 올리듯 말했다.

어느새 하프타임을 알리는 종소리가 딸랑딸랑 울렸다. 다급한 마음에 성욱은 마구잡이로 참치 꼬리 살점을 뜯어 먹기 시작했다. 그 모습을 본 백상아리('죠스'와 '니모를 찾아서'에 출연했던 식인종)가 톱날 같은 이빨을 번뜩이며 성욱을 덮쳤다.

백상아리의 아가리에 성욱의 몸이 반쯤 삼켜졌을 때, 이를 목격한 노부와 유키, 정연이 황급히 달려와 성욱의 팔다리를 끌어당겼다.

셋은 힘을 합쳐 간신히 성욱을 끄집어냈다. 성욱의 상반신은 끈적한 상어의 침으로 흠뻑 젖어 있었고, 그는 너무 큰 충격에 이가 딱딱 부딪히며 턱살이 덜덜 떨렸다. 그 혼란을 수습하기 위해 백상아리 근처에 있던 청상아리(뾰족하고 길쭉한 머리의 식인종)와 귀상어(머리가 마치 청소기 헤드처럼 생긴 식인종) 선주가 백상아리의 가슴과 등 지느러미를 끌어안으며 흥분한 녀석을 달래기 시작했다.

"워워, 친구, 진정해. 제발 진정하라고. 청상아리인 나도 얌전히 있잖아."

"그래, 선주의 본분을 지켜! 우리 식충이가 아니잖아. 미식가가 되자고!"

청상아리와 귀상어가 백상아리를 진정시켰다.

"내가 참치를 얼마나 힘들게 잡았는데! 지금까지 먹지 않고 버텼거늘!"

백상아리는 뜨거운 콧김을 내뿜으며 분통을 터뜨렸다.

"아유, 잘 알지."

"십분 이해해."

청상아리와 귀상어가 백상아리의 지느러미를 토닥이며 달래자, 백상아리는 비로소 이성을 조금 되찾은 듯했다. 성욱은 뺨에 묻은 낫토처럼 끈적한 상어 침을 닦아내며 숨을 몰아쉬었다.

"아참, 이따 서비스로 상어알 좀 받아 오게나."

노부는 조금 전의 살육 현장을 잊은 듯 태평하게 말했다.

"아주 절 죽일 참이에요?"

성욱이 이마에 시퍼런 힘줄을 세웠다.

"차라리 그냥 죽게 내버려두지, 그랬어요!"

"껄껄, 다음번에 참고하겠네."

노부는 너털웃음을 터뜨리며 뒷짐을 진 채 느긋하게 주위를 거닐었다. 노부는 자신만의 방식으로 참치의 품질을 꼼꼼히 점검하고 있었다.

"이제 곧 운명의 시간일세."

노부의 선언에 성욱은 조바심이 나서 더욱 바삐 발을 놀렸다. 이내 경매 마감을 알리는 종이 울렸고, 헤드셋형 마이크를 찬 경매사들이 본격적으로 호가를 부르기 시작했다.

"어이~ 일버어언, 참치참치야아 참치참치요옷~ 아잇 에이 우! 십마아아아안에에엔 우! 십일마아아아안에에엔 우!"

경매사는 갓 잡힌 물고기처럼 제자리에서 팔딱팔딱 뛰며 엄청난 속도로 말을 쏟아냈다. 그 모습은 힙합 래퍼가 랩을 하는 것 같기도 했고, 판소리꾼이 창을 뽑아내는 것 같기도 했다. 압도적인 성량으로 말을 속사포처럼 뿌리는 가운데, 미리 좋은 물건을 점찍어 둔 중도매인들은 손가락을 쥐락펴락하며 수신호를 보냈다. 저마다 원하는 가격에 참치를 낙찰받은 중도매인들은 속속 자리를 떠났다.

"결정했는감?"

"잠깐만요. 둘 중 하나를 고민 중이라서요."

성욱은 턱을 문지르며 수심에 잠긴 얼굴이었다. 그사이 경매는 빠르게 진행되었고, 이제 남은 참치는 몇 마리 되지 않았다.

"삼십이버어언, 참치참치야아 참치참치요옷~ 아잇 에이 우! 십팔마아아아안에에엔 우! 십구마아아아안에에엔 우!"

"저 참치로 가시죠!"

32번 번호표가 달린 참치를 보며 성욱이 소리를 질렀다. 그 즉시 노부는 경매사에게 수신호를 보냈지만, 입찰에 늦게 뛰어드는 바람에 32번 참치는 다른 중도매인에게 낙찰되었다. 하는 수 없이 성욱은 바로 다음 참치를 손짓했다.

"그러면 다음 참치요! 저것도 좋았어요!"

다행히 33번 참치는 시작부터 입찰에 뛰어들어 노부에게 최종 낙찰되었다.

"운이 좋았구려, 젊은 친구."

"혹시 제가 고른 게…… 최고였나요?"

성욱이 눈을 크게 뜨고 물었다.

"그렇다네. 이전에 고른 게 두 번째로 좋은 참치였지."

성욱은 환호성을 지르며 정연을 와락 껴안았다. 정연도 성욱만큼이나 기뻤는지 함께 방방 뛰었다.

"에, 선별 기준을 알려주겠나?"

노부의 물음에 성욱은 잠시 흥분을 가라앉히고 차분히 설명했다.

"우선 냉동 참치는 제외했습니다. 눈으로만 봐도 생물과 확연한 차이가 느껴졌거든요. 생물을 볼 땐 비늘의 빛깔과 윤기를 살폈고, 눈알이 충혈되지 않은 놈들을 추렸습니다. 그다음으로, 손으로 만졌을 때 살이 탄력 있고 탱글탱글한지 확인했고, 빛을 비췄을 때 속살이 깨끗한 놈들을 골랐습니다. 하지만 제가 전문가는 아니다 보니 좀 더 세밀한 판별이 어려워 직접 살점을 맛보기로 한 겁니다."

"껄껄, 훌륭하네. 같은 해역에서 잡힌 고기라도 운반선이 다르거나 보관 온도에 따라 품질이 천차만별이지. 그래서 나는 매일 이곳에 나와 으뜸을 골라내곤 한다네. 그날 마음에 드는 게 없으면 과감히 사지 않는 배포를 보일 때도 있다네."

노부는 덧붙여 말했다.

"맘 편히 식자재를 납품받는 가게에선 이런 방식이 무척 비효율적이고 느리다고 할 걸세. 하지만 주인이 편안하면 결코 절정의 맛을 낼 수 없다네. 이것이 바로 맛의 첫 번째 비결이지."

성욱은 겸손한 태도가 되어 고개를 끄덕였다.

"다음 장소로 이동할 걸세. 상어알을 얻어서 따라오게나."

노부는 뒷짐을 지고 느긋하게 걸음을 옮겼고, 유키는 그의 뒤를 졸졸 따랐다. 성욱은 침을 한 번 꿀꺽 삼키고는, 33번 참치를 판 귀상어 선주에게 쭈뼛대며 다가갔다.

"저…… 귀상어 선생님?"

"허허, 제 고기를 사신 분이시죠? 노부 씨 지인에게 좋은 물건을 넘겨서 기분이 좋군요."

귀상어는 선홍빛 치아를 드러내며 사람 좋은 미소를 지었다.

"네, 저도 좋은 물건을 주셔서 감사드립니다. 그런데 저……."

"뭐, 하실 말씀이라도?"

목젖이 꿀꺽하는 소리가 났다.

"실례가 안 된다면…… 상어알 좀 얻을 수 있을까…… 해서요."

"……."

순간 귀상어의 눈깔이 홱 뒤집혔다. 키가 무려 5미터에 달하는 그는 꼭 청소기 헤드처럼 생긴 머리를 휘저으며 성욱을 단숨에 빨아들이려 했다. 그러자 이를 본 백상아리와 청상아리가 황급히 쫓아와 그를 붙잡고 뜯어말렸다.

"너, 이 자식 먹어 버린다! 이거 놔! 놓으라고!"

백상아리는 눈을 부라리는 귀상어를 보며 "내가 왜 화를 냈는지 이제 알겠지?" 하고 광분했고, 청상아리는 "제발, 진정해. 선주의 본분을 지켜."라고 그를 달랬다. 백상아리가 귀상어를 끌어안고 뒤로 물러나 있는 사이, 청상아리가 슬며시 성욱에게 다가왔다. 그는 뱃살에 달린 지퍼를 열고 캐비어 한 줌을 꺼내 성욱의 손에 쥐여주었다.

　"싸게 가쇼."

　"고, 고맙습니다."

　성욱은 캐비어를 소중히 받쳐 들고 허리를 굽혀 인사했다. 정연 역시 청상아리에게 정중히 고개를 숙였다. 그제야 두 사람은 서둘러 노부의 뒤를 따랐다. 공동 어시장을 빠져나온 노부는 청어 잔가시처럼 복잡하게 얽힌 시장 골목을 능숙하게 누볐다.

　이윽고 쓰키지 시장 끝자락에 자리한 어느 스시집에 도착했다. 노부는 유키의 부축을 받으며 그 가게 안으로 들어섰고, 성욱과 정연도 뒤따라 들어갔다.

　가게 안에는 2단짜리 컨베이어 벨트가 쉴 새 없이 회전하며 접시와 색색의 스시를 열차처럼 실어 나르고 있었다. 입구 쪽에는 '셀프 체크인'이라고 적힌 키오스크가 서 있어 테이블석과 카운터석 중 원하는 자리를 선택할 수 있는 시스템이었다. 각 자리에는 개별 태블릿도 갖춰져 있어 벨트에 없는 초밥을 추가로 주문할 수 있었다. 이곳은 직원 없이 기계만으로 운영되는 무인 가게 같았다.

　어느 틈에 노부는 가게 안쪽에 '관계자 출입 금지' 스티커가 붙은 철문을 열었다. 노부와 유키가 그곳으로 들어가자, 성욱과 정연도 곧장 뒤따랐다.

창고 같은 곳에 들어선 두 사람은 입을 떡 벌렸다. 그곳은 기계로 가득한 설비실이었다. 갖가지 로봇이 짤깡짤깡 소리를 내며 돌아갔다.

쌀을 씻는 기계, 초대리를 섞는 로봇, 생선 비늘을 벗기는 로봇, 네타를 일정하게 자르는 로봇, 샤리를 만드는 로봇까지—모든 공정이 A부터 Z까지 완벽히 자동화— 있었다. 주방을 돌며 로봇을 점검하던 30대 남자 사장이 노부를 발견하고는 반갑게 다가가 허리를 숙였다.

"아이고, 노부 어르신. 안녕하세요. 여긴 어쩐 일로 오셨나요?"

"지나가던 길에 들렀어. 좀 놀다 가려구."

"아유, 언제나 대환영입니다."

"영업에 방해는 안 될 걸세."

남사장은 미소를 지으며 다시 로봇 점검하러 자리를 떴다.

대관절 여기서 뭘 하려는 걸까? 성욱이 그런 생각에 잠긴 사이, 노부는 도미 비늘을 벗기는 로봇 앞에 섰다. 그는 아직 손질되지 않은 도미 한 마리를 집어 성욱의 손에 쥐여주더니, 주방에 꽂혀 있던 데바 칼—생선 머리와 뼈를 치는 데 특화된 넓적한 칼—을 뽑아 반대 손에 건넸다.

"에, 자넨 이 로봇과 대결할 걸세."

"머…… 뭐라구요?"

"이 데바로 비늘을 벗겨보게나. 그게 두 번째 임무라네."

"아니, 어르신, 인간이 어찌 로봇을 이깁니까?"

성욱이 그렇게 반문하자, 도미 비늘을 벗기던 로봇이 대신 대답했다.

"그렇습니다. 당신은 절대 로봇을 이길 수가 없습니다. 내 이름은 누디, 분당 30마리의 도미 비늘을 벗겨내는 중입니다. 그러니 비늘 손질은 전적으로 이 누디에게 맡겨주세요."

인공지능까지 탑재한 똑똑한 로봇이었다.

"들었죠?"

성욱이 말했다. 하지만 노부의 하얗게 센 눈썹은 미동도 없었다.

"딱 30분 주겠네. 그 안에 승부를 보게나."

두 번째 게임이 시작되었다.

성욱은 급한 마음에 데바 칼을 꽉 쥐고 도미 비늘을 마구잡이로 벗기기 시작했다. 도미 비늘은 갑옷처럼 단단하고 뻣뻣했고, 등지느러미와 뒷지느러미는 창처럼 뾰족해 손이 미끄러지며 찔려 피가 나기 일쑤였다. 게다가 데바를 휘두를 때마다 셀로판지 같은 비늘이 얼굴, 머리, 옷에 덕지덕지 달라붙었다. 성욱은 자신이 점점 한 마리의 생선이 되어가는 기분이었다. 무엇보다 온몸에서 풍기는 생선 비린내는 참을 수 없을 지경이었다. 이를 안타깝게 지켜보던 정연이 이따금 다가와 비늘을 털어주었다.

"푸하하, 인간은 절대 로봇을 이길 수 없습니다. 괜한 객기 부리지 마세요. 저 누디는 여전히 분당 30마리를 처리 중입니다."

누디 로봇이 불량배 같은 톤으로 마구 비웃었다. 성욱은 자괴감과 무력감이 들었다. 그의 손재주로는 분당 한 마리도 버거웠다. 20분이 지나도록 겨우 14마리를 처리한 수준이었다. 임계점이 넘었는지 성욱은 데바 칼을 나무 도마 위에 힘껏 내리찍었다.

"에이씨, 안 해! 못해, 못해!"

"무하하하, 누디의 승리입니다. 당연한 결과죠. 인간이 20분 동안 손질한 개수보다 제가 1분 동안 손질한 게 더 많군요. 이게 인간의 한계라는 겁니다. 앞으로 비늘 손질은 전적으로 누디에게 맡겨 주세요."

성욱은 어깨가 저리고 온몸에 힘이 쭉 빠진 상태였다. 그는 개수대를 붙잡고 풀썩 주저앉았다.

"에헴, 이대로 포기할 참인가?"

"애초에 말도 안 되는 대결이에요. 인간이 어찌 로봇을 이깁니까?"

성욱은 망연자실 타일 바닥만 내려다보았다.

"내가 해서 이긴다면, 어쩔 텐가?"

"하아, 영감님이요? 무슨 수로요?"

성욱은 이죽거렸다.

"난 이기라고 했지, 더 많은 생선을 손질하라고 한 게 아닐세."

노부는 주름진 눈을 가늘게 뜨며 말했다. 그 말에 성욱은 눈을 명민하게 번쩍였고, 단숨에 몸을 일으켰다.

이제 남은 시간은 단 9분.

성욱은 도마에 박힌 데바 칼을 뽑아 도미 한 마리를 들고 신중하게 비늘을 벗기기 시작했다.

아주 느리지만 섬세하게.

노부의 입가에 둥근 미소가 떠올랐다. 하지만 그의 숨은 의도를 알아채지 못한 정연은 어리둥절한 표정을 지었다.

"그대의 도전 정신은 높이 사겠습니다만, 인간은 절대 로봇을 이길 수 없습니다. 저는 지금도 분당 30마리의 도미 비늘을 벗겨내고 있으니까요."

누디 로봇의 조롱에도 성욱은 흔들림 없이 묵묵히 비늘 손질에 몰두했다. 그런데 그는 3분의 1쯤 비늘을 벗긴 도미를 버리고 새 도미를 집어 처음부터 다시 작업을 시작했다.

아니…… 왜?

정연은 여전히 의아한 낯빛이었다. 이내 성욱은 그 도미마저 버리고 또다시 새 도미를 들더니, 이번은 더욱 신중하고 섬세하게 비늘을 쳤다.

그는 7분 동안…… 단, 한 마리의 도미 비늘을 벗기는 데 온 힘을 쏟았다. 마지막 1초가 남은 순간까지 한 땀 한 땀 정성을 다했다.

제한 시간이 끝나자마자 성욱은 주방 바닥에 털썩 주저앉았다. 노부는 예의 느린 걸음으로 다가와 성욱이 공들인 마지막 도미를 집어 들었다. 눈을 감고 손끝으로 도미를 더듬어 보기도 하고, 조명 아래에서 이리저리 비춰 보기도 했다. 선홍빛 도미 껍질은 흠 하나 없이 매끄럽게 윤이 났다.

"번지르르하구먼."

"……제가 이겼나요?"

"암, 그렇다네."

노부가 흐뭇하게 웃자, 성욱은 기뻐하며 갓 잡은 물고기처럼 제자리에서 팔딱팔딱 뛰었다. 이를 본 누디 로봇은 까르륵거렸다.

"푸하하하, 그저 웃음밖에 안 나옵니다. 인간의 정신 승리인가요? 제가 분당 30마리를 손질하는 동안 고작 한 마리를 다듬었을 뿐이잖아요. 누가 봐도 저의 압승입니다. 인간은 절대 로봇을 이길 수 없습니다."

노부는 너털웃음을 지으며 주름진 입을 열었다.

"껄껄, 수의 관점으로 보면 그럴 수 있지. 허나 질의 관점으로 보다면 승부는 완전히 달라진다네, 로봇 선생."

그 말에 누디 로봇이 순간 오작동을 일으켰다. 드럼통처럼 생긴 롤러에서 빠지직 불꽃이 튀더니 삐삐 요란한 경고음과 함께 작동이 멈췄다. 도미 뼈가 통째로 롤러에 말려 들어간 모양이었다. 근처를 순찰하던 남사장이 부리나케 달려와 전원 스위치를 내리고 낑낑대며 뼈를 빼냈다.

그사이 정연은 누디가 손질한 도미를 살펴보러 다가갔다. 노부 말대로 비늘에 상처가 나거나 제대로 벗겨지지 않은 부분이 제법 눈에 띄었다. 그리고 성욱이 손질한 도미는 흠 하나 없이 완벽했다. 정연은 그제야 고개를 끄덕였다.

사장이 도미 뼈를 제거하고 전원을 다시 올리자, 누디는 다시 돌아갔다.

"내 이름은 누디, 분당 30마리의 도미 비늘을 벗겨낼 수 있습니다. 그러니 비늘 손질은 전적으로 이 누디에게 맡겨주세요."

기계 소리를 뒤로한 채 노부는 뒷짐을 지고 다음 장소로 걸음을 옮겼다. 유키가 그림자처럼 바로 뒤를 따랐고, 성욱과 정연은 몇 걸음 떨어져 그 뒤를 쫓았다.

"노부 어르신, 조심히 들어가세요."

"한 판 잘 놀다 가네."

남사장이 깍듯이 인사하자, 노부는 손만 살짝 들어 화답했다.

"자넨 어디서 굴러먹던 뼈다귀인공?"

앞서가던 노부가 불쑥 물었다.

"네?"

몇 걸음 뒤에 있던 성욱이 노부의 옆으로 다가왔다.

"벌이가 뭐였나 말일세."

"아, 예······. 현재 조그마한 무인 가게를 운영 중입니다. 빙과점하고 커피숍, 이렇게 두 곳이요."

성욱은 살짝 정연의 눈치를 보다가 어딘가 자신 없는 목소리로 이어 말했다.

"그전에는 차량용 블랙박스와 내비게이션을 만드는 중견기업에 오래 몸담았었구요."

성욱은 직장에 사직서를 제출하기로 결심했던 순간이 문득 떠올랐다.

※

이전에 다니던 회사는 코스닥 상장 중견기업으로, 매출과 영업이익이 꽤 준수한 곳이었다. 하지만 대리점 영업직 대리에서 과장으로 승진을 앞두고 있던 성욱은 평소 존경하던 김 부장이 만 50세도 되지 않은 나이에 쥐꼬리만 한 위로금을 받고 이른바 '희망퇴직'—이름만 그럴싸하지, 실상은 정리해고나 다름없는—을 당하는 모습을 보게 되었다.

성욱은 조만간 자신의 미래도 크게 다르지 않으리라는 예감이 들었다. 매달 채워야 하는 판매 목표, 승진을 위해 추가로 달성해야 하는 판매량, 그리고 무엇보다 기본급 외에 판매 실적에 따라 지급되는 성과급 때문에 대리점 내부는 물론, 전국 대리점 간 순위 경쟁도 치열하게 벌어졌다.

문득 진열대에 놓인 블랙박스, 내비게이션, 그리고 새로 출시된 AI 기능이 탑재된 홈 CCTV를 바라봤다. 예전에는 별생각 없이 취급하던 물건이었지만, 이제는 직원들이 이 기계들보다도 못한 소모품처럼 여겨지는 현실이 참으로 씁쓸했다.

그래서 몇 달간 깊이 고민한 끝에 성욱은 회사에 사직서를 제출하고, 직접 개인 사업을 시작하기로 결심했다. 가까운 미래에는 인공지능, 로봇, 그리고 무인 시스템이 세상을 지배할 것이라는 흐름을 내다보고 그는 무인 가게 창업에 도전한 것이었다.

"쯧쯧, 어리석은 선택을 했구먼."
"……."
"어째 그 일로 먹고살 만허고?"
"……죽을 맛입니다."
"그래도 하늘이 도운 셈이야. 어째 이번 도전이 때맞춰 온 기회처럼 보이지 않은가?"
"처음엔 몰랐는데…… 이젠 수업처럼 느껴질 정도입니다."
"업의 본질도 모르면서 잘되길 바라는 건 과한 욕심이지."
"그 본질이…… 정확히 뭔가요?"
"아직도 모르겠나?"
"그게 아직 잘…… 알 것도 같고……."
성욱은 정답을 알 듯 말 듯, 아리송한 표정을 지었다.
"마지막 임무에서 몸소 찾아보거나."
노부는 비밀을 품은 눈을 둥글게 말았다.
어느덧 마지막 진검승부를 벌일 장소에 도착했다. 그곳은 다름 아닌, 스시야 노부의 가게 뒷골목이었다.

노부는 쪽문을 열고 뒷주방을 지나 앞주방으로 넘어갔다. 성욱과 정연은 그를 따라 앞주방에 들어섰고, 노부와 마주 섰다. 노부는 유키에게 미리 준비해 둔 히노키(편백) 원통을 꺼내오게 했다.

11자 모양의 손잡이가 달린 나무 뚜껑을 열자, 김이 연하게 피어오르는 뽀얀 밥알이 모습을 드러냈다. 새콤달콤한 초대리를 곱게 섞어 한 김 식힌 샤리였다. 밥알 하나하나가 부서짐 없이 반들반들 윤이 나며 투명하게 빛났다. 유키는 15도에서 18개월간 묵힌 사사니시키 쌀로 만든, '극락의 밥'이라며 설명했다. 이건 그냥 밥만 먹어도 맛있을 그것 같았다.

노부는 왼손으로 광어살을 집어 그 위에 와사비를 살짝 발랐다. 그리고 오른손으로는 샤리를 타원형으로 말아 광어살과 샤리를 접합하는, 니기리를 쥐었다. 신속하고 절제된, 한 치의 군더더기 없는 동작이었다. 마지막으로 붓으로 찍은 간장을 생선 살 위에 얇게 펴 발라 접시에 올렸다. 이 모든 과정이 단 3초 만에 끝났다.

"한국에선 초밥 한 점이 320알인지, 280알인지, 밥알 개수를 논한다고 들었는데, 실상은 초밥마다 다르게 쥐는 게 원칙이라네. 이를테면, 방금 쥔 광어는 312알, 여기 참치 대뱃살은 275알, 보리새우는 253알이지. 마지막 임무는 세 종류의 네타에 알맞은 니기리를 쥐는 걸세."

"내에?"

성욱은 눈을 껌뻑였다.

"저더러 밥알 개수를 맞춰 쥐라고요?"

"에헴, 10분 주겠네."

노부는 앞주방에서 다찌석으로 옮겨 가더니 손님처럼 떡하니 자리에 앉았다.

"아니, 어르신, 10분으론 밥알 100개 세기도 모자랍니다!"

성욱이 목에 핏대를 세우며 항변했지만, 노부는 태연히 시계를 바라봤다.

"벌써 10초가 흘러가네."

별수 없이 성욱은 노부의 시범을 어렴풋이 떠올리며 샤리를 쥐기 시작했다. 어째 출발부터 밥알이 손가락 사이에 덕지덕지 붙어 타원형으로 마는 것조차 쉽지 않았다. 광어살에 얼기설기 붙인 샤리는 접시에 올리자마자 흐물흐물 풀어졌다. 노부는 그 초밥을 쳐다보지도 않고 쓰레기통에 버렸다.

성욱이 만든 샤리는 너무 풀어져 있거나 지나치게 단단히 뭉쳐져, 노부의 입 근처에도 가지 못하고 계속 쓰레기통으로 직행했다.

수십 번의 실패 끝에 마침내 그럴듯한 샤리를 쥐는 데 성공했지만, 그때는 이미 5분이 흐른 후였다.

성욱은 광어, 참치, 보리새우 초밥을 차례로 노부 앞에 내놓았다. 드디어 노부는 성욱이 만든 초밥을 입에 넣고 오물오물 씹었다. 성욱은 마른침을 삼켰고, 옆에서 지켜보던 정연도 긴장한 나머지 침을 꿀꺽 삼켰다.

"광어는 20알, 참치는 30알 부족하고, 보리새우는 50알이 넘쳤구면."

성욱은 단지 혀로 그 미묘한 차이를 감각한다는 것이 황당하기 그지없었다. 순간 '엿장수 마음대로'라는 생각이 은연중에 스쳤지만, 입을 꾹 다물고 다시 니기리를 쥐었다. 그러나 노부는 계속 샤리가 많거나 적다며 지적했다.

"여전히 광어는 2알, 참치는 5알, 보리새우는 4알 부족하네."

"그 정도 오차라면 합격을 줘도 되지 않나요?"

"1분 남았네."

성욱이 눙치듯 넘어가려 했지만, 노부는 눈썹 하나 까딱하지 않았다.

이번엔 샤리 10알을 길게 늘어놓고 하나로 뭉쳐 감각을 익혔다. 신중하고 섬세하게 니기리를 쥐어 다시 세 점을 내놓았다. 노부가 맛을 보곤 말했다.

"여전히 광어는 3알, 참치는 1알, 보리새우는 2알 부족하네."

"한두 알 차이까지 감별이 된다고요?"

성욱은 도무지 믿기지 않았다.

남은 시간은 이제 30초뿐, 가망이 없어 보였다.

성욱은 더 이상 니기리를 쥐지 않고 고개와 어깨를 축 늘어뜨린 채 죽은 생선처럼 동작을 멈추었다. 노부는 그 모습을 가만히 보더니 마지막 힌트를 던졌다.

"정녕 부족한 하나의 도가 뭔지 모르겠나?"

"……"

"개수는 그저 숫자에 불과하네."

"……!"

"수에 집착하지 말고 본질을 꿰뚫어 보게."

성욱은 노부의 말을 곱씹다가 번뜩 눈이 뜨였다.

그때 남은 시간은 고작 10초.

그는 재빨리 손을 놀려 초밥 세 점을 쥐고, 정성스럽게 그릇에 올렸다.

마침내 노부의 주름진 입가가 실룩거렸다. 한데, 어쩐 일인지 이번에는 모찌 같은 미소를 띠며 초밥에 손도 대지 않았다.

"……안 드십니까?"

"이건 굳이 먹지 않아도 알겠네."

성욱은 득의양양한 미소를 지었다.

"마침내 본질을 보았는가?"

노부가 물었다.

"그렇습니다."

"그게 뭐였는가?"

"마음입니다. 초밥 한 점에 제 마음을 담았습니다."

"꺼껄, 껄껄껄."

노부는 특유의 너털웃음을 한동안 터뜨렸다. 웃음이 잦아들자, 성욱은 마지막 순간을 감각하며 입을 뗐다.

"처음엔 어르신이 알려주신 수를 기준으로 어림잡아 샤리를 쥐었습니다. 그런데 어느 순간, 그 수가 미묘하게 틀어진 느낌이 들더군요."

"오호?"

노부가 흥미로운 눈초리로 바라보았다. 성욱은 말을 이었다.

"그래서 그때부터 어르신의 기호에 맞는 니기리를 쥐려 애썼습니다."

"껄껄, 그랬군."

"일반적으로는 네타에 따라 샤리의 양이 달라야 하겠지만, 손님의 취향에 따라 다르게 내는 게 더 중요해 보였습니다. 그리고……."

노부는 잠시 뜸을 들이는 성욱을 건너다보았다.

"무엇보다 중요한 건, 니기리를 쥐는 장인의 마음이었습니다."

마침내 완전한 깨달음에 다다른 성욱을 보며 노부는 고개를 끄덕였다.

"고상한 단어로 우린 그걸 '혼'이라 한다네. 한 점의 스시를 내더라도 장인의 혼을 담아야 비로소 완성이라 할 수 있지. 지난 50년간 이곳을 지키며 한순간도 전력을 다하지 않은 적이 없다네."

"큰 가르침, 진심으로 감사합니다."

성욱은 절로 고개가 숙여졌다.

"이제…… 맛보면 되는 건가요?"

성욱이 조심스레 묻자, 노부는 거북이처럼 느릿하게 웃었다.

앞주방에 있던 성욱은 정연과 함께 다찌석으로 넘어갔다. 반대로 다찌석에 있던 노부는 앞주방으로 건너왔다. 성욱과 정연이 들뜬 표정으로 자리에 앉으려는 찰나, 노부가 심드렁하게 말했다.

"뭣들 하나?"

"아니 방금, 먹어도 된다고……."

"에이, 그러려면 줄을 서야지."

"네에?"

성욱은 눈을 동그랗게 떴다.

"섭섭하게 생각 말게. 여긴 가족이나 직원도 예외가 없다네."

옆에 앉아 있던 정연은 헛웃음만 나왔다.

비엔나소시지처럼 길게 늘어진 행렬 끝에 성욱과 정연이 붙었다. 성욱은 대여폰의 시간을 확인했다. 제한 시간이 40분도 채 남지 않았다.

"어렵지 않을까?"

"기다려 봐. 어떻게 여기까지 왔는데."

성욱은 초조하게 몸을 들썩이는 정연의 어깨를 한 팔로 감싸안았다. 그도 마음이 타는 건 마찬가지였다.

다행히 긴 줄은 금세 줄어들었다. 회전율이 무척 좋은 가게였다. 노부와 유키의 손놀림이 워낙 빠른 데다, 술을 팔지 않고 단일 메뉴로 초밥만 제공하는 방식도 한몫한 듯했다. 10여 분이 남았을 때, 성욱과 정연은 가게 안으로 입성할 수 있었다.

두 사람은 옆 손님과 어깨가 닿을 정도로 비좁게 붙어 앉아 초밥을 기다렸다. 아흔이 넘은 노부는 여전히 앞주방에서 현역으로 뛰고 있었다. 그 모습은 겸손하면서도 열정적으로 느껴졌다. 그는 버드나무 잎처럼 길고 좁게 생긴 회칼로 생선 살을 매끄럽게 도려냈다. 샤리를 부드럽게 말아 와사비를 얹고, 유연한 손동작—어찌 보면 무용을 연상케 함—으로 니기리를 쥔 뒤, 붓으로 간장을 찍어 얇게 펴 발랐다. 마지막으로 제일 중요한 장인의 혼을 담아서 접시에 올렸다.

첫 번째 초밥은 코하다(전어)였다. 두 번 칼집을 낸 생선 살이 샤리에 단단히 붙어 있었는데 은은한 푸른빛과 오묘한 은백색이 어우러진 전어 껍질은 기왓장처럼 샤리 위에 얹혀 고고한 품격을 드러냈다. 성욱과 정연은 나무젓가락을 조심스레 들어 첫 점을 입으로 가져갔다.

입속에 들어가는 순간, 두 사람은 눈을 휘둥그레 뜨며 서로를 바라보았다. 놀라움에 숨이 멎는 듯했고, 입을 가린 손끝이 미세하게 떨렸다. 멸치와 고등어 사이를 오가는 듯한 고소하고 기름진 생선 살의 풍미는 새콤달콤하며 쫀득한 샤리와 만나 황홀한 하모니를 빚어냈다. 그리고 천연 와사비의 알싸한 향기가 코끝을 스치며 자연스러운 매운맛이 기름진 살을 깔끔하게 감싸안았다. 생선 살을 다 씹고 나니, 입안에 남은 네다섯 알의 샤리가 혀끝에서 춤을 추듯 맴돌았다. 수분을 머금은 새콤달콤한 밥알은 뭉치거나 부서짐 없이, 그 자체로 완벽한 한 편의 시와 같았다.

두 번째 초밥은 스미이카(갑오징어)였다. 껍질을 벗긴 투명한 살에 격자무늬 칼집이 섬세하게 새겨져 있었다. 한입 베어 물자, 갑오징어 특유의 담백함과 오독오독 씹히는 식감이 혀 위에서 생동감 있게 펼쳐졌다. 칼집 덕분에 질길 법한 살이 입안에서 스르르 녹아내려, 부드럽고 경쾌한 식감이 동시에 피어났다. 그 맛 또한 흠잡을 데 없는 완성도 속에서 조용히 빛을 발했다.

세 번째 초밥을 기다리는 성욱과 정연은 어느새 파블로프의 개처럼 조건 반사를 일으켰다. 입안에 단침이 차오르며 혀가 저절로 움직였다. 몇 초만 늦어도 침이 턱 아래로 주르륵 흘러내릴 것만 같았다.

다행히 초밥은 순식간에 완성되어 나왔고, 사와라(삼치), 카스고다이(황돔), 오도로(참다랑어 분홍 뱃살), 아나고(붕장어), 아까미(참다랑어 붉은 속살), 히라메(광어), 타이(도미), 쿠루마에비(보리새우), 그리고 캐비어를 얹은 우니(성게)가 차례로 이어졌다.

각 초밥은 재료 본연의 맛을 극도로 끌어올려, 한 점 한 점이 입안에서 영혼을 울리는 교향곡 같았다. 성욱은 감탄하며 고개를 절레절레 흔들다가 이내 몸을 부르르 떨며 숨을 몰아쉬었다. 정연은 손뼉을 치며 낮은 신음을 내뱉는가 하면, 눈을 감은 채 끝맛의 잔향에 몸을 맡겼다. 때로는 서로를 쳐다보며 웃음을 터뜨리고, 때로는 말없이 고개를 숙여 그 황홀함을 곱씹었다. 그러니 스시가 살아 꿈틀대며 말을 걸어오는 듯한 착각이 들었다.

노부의 섬세함은 참으로 경탄스러웠다. 네타의 종류에 따라 샤리의 양을 미묘하게 조절해 내는가 하면, 남녀 손님의 차이까지 고려해 쥐는 양을 달리했다. 심지어 정연이 왼손잡이임을 일찌감치 알아채고 그녀가 젓가락을 편히 쓸 수 있도록 초밥을 살짝 오른쪽에 내놓았다. 그 작은 배려에 정연은 완전히 마음을 빼앗겼고, 성욱 역시 형언할 수 없을 정도로 감동했다.

어느새 대미를 장식할 열두 번째, 타마고야키가 등장했다. 유키는 뒷주방에서 두 시간 넘게 약불에 구워낸 스시의 디저트 라고 소개했다. 타마고야키는 푸딩처럼 보들보들 찰랑찰랑한 질감이었고, 꼭 카스텔라 같은 모양으로 눈길을 사로잡았다.

한입 베어 물자 야들야들하고 포슬포슬한 입자가 입안에 녹아들며, 처음 느껴보는 달걀의 식감에 온몸이 전율로 뒤덮였다. 반숙이나 온센타마고, 수란과는 또 다른 차원의 부드러움이었다. 다진 새우살, 마, 노른자가 잘 어우러진 은은한 단맛이 깊은 풍미를 자아냈다. 이곳은 무엇 하나 허투루 내는 법이 없었다.

Recipe Card: 노부 장인의 비법 레시피

「준비 재료」　　　　　　　　　　　　　　※1인분, 초밥 10개 기준
사사니시키 쌀 200g, 식초 1.5큰술, 설탕 1큰술,
소금 0.5작은술, 네타(신선한 횟감 생선) 10조각

1. 쌀은 맑은 물이 나올 때까지 여러 번 헹구게. 그런 다음 물에 30분쯤 불려두었다가 밥을 지으면 된다네. 전기밥솥도 괜찮지만… 솥밥을 지으면 쌀알이 한층 살아나는 법이지.
2. 식초, 설탕, 소금을 작은 냄비에 넣고 약불에서 살살 저어 녹여주게나. 절대로 끓여선 안 된다네.
3. 밥이 다 되면 나무 볼에 옮겨 초대리를 고루 뿌리고, 나무 주걱으로 자르듯 섞어주면서 부채질하게. 이때 밥알 하나하나가 부서짐이 없도록 살피게. (도자기 그릇도 나쁘지 않지만, 나무 그릇에서 배어 나오는 향이 중요할 수도 있다네)
4. 물과 식초를 1:1로 섞은 초대리를 왼손에 살짝 묻힌 다음, 손가락 마디 두 개정도 크기의 밥을 쥐어, 타원형으로 말면 된다네.
5. 오른손으론 생선 한 조각을 집어, 뒷면에 와사비를 살짝 바른 뒤, 밥 위에 얹게나. 손가락으로 살며시 눌러 생선과 밥이 하나가 되게 하게. 너무 세게 눌러도, 너무 살살 눌러도 안 된다네.
딱! 그 중간 지대를 찾아야 한다네.
6. 이제 간장에 살짝 찍어 맛있게 먹으면 된다네. 간장은 밥이 아니라 생선에 살짝 묻히게. (세상엔 수많은 초밥이 있지만 그대가 정성을 다해 쥔 한 점이, 세상에서 가장 맛있는 초밥이 될 걸세)

Notes: 사사니시키가 없으면… 고시히카리를 쓰게나. 그것조차 없다면…
뭐, 집에 있는 쌀 아무거나 쓰게. 단, 마음은 정성을 다해야 한다네

성욱과 정연은 꼭 술에 취한 것처럼 고급스러운 둥근 단맛의 여운에 취해 있었다. 그런 두 사람 곁으로 유키가 조용히 다가왔다.

"남은 시간 잘 체크하고 있나요?"

아차, 제한 시간을 깜빡하고 있었다. 성욱이 대여폰을 꺼내보니 종료까지 1분여밖에 남지 않았다.

"거, 뱅기가 있지 않나? 크루즈도 있을 테고."

노부가 명랑하게 말했다.

정연이 먼저 후다닥 자리에서 일어났고, 성욱도 다급히 몸을 일으켰다. 그러다가 의자를 쓰러뜨렸다. 아이를 키우는 부모로선 어린이집 등·하원 시간이 하루 중 가장 중요한 일과였다.

"노부 어르신, 많은 것을 배워 갑니다. 다시 한번 감사드려요."

성욱이 넘어진 의자를 바로 세우며 공손히 허리를 숙였다. 노부는 겸연쩍게 웃으며 어서 가라고 손짓했다. 정연은 성욱의 팔을 잡아끌며 서두르자고 재촉했다.

"조용히 뒷주방으로 사라지게."

노부의 말대로 부부는 손님들 시선을 피해 뒷주방으로 신속히 건너갔다. 7초를 남기고 서로 손을 맞잡은 두 사람은 동시에 '접속 종료' 버튼을 눌렀다. 곧 믹서기에 들어간 것처럼 주변이 빠르게 회전했고, 눈 깜짝할 사이에 아파트 주방으로 바뀌었다.

모든 것이 하룻밤 꿈처럼 느껴졌다.

두 사람은 머리를 몇 번 흔든 뒤, 거실의 벽시계를 확인했다. 조금 일찍 돌아올 계획이었지만, 주어진 시간을 다 써버리는 바람에 평소 아이를 데리러 가는 시간보다 한참 늦어졌다. 부부는 서둘러

집을 나섰다.

거의 백 미터 달리기라도 하듯 어린이집을 향해 뛰어갔다. 아파트 단지 내에 있는 국공립 어린이집 신발장 앞에 도착한 부부는 가쁜 숨을 몰아쉬었다. 한데, 담임교사가 잔뜩 심술이 난 하준이와 펑펑 우는 동급생 남자아이를 함께 데리고 나왔다.

"어떡해요, 어머니."

"무슨 일이에요?"

정연이 놀라 물었다.

"하원 기다리던 중에 교구장에 꽂힌 그림책을 서로 보겠다고 잡아당기다가 그만, 하준이 손톱에 승범이 얼굴이 긁혔나 봐요."

닭똥 같은 눈물을 흘리는 승범의 얼굴을 살펴보니, 턱 근처에 손톱자국이 3센티가량 선명하게 나 있었다. 흉터로 남을 게 분명해 보였다. 부부는 어찌할 바를 몰라 쩔쩔매는데, 그때 승범의 아빠로 보이는 사람이 안으로 들어왔다. 담임교사가 다시 승범의 아빠에게 자초지종을 설명했다.

"저, 괜찮으시면 지금 같이 병원에 가실까요? 어떻게 치료비라도 저희가······."

성욱이 조심스럽게 말을 건네자, 승범 아빠는 다른 곳엔 상처가 없는지 꼼꼼히 살핀 뒤 말했다.

"됐습니다."

"네에?"

"남자애들끼리 뭐 투덕거릴 수 있죠. 그냥 집에 가서 약 바르면 돼요."

"그래도 괜찮을까요?"

승범 아빠는 우는 승범의 등을 토닥이며 눈물을 닦아주었다. 이때, 정연이 나서서 엄하게 하준이를 꾸짖었다.

"하준이, 승범이한테 사과해. 미안하다고."

"시, 싫어."

"너 엄마 말 안 들을래?"

"쟤가 맨날 내 젤리 뺏아간단 말야."

하준이는 입을 삐죽 내밀며 고집을 부렸다. 그 순간, 성욱이는 승범과 그의 아버지를 향해 거의 90도로 허리를 숙였다. 과한 그의 동작에 정연, 승범의 아버지, 그리고 담임교사까지 당황한 기색이 역력했다.

"죄송합니다. 진심으로 사과드립니다."

그리고 나서 성욱은 한쪽 무릎을 꿇어 승범의 눈높이에 시선을 맞췄다.

"승범아, 아저씨가 대신 사과할게. 우리 하준이 다시는 안 그럴 거야."

별안간 울음을 뚝 그친 승범은 어리둥절한 표정으로 뒷머리를 긁적였다. 하지만 누구보다 가장 놀란 건 하준이었다. 하준이는 눈을 동그랗게 뜨고서 입을 벌린 채로 있었다.

대여폰을 반납하기 전, 성욱은 아쉬운 마음에 야미킥 앱을 여러 번 실행시켜 봤지만, 제한 시간이 끝난 탓인지 더 이상 작동하지 않았다. 폰 수리가 완료됐다는 연락을 받고 사설 수리점을 찾았을 때, 그는 대여폰을 쥐고 손에서 놓지 않았다.

"뭐 하세요?"

그런 그를 본 수리점 사장이 고개를 들어 물었다. 성욱은 손에 힘을 풀 수밖에 없었다.

성욱은 밖으로 나오자마자 수리된 액정을 일부러 깨부수고 새 대여폰을 받을까 잠시 고민했다. 하지만 건물 입구에 있던 입간판은 어느새 사라졌고, 지하로 통하던 입구는 그물망 철제 셔터로 굳게 닫혀 있었다. 사설 수리점은 신기루처럼 온데간데없이 어디론가 사라져 버렸다.

별 수 없지. 이제 일상을 살아가는 수밖에…….

며칠 뒤, 성욱은 무인 아이스크림 가게에서 재고를 정리하던 중 유리창 너머로 브로콜리 파마머리의 아줌마가 지나가는 모습을 보았다. 그녀 옆에는 예전에 아이스크림을 훔쳤던 중학생 아들과 치매에 걸린 듯한 백발 할머니가 함께였다. 그 세 사람을 물끄러미 바라보던 성욱은 냉동고에서 아이스크림 세 개를 꺼내 서둘러 그들을 쫓아갔다. 손사래를 치는 아줌마와 꾸벅 인사하는 중학생을 뒤로하고, 그는 옅은 미소를 지으며 가게로 돌아왔다.

그리고 얼마 지나지 않아, 성욱이 운영하던 두 무인 매장 앞에 '폐업 정리'라는 현수막이 걸렸다.

❋

 로보캅을 떠올리게 하는 강철 마스크를 쓴 누군가가 용접에 열중했다. 사방으로 튀는 불꽃은 불꽃놀이처럼 화려했다. 마스크의 전면 덮개를 위로 젖히자, 땀에 젖은 성욱의 얼굴이 드러났다. 곧 그는 철판을 톱질하고 전동드릴로 구멍을 뚫으며 열띤 작업을 이어갔다.

 그가 조립하는 제품은 실내 공중에 떠다니는 미세먼지와 동물 털을 효과적으로 흡입하는 기기였다. 시중에 출시된 무선 청소기와 공기청정기는 각각의 한계가 뚜렷했기에, 성욱은 도깨비방망이 모양의 본체에 여러 개의 모터를 심어 강력한 흡입력을 발휘하는 기기를 고안했다.

 다소 투박한 시제품을 완성한 성욱은 용접 마스크를 벗어 던졌다. 민머리였던 그의 머리는 어느새 파인애플 꼭지를 떠올리게 하는 길이로 자라 있었다. 그는 조심스레 시제품의 전원 버튼을 눌렀다. 수백 번의 실패를 거듭한 터라 모든 동작 하나하나가 신중했다.

 윙, 모터가 돌아가는 소리가 나자, 성욱은 도깨비방망이를 붕붕 휘둘렀다. 그러자 손잡이 쪽에 달린 투명한 먼지통에 미세먼지와 동물 털이 한 움큼 채집되었다. 드디어 햇살에 비치던 공기 중에 부유하던 먼지들이 거의 사라진 것이다. 성욱은 흥분한 얼굴로 어디론가 급히 전화를 걸었다.

 "변리사님, 지금 사진 하나 보낼 건데 특허 가능할지 좀 알아봐

주세요. 가능하면 바로 등록해 주세요. 지금 바로 보내드릴게요."

그는 연필로 스케치한 도면을 스마트폰으로 찍어 변리사에게 카톡으로 전송했다. 그러고 나서 잠시 머리를 식히기 위해 바깥으로 나왔다.

언덕 난간에 우뚝 서서, 성욱은 서울역 철길과 남산, 그리고 빽빽이 들어찬 빌딩 숲을 굽어보았다. 높은 지대에 자리 잡은 이곳은 서울 도심의 숨결이 한 폭의 그림처럼 내려다보였다.

그는 무인 사업을 과감히 정리한 후, 서울역 인근 청파동에 조그마한 공장을 빌렸다. 이 동네는 시간의 퇴적층이 켜켜이 쌓인 듯한 특유의 정취가 있었다. 자동차가 비집고 들어가기 힘든 좁은 골목과 가파른 계단이 혈관처럼 얽혀 흐르고, 한옥의 고즈넉한 처마와 일본식 가옥이 나란히 자리 잡고 있었다. 그리고 수제화와 봉제 공장의 망치 소리와 재봉틀의 규칙적인 박음질이 어디선가 들려왔다.

스시야 노부에 다녀온 이후로, 성욱은 앞으로 무얼 하며 먹고 살아갈지 깊이 고민했다. 노부의 가르침을 떠올리며 자신의 본질에 집중해 보았다. 그러자 어느 순간, 영감이 새싹처럼 돋아났다

꽤 이름 있는 공과대를 졸업한 그는 대학 시절, 세상에 없던 무언가를 만들어낼 때 가장 큰 희열을 느꼈던 것 같았다. 그때의 감각을 떠올리자, 그는 과감히 발명가의 길을 선택할 수 있었다.

처음에는 막연하고 막막했다. 하지만 '편의성'과 '불편 해소'라는 업의 본질을 좇다 보니 흥미로운 아이디어들이 마구 샘솟았다.

그렇게 어언 1년이란 세월이 흘렀다. 아직 경제적 자유를 누릴 정도의 수준은 아니지만, 지난달부터 예전 직장에서 받던 봉급을

조금 웃도는 수익을 올리기 시작했다. 하지만 무엇보다 그를 가장 충만하게 하는 것은 부가 아니라, 자신이 만든 제품이 사람들의 삶에 실질적으로 도움이 될 것이라는 순박한 믿음이었다. 이제 다음 달이면 그가 발명한 여러 제품이 해외 10개국으로 수출될 예정이다.

성욱은 공장 옆에 비스듬히 세워둔 자전거에 올라 좁은 골목길을 따라 내려갔다. 오늘은 평소보다 조금 이른 퇴근이었다.

아파트 단지에 들어서자, 저 멀리 놀이터에서 뛰노는 하준이가 눈에 들어왔다. 정연은 벤치에 앉아 어린이집 가방을 품에 안고 동네 엄마들과 담소를 나누고 있었다. 성욱은 그쪽을 향해 힘껏 페달을 밟았다. 때마침 하준이는 승범에게 젤리를 건네다 아빠를 발견하고 쪼르르 달려와 그의 품에 안겼다.

영원처럼 느껴지는 오후의 시간이 흘러간다. 아직 해가 지려면 한참 남아 있었다.

❇ Main Course III ❇

서사가 좋은 푸아그라

 총을 쥔 손을 허공으로 높이 뻗자, 피스타치오 아이스크림을 발라놓은 듯한 하늘이 눈에 들어왔다. 곧이어 탕, 하는 귀를 찢는 총성이 공기를 갈랐다.

 그 순간, 형광 조끼를 입은 20·30대 여성 네 명이 희뿌연 흙먼지를 일으키며 내달렸다. 그들은 각자 한쪽 어깨에 22kg짜리 모래 포대를 짊어지고 있었는데 이는 2L 생수 11병을 한꺼번에 지고 뛰는 것과 맞먹는 무게였다. 무게에 짓눌린 몸은 자연스레 균형을 잃었고, 발을 디딜 때마다 거위처럼 뒤뚱거렸다. 하지만 3번 레인의 여성만은 예외였다. 그녀는 중력의 법칙을 무시하듯 긴 머리를 휘날리며 압도적인 속도로 선두로 치고 나갔다.

 단상 옆 콘크리트 계단에 앉아 있던 백여 명의 남자들은 놀란 눈으로 육상 트랙을 달리는 그 여성을 바라봤다. 애쓰지 않은 아름다움과 육감적인 몸매를 지닌 그녀는 뭇 남성들의 마음을 설레게 하는 타입이었다. 남자들은 입을 헤벌쭉 벌린 채 다물지 못했다.

3번 레인 여성은 50m 지점의 결승점을 가뿐히 통과한 뒤, 안전 매트 위에 모래포대를 내던졌다. 초시계를 쥔 공무원이 펜과 메모지를 든 동료에게 기록을 전달했고, 그녀는 얕은 숨을 몰아쉬며 그들에게 다가가 물었다.

"허억…… 저…… 몇 초…… 예요?"

"박주연 씨 칠 초 오륙, 만점이네요."

함께 달렸던 여성들은 굳이 자신의 기록을 묻지 않았다. 모두 12초를 훌쩍 넘겨 간신히 1점만 얻은 탓이었다.

운동장 단상 위에 걸린 현수막이 시린 바람에 펄럭였다. 강풍이 잦아들자, 궁서체로 인쇄된 '2024년도 서울특별시 용산구 공무관(환경미화원) 공개경쟁 체력 검정 시험'이라는 글자가 선명히 드러났다.

다음 종목은 '모래포대 들고 버티기'였다. 아홉 명의 여성이 일렬로 서서 22kg짜리 모래포대를 머리 위로 받쳐 들고 오래 버티는 경기였다.

지원자 수와 같은 9명의 감독관이 초시계와 기록지를 들고 맞은편에 섰다. 대부분은 1분도 버티지 못하고 모래포대와 함께 앞으로 고꾸라졌다. 그러나 주연은 한 치의 흔들림 없이 22kg 모래포대를 받쳐 들고 서 있었다. 구경하던 남성들의 입이 더욱 벌어졌고, 일부는 계단에 서서 그 모습을 지켜봤다.

3분이 지나자, 남은 이는 주연을 포함해 단 세 명뿐이었다. 마치 올림픽 금·은·동메달 결정전을 연상케 하는 긴장감이 흘렀다. 주연의 양옆에 선 두 여성은 안면이 찌그러진 캔처럼 일그러졌다.

반면 주연은 여전히 평온한 표정을 유지했다. 3분 30초가 지나자, 왼쪽 여성이 포대를 떨어뜨렸고, 4분이 되자 오른쪽 여성도 포대를 바닥에 내던졌다.

이제 모든 시선은 주연이 과연 몇 분까지 버틸 수 있을지에 쏠렸다. 4분 30초가 지나자, 주연과 마주 선 감독관이 입을 뗐다.

"4분 30초 통과, 10점 만점입니다."

그제야 주연은 모래포대를 가지런히 바닥에 내려놓았다. 최소한 1분은 더 너끈히 버틸 수 있는 여유가 느껴졌다.

마지막 종목은 윗몸 일으키기였다. 1분 안에 62회를 넘으면 만점이었는데, 머리칼을 한번 풀었다가 질끈 묶은 주연은 이번에도 그 수치를 가볍게 넘어서며 만점을 획득했다. 백 명이 넘는 남성 지원자 중에서도 만점을 기록한 이는 단 셋뿐이었는데, 주연도 그중 하나에 속했다.

특전사나 UDT 훈련에 맞먹을 정도로 혹독했던 실기 시험은 그렇게 끝이 났다.

※

마호가니 원목의 볼에 루콜라, 귀리, 병아리콩, 아보카도, 생연어 등의 신선하고 건강한 자연주의 식자재가 넘칠 정도로 담겼다. 주연은 아이폰으로 사진을 담아 인스타그램에 올렸다. 해시태그는 #식단일지 #다이어트 식단 #연어샐러드 같은 것들이다. 그 사진 외에 피트니스 운동 기록, 스튜디오에서 찍은 보디 프로필, 해외여행, 골프와 테니스 그리고 승마 사진이 사진첩에 담겨 있었다. 마치 할리우드 스타의 라이프스타일처럼 보인다. 레트로한 파타고니아 양털 뽀글이 후리스를 걸친 주연은 에어팟 맥스 헤드폰을 쓰고 실시간 순위에 오른 최신곡을 들으며 포케를 오물오물 씹는다.

주연은 산뜻하게 배를 채우고 난 뒤, 바로 옆 건물에 있는 '더 빅 커피' 매장으로 들어갔다. 프라이탁 가방에서 프라이탁 동전 지갑을 꺼냈다. 그리고 키오스크에서 2,500원짜리 디카페인 아메리카노를 누른 후 카드를 막 꽂으려고 하는데, 아이폰 알람이 띠리링 울렸다. 용산구청에서 온 문자가 미리보기 창으로 떠올랐다.

박주연 님, 공무관(환경미화원) 2차 실기 시험에 합격한 것을 진심으로 축하합니다. 채용인원의 2배수인 6명에 최종 선정되셨습니다.
3차 면접시험이 있을 장소와 일시를……

전문을 열어보지 않고 폰을 닫았다. 곧바로 주문 취소 버튼을 누르고 옆옆 건물에 있는 스타벅스 매장으로 들어갔다. 거기서 600칼로리나 되는 자바칩 프라푸치노 벤티 사이즈를 주문했다. 초콜릿 시럽과 휘핑크림까지 듬뿍 얹힌 음료를 자신의 자아에게 선물했다.

참…… 먹고 살기 힘들다. 잠깐 그런 생각이 스쳤지만, 오랜만에 채워진 당분 덕에 온몸에 짜릿한 엔도르핀이 돌았다.

❋

알람이 요란하게 울렸다. 부스스 눈을 뜬 주연은 손을 더듬어 아이폰을 집었다. 새벽 4시였다. 거의 눈을 감은 채로, 욕실로 들어서다가 반쯤 열린 욕실 문 모서리에 이마를 쿵 찧었다.

"아앗! 미친, 개 아파……."

탁 터진 석류 알맹이처럼 눈앞에 붉은빛이 퍼지며 정신이 번쩍 들었다. 세면 거울을 보니 이마에 작은 혹이 생겨 있었다. 벌겋게 달아오른 이마를 문지르며 머리띠를 썼다. 세수를 한 뒤 토너, 로션, 선크림 정도만 간단히 얼굴에 펴 발랐다. 여기까지 딱 십 분— 예전에는 외출 시 기초부터 메이크업까지 최소 두 시간은 소요— 이면 충분했다.

분리형 주방에 들어가 우유에 오트밀을 넣었다. 막 깨어난 터라 입맛이 없었지만, 에너지를 내기 위해선 억지로라도 떠먹어야 했다. 그렇게 대충 아침을 해결한 주연은 오피스텔 건물을 빠져나와 앱으로 예약한 택시에 올라탔다.

터널처럼 어두운 겨울의 새벽 거리를 내달렸다. 겨우내 살얼음처럼 언 도로 위를 택시가 미끄러져 나가는 동안 뒷좌석에 비스듬히 기댄 주연은 몇 분이라도 더 눈을 붙였다.

"정상 출근입니다."

지문을 대자 출퇴근 기록 기계에서 음성이 흘러나왔다. 탈의실에서 형광 재질의 상·하의 근무복으로 갈아입은 뒤, 빗자루와 쓰레받기를 챙겼다.

본부 건물을 나오는데 차량의 상향등 불빛에 연두색 근무복이

야광 스티커처럼 반짝였다. 테슬라, 벤츠 E클래스, BMW3 시리즈가 차례로 주차장에 멈췄다. 차에서 내린 남성 동료들은 주연을 보며 고개를 까딱했다.

"안녕하세요. 주연 씨."

"좋은 아침입니다."

"일찍 나오셨네요."

세 명의 선임은 각자 스타벅스 로고가 새겨진 아메리카노를 손에 들고 출근 도장을 찍으러 갔다. 그 모습을 생경하게 바라보는데, 누군가 뒤에서 주연의 어깨를 툭 쳤다. 같은 복장을 한 최고 선임자 여선배였다. 주연이 인사하자, 여선배는 보온병에 담아온 커피믹스를 종이컵에 한 잔 따라 선선히 건넸다.

"동상, 추운데 한 잔 때려."

"아, 저 괜찮은데……."

"언 불알 녹이는 덴 달달한 믹스가 최고여. 빼지 말구 받어."

여자에게 '언 불알'이라는 표현을 써서 주연은 어안이 벙벙했고 얼떨결에 종이컵을 받았다. 주연은 마뜩잖은 표정으로 커피믹스를 홀짝이며 여선배에게 예의상 가볍게 고개를 숙였다. 두 사람은 각자 담당 구역으로 흩어졌다.

커다란 플라타너스 이파리가 나풀나풀 아래로 떨어졌다. 나무줄기가 피부에 버즘(버짐)이 피어난 것처럼 보여 버즘나무로도 불리는 이 가로수 아래에서 주연은 바지런히 빗자루를 휘저었다. 이파리가 쓰레받기에 산더미처럼 쌓이면, 길가에 세워둔 대형 포대가 뚱뚱해질 정도로 꾹꾹 눌러 담았다.

다만, 잎이 우수수 떨어지는 철이라 열심히 쓸고 쓸어도 청소한

티가 전혀 나지 않았다. 한 시간 동안 고작 백 미터를 전진했을 뿐인데, 이미 쓸어버린 자리에 버즘나무가 낙엽이라는 똥을 또다시 뿌려놓았다. 잠시 비질을 멈추고 이미 쓸고 간 자리를 본 주연은 습관성 한숨을 푹푹 내쉬었다.

거리를 지나는 시민들은 아무렇지 않게 쓰레기를 휙휙 던졌다. 어쩐지 하대를 받는 느낌이 들어 기분이 씁쓸했다. 코앞에서 담배꽁초를 떨어뜨리는 건 예사였고, 대놓고 길바닥에 오줌을 갈기는 취객도 심심찮게 눈에 띄었다. 하지만 그중에서 가장 최악은 거리에서 토악질을 해대는 인간이었다.

아침까지 술을 들이켰는지, 20살쯤으로 보이는 앳된 여대생이 비틀거리다가 버즘나무를 와락 끌어안더니 먹은 걸 쿨럭쿨럭 쏟아냈다. 그걸 치워야 한다는 생각에 벌써 속이 뒤틀렸다. 그래도 어린 친구가 신경이 쓰여 주연은 조심스레 다가가 말을 건넸다.

"저기 괜찮으세요?"

"우욱! 너 뭐야? 똥냄새 지려. 야, 오지 마. 저리 꺼지라구!"

옷과 입가에 토사물을 잔뜩 묻힌 여대생은 그 역한 냄새가 자기에게서 나는 줄도 모르고 꽥 소리를 지르더니 후다닥 달아났다. 주연은 숨을 참고 토사물을 쓰레받기에 쓱쓱 쓸어 담았다.

여대생이 사라진 골목에 네온사인이 요란스레 번득였다. 단란주점, 노래방, 안마, 술집, 모텔이 **빽빽**이 들어찬 유흥업소 밀집 구역이었다. 이곳은 담배꽁초, 오줌, 구토물이 넘쳐나 환경미화원들이 가장 꺼리는 최악의 1순위 지역이었다. 하지만 신입에겐 달리 선택지가 없었다. 관행처럼, 첫 배정지는 늘 이 지옥 같은 구역이었다.

주연은 이제 팔 차선 대로에 내려가 비질을 이어가는데 느닷없이 빠아앙 경적이 터지며 상향등이 눈부시게 번쩍였다. 주연은 본능적으로 인도 쪽으로 몸을 날렸다. 하마터면 9톤 대형 화물차에 치여 로드킬 당할 뻔했다. 바닥에 주저앉은 주연은 숨을 쌕쌕 몰아쉬며 헐떡였다. 길가에 남은 토사물이 손에 끈적하게 묻었지만, 그걸 전혀 알아채지 못할 정도로 심장이 떨렸다.

잠시 후, 주연은 인도에 찰싹 붙어 다가오는 차량과 마주 보는 방향으로 비를 쓱쓱 휘저었다. 그렇게 조심해서 비질을 이어가는데, 별안간 음식물 쓰레기 수거 차량이 그녀 앞에 멈춰 섰다. 바닥에 눈을 박고 있다가 뒤늦게 고개를 들었다. 쓰레기 차량 뒤쪽 오수탱크에 매달려 있던 남자가 아래로 폴짝 뛰어내려 그녀에게 성큼 다가왔다.

"뭐야 끝났어?"

주연은 다가오는 남자를 보며 말했다.

"잉, 오늘은 여서 시마이여."

나이가 예순쯤으로 보이는 남자였다.

"난혁 성님, 우린 먼저 들어갈께예."

그와 함께 오수탱크에 매달려 있던 동료가 한쪽 팔을 휘휘 저었다.

"미안햐, 동상. 다들 고생했서라."

"아따 겁나 부럽네잉. 딸내미랑 데이뚜 잘혀."

음식물 쓰레기 차량 운전자도 창밖으로 고개를 내밀며 인사했다. '박난혁'은 주연의 아빠였다. 난혁은 천천히 속도를 내는 차량을 향해 손을 흔들었다.

우연히 거리에서 조우한 부녀는 근처 편의점에 들어가 삼각김밥, 핫바, 컵라면, 새우깡, 소주 등을 사서 팔에 한가득 안고 밖으로 나왔다.

편의점 앞 파라솔이 쳐진 야외 테이블에 두 사람은 자리를 잡았다. 난혁은 플래시가 달린 자전거 헬멧을 벗었다. 그리고 컵라면이 푹 익자, 목장갑과 그 안에 낀 비닐장갑을 벗었다. 그때 나무젓가락을 탁 둘로 쪼개는 난혁의 손을 본 주연이 눈을 동그랗게 뜨고서 물었다.

"아빠, 손이 왜 그래? 피 나잖아."

"아하? 이거? 음식물 봉지에 든 과도를 집다가 그라부렀자······ 괜찮아. 이젠 멎어붕게."

"괜찮긴 뭐가 괜찮아. 어떤 미친놈이 거기다 칼을 쑤셔 넣었대?"

주연은 얼른 편의점으로 들어가 빨간약과 밴드를 사 들고 나왔다. 그리고 난혁의 상처 난 부위에 빨간약을 조심스레 바르며 말을 이었다.

"이러다 흉지고 덧나."

"이미 썩을 대로 썩은 손이여. 버짐 핀 거 안 뵈냐? 이게 다 음식물 독이자너. 음식물 독."

난혁은 껍질이 벗겨진 버즘나무처럼 엉망진창이 된 자기 손을 가리키며 지껄였다. 그의 손톱은 죄다 깨지거나 갈라져 있었고, 피부색은 거의 썩기 일보 직전처럼 보였다.

"너도 이짝 업 오래 하믄, 손이 요로코롬 썩을 거여."

"······."

"자고로 여자는 손이 예뻐야 대. 그러다 시집도 못 가야~"

"딱히 갈 생각이 없네요~ 그리고 이번 생은 이미 글렀어."

"아야, 지금도 안 늦었으니께 얼릉 딴 밥벌이 찾자잉."

"아빠, 이번 공무관 경쟁률이 몇 대 몇인 줄 알아? 육십삼 대 일이었어. 육십삼 대 일. 그냥 묵묵히 응원이나 해."

"응원은 갸뿔."

난혁은 컵라면 국물과 함께 소주를 병째로 벌컥 들이켜더니 부루퉁한 목소리로 말했다.

"쌔고 쌘 밥벌이 중에 와 청소부란 말이여?"

"아, 그 아부지에 그 딸이제잉!"

컵라면과 삼각김밥을 우적우적 먹던 주연은 순간 버럭 소리를 질렀다. 흥분해서 저도 모르게 방언이 나왔다. 그 말에 난혁의 기분이 착잡해졌다. 찬 바람만큼 시린 정적이 둘 사이에 감돌았다.

"미안…… 해."

"아부지는 이짝 일을 늘 자랑스럽게 생각해 왔서라. 나가 없으면요 동네 때는 누가 벗길 것이며, 목욕은 또 누가 시켜준당가? 근디 너는 딴 꿈이 있잖냐."

"……."

"돈 땜시 하는 거믄, 아부지는 반대라는 것이여. 쫄쫄 굶어 불더라도 제 하고 싶은 거 하믄서 사는 게 행복한 거 아니겄냐. 그라고 요즘 세상에 밥 못 묵고 사는 사람이 어딨당가. 아무리 어려워도 알바라도 혀 불면서 꿈을 펼치면 될 거 아녀."

"이젠 나이가 차서 알바 자리 찾기도 쉽지 않네요."

"넌 이름도 주연이잖냐. 그람 주연해야재."

"아냐, 이젠 받아들여야 해. 아직도 요 모양 요 꼴이면, 재능이 없는 거라구……."
 담담한 주연의 말투에 다시 공기가 무겁게 내려앉았다.
 불현듯 주연의 시선이 편의점 유리창에 붙은 광고지에 닿았다. 여자 모델이 깜찍한 표정으로 새로 출시된 도시락을 홍보하는 포스터 사진이었다. 주연은 그걸 보지 않으려고 의자를 반대로 틀었다. 그 광고 모델은 주연의 대학교 연극영화과 동기생으로, 한때는 둘도 없는 절친이었다. 두 사람 사이를 잘 아는 난혁은 분위기를 풀어보려 시답잖은 농담을 던졌다.
 "근디 포기는 있잖녀. 배추 셀 때나 쓰는 건디."
 "와, 아재 개그~ 왕소름."
 "아빠 개그여. 아빠 개그."
 그래도 그 농담에 훈기가 돌았다.
 잠시 후, 자신이 먹은 자리를 치우던 주연은 다른 테이블에 어질러 놓은 쓰레기까지 치우는 난혁을 보며 말했다.
 "그건 왜 치워. 우리가 먹은 것도 아닌데."
 "아무나 치면 뵈기 좋지 뭘 그랴."
 난혁은 평소 소지하던 물티슈를 꺼내 테이블과 의자까지 말끔히 닦았다.
 "싸게 가. 큰길 다닐 때 빠스, 탁시 조심하고잉."
 빗자루와 쓰레받기를 챙겨 든 주연은 반대 길로 멀어지는 아빠를 향해 손을 흔들었다.

 주연은 오전 9시에 첫 근무를 끝내고 집으로 발걸음을 옮겼다. 그리고 오후 1시가 되었을 때, 다시 오후 출근을 해서 빗자루로 낙엽을 쓸어냈다. 낮인데도 살을 에는 듯한 추위가 목덜미를 파고들었고, 방울토마토처럼 빨개진 콧방울에서 훌쩍이는 소리가 끊임없이 흘러나왔다.

이 일의 번거로운 점은 이렇게 하루에 두 번 출퇴근해야 한다는 거였다. 중간에 4시간이라는 긴 공백이 있어, 그 시간에 집에 가서 샤워로 흙먼지를 씻어내고 소파에 뒹굴며 유튜브나 인스타그램 따위를 보다가 다시 근무지로 나오는 식이었다.

시린 하늘에서 설탕 결정 같은 눈발이 날렸다. 입과 코에서 흰 김을 뿜으며 한참 비질에 열중하다 보니 머리 위에 생크림을 올린 것처럼 눈송이가 쌓았다. 그때 주머니에 든 아이폰이 드르르 진동했다.

[Web 발신]
10월 급여 3,442,300원
잔액 3,471,500원

다디단 미소가 얼굴에 떠올랐다. 첫 달 치고 기대 이상으로 많은 급여를 받았다. 아직 기본급은 크지 않지만, 각종 수당이 붙어서 이 정도로 꽤 큰 수익을 올릴 수 있었다. 그래도 휴일과 주말까지 반납하고 열심히 일한 보람이 있었다.

집안이 부유하지 않는 한, 평범한 가정에서 태어난 친구가 연예인을 꿈꾼다면 스타가 되기 전까지 온갖 아르바이트를 전전할 수밖에 없다. 특히 단기 아르바이트에 의존하는 경우가 많은데 중요한 오디션이 잡히거나 캐스팅이 확정되면, 일을 그만둬야 하는 상황이 자주 발생하기 때문이다.

그래서 주연은 호프집 서빙부터 피팅 모델, 고깃집 불판 닦기, 주유소 아르바이트, 우유 배달 등 해보지 않은 일이 거의 없을 정도였다. 심지어 생물학적 동등성 시험, 이른바 '생동성 아르바이트'까지 뛰어본 적도 있었다.

그러나 배우로 활동한 10여 년 동안, 그녀가 연기만으로 한 해에 벌어들인 최대 수익은 고작 300만 원 남짓이었다. 늘 다른 아르바이트를 병행하며 생계를 어렵게 이어가야 했다. 그래서 이렇게 따박따박 고정적으로 들어오는 월급은 안정적이고 풍족한 기분이 들게 했다.

오후 5시가 가까워지자, 주연은 콧노래를 흥얼거렸다. 곧 퇴근할 생각에 비질하던 손놀림이 점점 빨라졌다. 그런데 그 순간, 누군가가 주연의 등을 가볍게 두드렸다.

"어이, 아가씨. 나 좀 보소."

벙거지에 등산복 차림을 한 남자가 앞에 우두커니 서 있었다. 60대쯤 되어 보이는 그의 게슴츠레한 눈빛에는 탁한 기운이 서려 있었다. 주연은 손에 쥔 빗자루를 더욱 세게 움켜쥔 채로 저도 모르게 한 걸음 뒤로 물러섰다.

"아유, 인물이 아깝구려. 왜 그 참한 얼굴로 요런 험한 일을 하나?"

주연은 너무 당혹스러워 무슨 말을 해야 할지 몰랐다.

"혹시 애인 있소?"

"네에?"

"어디 좋은 데 가서 밥이나 먹읍시다."

주연은 재빨리 도망치려 했지만, 남자는 덥석 그녀의 손목을 잡아챘다.

"딸 같아서 그래. 하는 짓이 이뻐서."

"이 손 놓으세요. 놓으시라구요."

"쓰읍, 거 튕기지 말고 좋은 데 가서 몸 좀 녹이면 좋잖녀."

남자는 거칠게 주연의 팔을 낚아채더니 힘으로 제압하며 어디론가 끌고 가려 했다. 얼어붙은 듯 몸이 굳어버려 주연은 저항조차 할 수 없었다. 그는 순식간에 그녀를 바로 앞에 있는 유흥주점의 건물 지하로 끌고 내려갔다. 바닥에 질질 끌려가던 주연은 거의 드러누운 자세로 발악하며 비명을 내질렀다.

"야이 변태 새끼야! 저리 안 꺼져?"

그 소리에 주변 사람들이 하나둘씩 몰려들기 시작했다. 상황이 심상치 않음을 느낀 등산복 차림의 남자는 뒤로 물러나더니, 짐짓 모르는 척 양팔을 홰홰 저으며 지껄였다.

"나 아무 짓도 안 했어요. 쓰러진 거 일으켜주려 한 겁니다!"

바닥에 쓰러져 몸을 떨던 주연은 그 말에 분노가 폭발했다. 이성을 잃은 그녀는 주머니에 든 아이폰을 뽑아 들어 등산복 변태남에게 달려들었다. 아이폰을 망치처럼 쥐고 그의 머리를 온 힘을 다해 마구 내리찍었다.

"어엇! 이 련이 돌았나?"

주위 사람들은 왁자그르르 웃음을 터뜨리며 스마트폰으로 동영상을 찍기 시작했다. 그때 마침 거리를 순찰 중이던 경찰관 두 명이 소란스러운 현장을 발견하고 다가왔다. 위기를 직감한 등산복 변태남은 주연을 세게 밀치고는 번개처럼 빠른 속도로 도망쳤다.

남자 경찰관은 등산복 변태남을 뒤쫓았고, 여자 경찰관은 주연을 일으켜 세우며 물었다.

"괜찮아요? 무슨 일이었어요?"

등산복 변태남을 놓친 남자 경찰관은 이내 자리로 돌아와 주연에게 경찰서로 동행해 진술서를 작성할 의사가 있는지 물었다.

주연은 잠시 고민하다가 정중히 거절했다. 경찰들은 언제든 마음이 바뀌면 찾아오라고 말했고, 주연은 고개를 끄덕이며 알겠다고 답했다.

주연은 빗자루를 줍던 중 아이폰이 사라진 것을 깨달았다. 등산복 변태남이 자신을 밀치며 달아날 때 손에서 놓친 듯했다. 주위를 둘러보던 그녀는 하수구 덮개 위에 아이폰이 위태롭게 걸려 있는 것을 발견했다.

아이폰이 틈 사이에 떨어지지 않게 신중히 집어 올렸다. 그런데 아이폰을 돌려본 순간, 액정이 무슨 식칼로 썬 양배추처럼 나선 모양으로 자글자글 깨져 있었다. 주연은 몹시 분개해서 손이 부들부들 떨렸다.

다음 날, 주연은 9시에 오전 근무를 마치자마자 애플 공식 서비스센터를 방문했다. 최신 기종이라 그런지 액정 수리비가 무려 74만 원이라는 큰 금액이 나왔다.

차라리 이 돈이면, 두 달 정도 기다렸다가 새 아이폰을 사고 말지.

"접수하실래요?"

"어…… 그냥 다음에 올게요."

그런데 오후 출근을 하러 나가는 길에 사설 수리점 하나가 눈에 들어왔다.

어라, 여긴 동네에서 한 번도 못 보던 가게인데…….

입구에 '세광액정'이라는 녹슨 철제 입간판을 세워둔 그곳은 매우 오래되고 낡은 건물 지하에 있었다. 주연은 절로 눈살이 찌푸려졌다. 지하에서 썩은 달걀이나 오래된 치즈 냄새가 풍길 것 같은 음침한 느낌이었다. 발길을 돌리려던 찰나, 입간판 아래에 매직으로 휘갈겨 쓴 글귀가 발걸음을 멈추게 했다.

액정 신속 복원 및 모든 수리비 오 천 냥

그 사이 서너 명의 손님들이 지하를 드나들었고, 모두 만족스러운 표정을 지으며 올라왔다. 주연은 반신반의하는 표정으로 다시 방향을 반대로 틀었다. 손으로 코를 틀어쥐고, 건물 벽에 옷이 닿지 않도록 조심하며 정 가운데로만 발을 내디뎠다.

그런데 철문을 열고 들어서는 순간, 눈이 알밤처럼 휘둥그레졌다. 복숭아색 대리석 바닥, 망고 색으로 칠해진 벽면, 그리고 천장에 매달린 풍선 모양의 조명에서 쏟아지는 찬란한 라임색 빛이 공간을 환상적으로 물들였다.

마치 하늘에 알록달록한 열기구가 떠다니는 터키의 카파도키아 지역에 발을 들인 듯한 기분이었다. 주연은 무언가에 홀린 듯한 표정으로 접수대 겸 작업실로 사용하는 유리 재질의 데스크 앞으로 다가갔다. 그곳에는 남자인지 여자인지 헷갈리는 중성적인 외모의 사람이 고글을 쓰고 액정 수리를 하고 있었다.

"저…… 여기…… 액정 수리돼요?"

"네, 부품값은 별도고요. 대신 현금 받습니다."

"이 모델은 얼마죠? 최신형인데."

"5천 원이요. 공임 포함 만 원이네요."

"정말 그거면 돼요?"

믿을 수 없었다. 최신형 액정 수리가 단돈 만 원에 해결될 수 있다니…….

수리점 사장의 목소리는 외모만큼이나 중성적이었다. 백발의 단발머리와 투명한 피부는 묘하게 비현실적인 느낌을 주었고, 얼굴에 흩어진 주근깨가 마치 초콜릿 칩 쿠키 속의 초콜릿 조각처럼 자리 잡고 있었다. 그는 어딘가 유령 같은 분위기를 풍겨서 주연은 현실감이 점점 사라지는 듯한 기분이 들었다.

"정품은 아닌가 봐요."

"품질은 동일해요. 못 믿겠으면 안 하시면 돼요."

주연이 자꾸 꼬치꼬치 따지자, 수리점 사장은 짜증스럽게 말했다.

"아, 아뇨. 맡길게요."

수리점 사장의 마음이 바뀔세라 주연은 얼른 현금을 꺼내 아이폰과 함께 내밀었다.

"3일 후에 와요."

그는 그렇게 말하며 대여폰 하나를 건넸다.

"3일씩이나 걸려요?"

수리점 사장이 눈을 매섭게 치켜뜨자, 주연은 그 위세에 눌려 입을 다물고 돌아섰다. 사장은 어딘가 지구의 법칙을 무시하는 듯한 묘한 아우라를 뿜어냈다. 아무튼 주연이 받은 대여폰은 바로 이전 모델의 아이폰이라서 설령 가게 주인이 잠적한다 해도 큰 손해는 아니었다. 그래서 그녀는 순순히 대여폰을 챙겨 가게를 나섰다.

주연은 대체로 점심을 거르는 편이었지만, 오늘따라 유난히 허기를 느꼈다. 그래서 대충 끼니를 때울 요량으로 편의점에서 4,700원짜리 도시락을 사 들고 공원 구석진 벤치에 앉았다. 하필 도시락 뚜껑에 동창생의 얼굴이 스티커로 붙어 있어, 뚜껑이 보이지 않게 반대로 엎었다. 그러고는 밥과 반찬을 꾸역꾸역 입에 밀어 넣었다. 최근 편의점 도시락의 품질이 좋아졌는데 오늘따라 이상하게 밥맛이 없었다.

주연은 도시락을 깨작거리듯 먹으며 대여폰으로 BMW 미니 공식 홈페이지에 접속했다. 화면에 나타난 미니 쿠퍼는 작은 예술품 같기도 하고, 귀여운 장난감 같기도 했다. 그중에서도 체리 색상은 여심을 흔들어놓았다.

주연은 잠시 눈을 감고 그 차를 타고 도로 위를 달리는 자신의 모습을 한없이 상상했다. 차창 안으로 한 송이 꽃잎이 흘러들어오고, 그녀는 자동차와 함께 자신만의 리듬을 타며 자유롭게 세상을 향해 속도를 높인다.

어느새 주연은 사전 예약과 구매 버튼을 누르고 있었다. 권장 소비자 가격은 4,950만 원에서 5,250만 원 사이였으며, MINI 판매 지점 옵션에서 도이치 모터스의 용산 지점을 선택했다. 차량 예약금으로 50만 원 결제까지 마친 주연은 벌써 심장이 두근거리고 가슴이 벅차올랐다. 곧 체리 색상의 MINI 쿠퍼가 손에 잡힐 것만 같았다.

　주연은 남은 도시락을 쓰레기통에 버렸다. 거리에는 이른 점심을 먹은 회사원들이 아메리카노나 바닐라 라테를 손에 들고 저마다 이야기꽃을 피우며 걸어가는 모습이 보였다. 그걸 보니 주연도 입이 즐거워질 디저트를 먹고 싶은 욕망이 쏠쏠 피어올랐다.

　근처의 숨은 디저트 가게를 찾으려고 대여폰을 열었다. 그런데 이미 맛집 관련 앱들이 한 폴더에 깔끔하게 정리되어 있었다. '배달해 만족', '쪼기요', '쿠폰 잇찌'처럼 익숙한 앱들 사이에서, 처음 보는 수상한 앱 하나가 눈에 띄었다.

　"야미······킥?"

　저도 모르게 그 네이밍을 따라 읽었다. 순간 묘한 호기심에 이끌려 손가락이 저절로 닿았다.

　최면에 걸릴 듯한 기하학적 문양의 로고가 별처럼 반짝이더니, '정신이 번쩍 들 정도로 놀라운 맛!'이라는 캐치프레이즈가 눈에 들어왔다. 연이어 나타난 메인 화면의 UI 디자인을 보니, 신규 배달 앱임이 분명했다. 하지만 다른 배달 앱과 달리 나라별로 음식이 분류된 점이 독특했다. 주연은 가까운 거리라면 배달을 받지 않고 직접 가지러 갈 생각이었다.

　수많은 나라 중 '이탈리아'를 선택했다. 이어진 세부 탭에서 '디저트'를 누르자, 보기만 해도 기분이 몽글몽글해지는 사랑스러운 비주얼의 디저트들이 줄줄이 펼쳐졌다.

　나의 기분을 북돋아 주는 '티라미수', 바삭한 껍질과 부드러운 크림의 조화가 매력적인 '칸놀리', 각종 재료를 주먹밥처럼 둥글게 뭉쳐 빵가루를 입혀 튀겨낸 오렌지빛깔의 '아란치니' 등이 있었다.

한데, 익숙한 디저트도 많았지만, 난생처음 보는 디저트가 훨씬 더 많았다. '토르타 알라 프루타(Torta alla frutta)', '바치 디 다마(Baci di dama)', '크로스타타 알레 프라골리네(Crostata alle fragoline)' 같은 생소한 이름의 여러 디저트가 시선을 잡아끌었다.

이런 걸 다 판다구? 한국에서?

주연은 고개를 갸웃거리다가 이탈리아 디저트의 상징과도 같은 '젤라토'를 누르려고 했다. 그런데 그 순간, 화면에 커다란 팝업이 뜨며 '이용 약관'이 나타났다. 화면을 가득 채운 약관 창은 닫기 버튼이 보이지 않았고, 번거롭게도 끝까지 스크롤을 내려야만 닫을 수 있는 시스템 같았다.

야미킥을 이용해 주셔서 감사합니다!
본 이용 약관은 귀하와 당사 사이의 구속력 있는 계약을 구성합니다.
귀하는 본 약관을 읽고 이해했으며 이를 준수할 것에 동의하며,
동의하지 않는 한 서비스에 액세스하지 않아야 합니다.

주연은 스크롤을 빠르게 내리던 중, 제7조에 적힌 문구에서 손이 잠시 멈췄다. 그 조항에는 다음과 같은 내용이 적혀 있었다.

제7조 ("사용자"의 서비스 이용 안내)
① 모든 음식은 무료로 제공됩니다.
② 식사 시간은 최대 3시간까지 이용가능합니다.

③ 메뉴를 클릭하는 즉시, 현지 맛집으로 순간 이동합니다.

  1. 최대 1인의 동반자와 손을 잡고 함께 이동할 수 있습니다.
  2. 일부 식당에서는 미션이 부여될 수 있습니다.
  3. 미션 실패 시, 벌칙이 적용될 수 있습니다.

그러고 보니 젤라토 판매 위치가 이탈리아, 로마라고 표시되어 있었다. 주연은 어안이 벙벙해서 웃음이 나왔다.

"이게 뭐지? 웃겨."

순간, 이 앱은 신규 출시된 어드벤처 게임일지 모른다는 생각이 은연중에 스쳤다. 그래서 앱을 꺼버리려다가 남은 약관을 빠르게 스크롤 한 뒤, 재미 삼아 '젤라토'를 클릭해 봤다.

그러자 주연이 앉은 장소의 주변이 드럼 세탁기처럼 빙그르르 돌아가더니 하얀 대리석으로 조각된, 그리스·로마의 신들이 조각된 분수대로 변신했다. 벤치에 앉은 그녀는 멍청한 표정으로 주변을 둘러보았다.

분수의 물줄기는 으스름한 새벽 여명 속에서 아련하게 반짝였다. 유럽 여행을 한 번도 가본 적 없는 사람이라도, 이곳이 로마의 상징적인 트레비 분수대라는 것을 단번에 알아차릴 수 있었다.

대여폰 화면에 표시된 로마 현지 시각은 오전 5시 39분을 가리키고 있었다. 이른 시간이라 그런지 광장은 거의 텅 비어 있었고, 주연이 순간 이동을 한 장면을 목격한 사람은 아무도 없었다. 그녀는 주변의 웅장한 바로크 양식 건축물과 분수대의 정교한 조각들을 멍하니 바라보며, 이 모든 상황이 현실인지 꿈인지 분간할 수 없는 상태에 빠져들었다.

너무 이른 시각 탓에 젤라토 가게는 '영업 준비 중'이라는 알림을 띄우고 있었다. 그걸 제대로 확인도 하지 않고 여기로 날아온 것이다.

그녀는 제한 시간 아래에 뜬 '접속 종료' 버튼을 눌렀다. 그러자 순식간에 원래 있던 공원 벤치로 돌아왔다. 마치 백일몽이라도 꾼 듯한 기분이었다. 깨어난 뒤에도 계속되는 꿈같은 그런 느낌.

불현듯 오후 출근 시간에 늦겠다는 생각이 머리를 스쳤고, 주연은 부리나케 근무지로 달려갔다.

비질을 하면서 공연히 주머니에 든 대여폰을 꺼내보았다. 그 짓만 수십 차례. 마음이 트레비 분수대에 가 있어 도무지 업무에 집중할 수가 없었다. 어서 오후 2시 반이 되기를 손꼽아 기다렸다.

바로 그때가 젤라토 가게의 개점 시간이었다. 아직 근무가 끝나지 않았지만, 그녀는 몰래 구석진 곳에 몸을 숨기고 사방을 살폈다. 주변에 아무도 없는 것을 확인하고, 얼른 대여폰의 '야미킥' 앱을 열어 '젤라토'를 눌렀다.

순간, 화면이 빛나더니 주변이 다시 빙글빙글 돌아가기 시작했다. 눈을 한번 감았다가 뜨니, 또다시 로마의 트레비 분수 앞에 가 있었다. 처음 도착했을 때보다 관광객들이 꽤 있었다. 하지만 그들은 사진을 찍거나 분수대 안에 동전 던지기에 정신이 팔려 주연의 순간 이동을 전혀 눈치채지 못했다.

트레비 분수에 동전 한 개를 던지면 로마에 다시 돌아올 수 있고, 두 개를 던지면 사랑하는 사람과 다시 로마에 올 수 있으며, 세 개를 던지면 사랑하는 사람과 결혼할 수 있다는 유명한 설화가 있다.

그러나 주연은 그런 전설 따위에는 관심이 없고 도리어 분수에서 유로 동전 3개를 훔쳐냈다. 동전을 획득한 그녀는 젤라토 가게를 향해 힘차게 뛰었다.

전력 질주로 1분 만에 가게 앞에 도착했다. 테라스에는 라탄 의자와 원형 테이블이 아기자기하게 놓여 있었고, 나무 간판에는 '안젤리카(Angelica)'라는 이름과 함께 'Since 1889'라는 문구가 적혀 있었다. 오랜 역사를 자랑하는 정통 젤라토 가게임이 분명했다. 주연은 설레는 마음으로 이제 막 출입문을 열고 오픈 준비를 하던 남자 점원에게 다가갔다.

"원 젤라토, 빅 사이즈."

기껏해야 30대 초반쯤으로 보이는, 보타이를 맨 점원은 어쩐 일인지 주연이 내민 동전을 받지 않았다.

어라, 빅사이즈 젤라토는 분명 6유로가 맞는데……

점원은 주연을 위아래로 훑어보았다. 아마도 그녀가 입고 있는 청소복 때문인 듯했다.

"웨 아유 프롬?"

"코리아. 아이 엠 코리안."

주연은 더듬더듬 영어로 말했다. 그러자 점원은 대뜸 한국말로 말했다.

"국쩍 말고오. 너 앱 타고 왔써?"

주연은 약간 당황한 얼굴로 고개를 끄덕이자, 점원은 마녀의 빗자루처럼 생긴 싸리나무 빗자루를 그녀의 손에 쥐여 주었다. 순간 그녀는 이해할 수 없는 표정을 지었다.

"깨끄시. 이게 미션니야, 오케이?"

점원은 나머지 가게 개점 준비를 하러 총총히 사라졌다. 여기 와서도 또 빗자루질이라니! 주연은 빗자루 봉을 무릎으로 탁 쳐서 반으로 쪼개버리고 싶은 심정이었다. 간신히 그 충동을 지그시 누르고, 분노의 비질을 했다. 손놀림이 폭풍처럼 빠르고 거침없었다. 다행히 아담한 크기의 가게라 금세 노동을 마칠 수 있었다.

깨끗해진 둘레를 보고 점원이 손뼉을 쳤다. 그는 가게 안으로 들어가 물감 팔레트처럼 알록달록한 젤라토 쇼케이스에서 젤라토를 듬뿍 퍼서 콘 위에 정성스럽게 3단으로 쌓아 올렸다. 비질의 대가로 받은 달콤한 보상에 마음이 조금은 위로가 되는 듯했다.

"그, 그라찌에……."

주연이 감사의 인사를 표했다.

클로드 모네가 물감을 풀어놓은 것처럼 로맨틱한 색깔을 띤 젤라토였다. 그녀의 얼굴에는 주체할 수 없는 함박웃음이 떠올랐다. 우선 물티슈로 손을 재빨리 닦은 후, 점원이 건넨 젤라토를 받았다.

주연은 다시 트레비 분수로 돌아갔다. 꽤 추운 날씨였지만, 오히려 이런 날씨야말로 젤라토의 형태와 질감이 오래 유지되어 최상의 맛을 즐길 수 있는 적기였다. 그녀는 포세이돈 신이 잘 보이는 분수대 앞에 앉아, 눈앞에서 반짝이는 물줄기를 바라보며 한입, 한입 젤라토를 음미하기 시작했다.

베로나의 어느 장미 정원을 거니는 듯한 상큼하고 달콤한 향이 입안 가득 퍼졌다. 뒤이어 먹은 피스타치오 젤라토는 싱그러운 올리브 나무가 가득한 토스카나의 초록 들판을 떠올리게 했고, 초콜릿 젤라토는 피렌체의 까만 하늘에 반짝이는 별들처럼 혀 위에서 부드럽게 빛났다. 이 젤라토는 단순한 디저트가 아니라, 색으로 그려낸 달콤한 동화 같았다. 바삭한 와플 콘을 먹으며 끈적거리는 손가락을 쪽쪽 빨던 순간, 아빠에게서 전화가 걸려 왔다.

주연은 순간 가슴이 뜨끔했다. 나 혼자만 이렇게 맛있는 걸 먹고 있다는 사실에 괜히 죄책감이 들었다. 그녀는 남은 콘을 한입에 털어 넣고, 서둘러 '접속 종료' 버튼을 눌렀다.

어느새 퇴근 시간이 가까워졌다.

다음번에는 프랑스에 있는 근사한 레스토랑으로 날아가야겠다는 계획을 세웠다. 그 상상으로 즐거워진 그녀는 빗자루를 쥐고 머리를 마구 흔들었다. 그녀의 헤드뱅잉을 본 한 시민이 그녀를 이상하게 보며 뒷걸음질 치자, 주연은 창피해서 질끈 눈을 감고 구석으로 가서 비질을 했다. 그래도 입가에 미소가 쉽게 떠나질 않았다.

간만에 동네 목욕탕을 찾은 주연은 사우나에 들어가 땀을 쫙 빼고 때도 박박 밀었다. 그리고 손톱 밑에 낀 때가 보여 손톱을 짧게 잘라냈다.

오피스텔로 돌아와 붙박이장에서 꽃무늬가 화려한 고혹적인 시폰 드레스를 꺼내 입었다. 매일 청소복과 추리닝만 번갈아 입다가 이런 옷을 걸치니 사람이 달라 보였다. 주연은 거울을 보며 방긋 미소를 지었다. 여배우 특유의 우아함과 기품 넘치는 자태가 되살아난 듯했다.

아빠를 만나기 전, 현금 인출기에서 돈을 넉넉히 뽑았다. 봉투가 제법 뚱뚱해질 정도로 현금을 가득 채웠다. 바로 그때, 핸드폰 요금 9만 원이 빠져나갔다는 알림이 떴다. 예전 같았으면 오피스텔 월세, 카드 대금, 학자금 대출 이자 등 돈 나갈 곳이 많아 통장 잔액이 금세 바닥을 드러냈겠지만, 이제는 더 이상 그런 걱정을 하지 않아도 됐다.

토요일 저녁이라 번화가에는 사람들로 북새통을 이루고 있었다. 특히 이국적인 분위기의 식당과 독특한 콘셉트의 카페들이 줄지어 늘어선 용리단길은 최근 핫플레이스로 떠오르며 다른 유명 골목보다 더 발 디딜 틈이 없었다.

주연의 앞을 지나던 남자들은 저도 모르게 고개가 돌아갔다. 애인이 있든 없든, 그녀의 눈부신 미모에 시선을 빼앗기는 것은 자연스러운 일이었다. 꽤 많은 여자도 주연을 힐끗 훔쳐보며 그녀의 외모를 부러워하는 듯했다. 하지만 주연은 그런 시선이 부담스러워 전봇대 뒤로 몸을 숨겼다. 그때 저쪽에서 난혁이 굼뜬 걸음으로 다가오는 모습이 눈에 들어왔다.

"아빠, 차림이 뭐야?"

"왜 그랴? 양복 맞잖녀?"

"타이까지 해야 한다고 누누이 말했는데!"

"먼 넘의 식당이 까시러워야?"

"정통 프렌치 레스토랑은 복장 규정이 있단 말이야. 복장 불량이면 입장 자체가 안 돼."

"아, 그람 걍 암 때나 가~ 대한민국 식당이 머 고짝 뿐이여?"

난혁은 빨리 가자며 팔을 크게 휘둘렀다. 그 순간, 겨드랑이 부분이 쫘악 찢어지는 소리가 들렸다. 옷감의 터진 틈 사이로 하얀 천이 비죽 드러났다. 주연은 남사스러워 얼굴이 시뻘게졌다. 하지만 난혁은 별 대수롭지 않은 얼굴로 뒷짐을 지고 앞장섰다. 주연은 제자리에 멈춰 아빠의 뒷모습을 바라보았다.

아빠가 입은 양복은 세월감으로 인해 빛이 바랬고, 연로한 아빠의 몸은 예전보다 많이 야윈 탓에 마치 다른 사람의 옷을 빌려 입은 듯 헐렁해 보였다. 주연이 한참 따라오지 않자, 난혁은 그제야 걸음을 멈추고 멀뚱멀뚱 딸을 건너다보았다.

부녀는 근처에 있는 아이파크몰 건물에 들어왔다. 이곳은 가구, 서점, 극장 등 다양한 분야의 브랜드가 입점한 복합쇼핑몰인데 그중 5층에 남성복 코너가 모여 있었다. 그곳에서 아빠에게 어울릴만한 캠브리지 브랜드를 찾았다.

난혁은 클래식한 슈트 상·하의를 갈아입었고, 매끈한 구두까지 장착하고 전신 거울 앞에 섰다. 거울에 비친 그의 모습은 최소한 10살 이상 더 젊고 세련되어 보였다.

"우와, 울 아빠 참 잘생겼네."

난혁의 옷차림을 본 주연이 놀라서 입이 벌어졌다.

"어디 대기업 회장님 같은데~"

"야야, 너 이거시 얼만지 아냐?"

난혁은 재킷에 달린 정가 129만 원짜리 태그를 확인한 모양이었다.

"뭐 어때? 첫 월급인데~ 기분이잖아."

"쪼매 벌었다고 까불믄 평상 거지꼴 못 면하는 거여.

"할부하면 금방 갚아."

"야야, 됐어야. 밥 한 끼 묵겠다고 뭔 난리 브루스여. 요즘 애들 욜로인지 먼넘인지 시끄럽더만, 너도 그라다 한 방에 욜로 가부린다잉."

"아우, 그놈의 잔소리. 귀 따가워."

"언 놈이 빌려주문 몰라도, 요런 비싼 넘은 내 사전에 어림도 없어야."

"……빌려 입어?"

순간 주연의 눈이 반짝했다.

"내는 인자 양복 입을 날도 얼마 없꼬, 니 맴 알았으니깨 아빤 그걸로도 배불러. 그라고 사람이 겉만 번지르르허면 멋 혀. 속이 옹골차야제. 안 그냐? 거 식당도 까시러운 데 말구 적당한 데루 가."

난혁은 옷을 벗으러 탈의실로 들어갔다. 문을 막 닫으려는데 주연이가 난혁을 밀고 들어와 문을 닫았다. 비좁은 공간에 딸과 피부가 맞닿을 정도로 가까이 선 난혁이 눈을 동그랗게 떴다.

"이거시 먼 짓이여? 와 비좁은 델 왜 따라와서……."

"쉿! 아빠, 다시 걸쳐 봐."

주연은 난혁이 반쯤 내려진 재킷을 다시 어깨 위로 올리며 말했다.

"아~ 안 산다니깨!"

"좀 조용히 해!"

"……."

"지금부터 내가 하는 말, 놀라지 말고 잘 들어. 지금 아빠랑 프랑스에 잠깐 다녀올까 해. 그러니까 한국에 있는 프렌치 레스토랑이 아니라 프랑스 현지에 있는 프렌치 레스토랑으로 말이야."

"……니 설마 말두 없이 뱅기 표 끊었냐잉?"

"제발 소리 낮추라구! 그게 아니라…… 간단하게 가는 법이 다 있어."

그때 탈의실 바깥에서 누군가가 문을 탕탕 두드렸다.

"안에 두 사람 같이 있나요?"

캠브리지 담당 매니저의 목소리 같았다. 순간 주연과 난혁은 몸이 얼어붙어 입을 열지 못했다.

"아, 아뇨……. 혼자 있는데요. 옷 갈아입고 있어요."

주연이 임기응변으로 그렇게 말하자, 다행히 캠브리지 매니저의 발소리가 멀어지는 듯했다. 이제 난혁은 속삭이는 톤으로 주연을 다그쳤다.

"불란서를 우째 가야. 여권 죽은 지도 오래고 낼 근무도 뛰야 하는디."

"여권 없이 다녀오는 법이 다 있으니까 그렇지."

황당무계한 소리가 이어지자, 난혁은 이상한 눈으로 딸을 바라보았다.

"……그거시 뭔디?"

"어저께 액정이 깨져서 수리점에 갔었거든. 거기서 대여폰을 내주더라구. 수리 동안 쓰라며."

"근디?"

"근데 글쎄, 여기에 이 요망한 앱이 딱 설치돼 있는 거야."

주연은 대여폰에 깔린 '야미킥 앱'을 보이며 소곤대는 목소리로 말을 이었다.

"이 앱에 들어가서 이탈리아에서 파는 젤라토를 클릭했더니, 이탈리아로 날아가 버리지 뭐야. 왜 어저께 나한테 전화했었지? 그때 트레비 분수대 앞에 있었거든. 혼자 젤라토 먹은 게 너무 미안해서 오늘은 아빠랑 프랑스로 날아가려고 하는 거야."

"……너 식당이 아니라 병원부터 가야 쓰겄다. 청소일 하드만

뇌가 마이 이상해졌어야."

"후유, 안 되겠다. 직접 눈으로 봐. 그게 좋을 거 같아."

할 수 없이 주연은 난혁의 손을 덥석 잡았다.

"내 딸을 돌려놔라, 이놈들아!"

난혁이 대뜸 허공을 향해 소리쳤다. 그 소리를 들은 매니저가 다시 탈의실로 다가오는 듯했다. 그사이 주연은 재빠르게 프랑스 탭으로 들어가 미리 생각해 둔 메뉴를 눌렀다.

그러자 탈의실이 드럼 세탁기처럼 빙글빙글 돌더니 순식간에 프랑스 알자스 지방의 레스토랑 내 파우더룸으로 바뀌었다.

그 찰나, 탈의실 문을 연 담당 직원은 안에 사람이 없는 것을 보고 어리둥절한 표정을 지었다.

난데없이 공간이 변하자, 난혁은 두 눈을 끔뻑거렸다. 마치 세탁기 속에서 탈수되고 나온 것처럼 한동안 정신을 차리지 못했다. 옆에 있던 주연은 바스켓에 담긴 호텔 수건을 찬물에 가볍게 적셔 난혁의 얼굴을 닦아주었다.

"……여기가 어디다냐?"

가까스로 정신을 차린 난혁이 물었다.

"말했잖아. 여긴 프랑스 북동부, 알자스란 지방이야. 이 주위로 독일과 스위스 국경이 맞닿아 있더라구."

난혁은 여전히 현실감각을 잃은 듯 공허한 눈으로 있었다. 주연이 세면대 물을 틀어주자, 난혁은 찬물을 얼굴에 연거푸 끼얹었다.

"이제 나갈 거거든? 자, 크게 심호흡해."

뽀송뽀송한 호텔 수건으로 얼굴을 꾹꾹 눌러 닦은 난혁이 고개를 끄덕였다. 주연은 파우더룸 문을 힘차게 열어젖혔다.

나무 들보가 그대로 드러난 천장과 오랜 세월이 깃든 석벽이 가장 먼저 시선을 붙잡았다. 바닥은 오래된 떡갈나무로 만들어져, 발걸음을 옮길 때마다 나무가 낮게 속삭이는 듯한 은은한 소리를 흘렸다. 작은 샹들리에서 쏟아지는 빛이 촛불처럼 부드럽게 퍼지며 공간을 따뜻하게 감싸안았다. 테이블마다 새하얀 테이블보가 정갈하게 펼쳐져 있었고, 손으로 정성스럽게 접어 올린 냅킨이 단정하게 자리 잡고 있었다. 크리스털 와인잔은 빛을 받아 영롱하게 반짝이며 우아한 분위기를 한층 더 고조시켰다. 벽난로 위에는 세월의 흔적이 깃든 구리 냄비와 도자기 접시들이 줄지어 걸려 있었고, 벽에는 고풍스러운 알자스 전통 와이너리 풍경화가 걸려 있어 공간에 품격을 더했다.

 주연과 난혁은 입이 떡 벌어진 상태로 홀 중앙을 걸어 나갔다. 하얀 레이스 커튼이 살랑이며, 창 너머로 금빛 달짝지근한 햇살 아래 작은 포도밭과 돌길이 내려다보였다. 알자스 지방의 고즈넉함과 정취가 물씬 느껴지는 목가적인 풍경이었다.

 이때가 서울은 저녁 7시경이고, 알자스는 오전 11시경으로 두 지방의 시차는 8시간이었다.

 "Bonjour"

 등 뒤에서 흰 드레스 셔츠에 단정한 조끼를 걸친 서버가 환한 미소를 지으며 인사를 건넸다.

 "봉, 봉쥬……르."

 주연은 멋쩍어하며 더듬거렸다.

 담당 서버는 부녀를 창가 자리로 안내했다. 난혁이 자신의 낡은 양복 상·하의를 손에 든 채 쭈뼛거리자, 서버가 그것을 받아 옷걸이에 잘 걸어두었다. 이어 루이 15세 스타일의 넘실거리는 파도처럼 역동적이고 우아한 의자를 친절하게 빼주었다. 주연과 난혁은 엉거주춤한 자세로 의자에 앉았다.

"Que souhaitez-vous manger?" (께 스웨떼 부 만제?)

서버가 말했다. 주연은 얼른 대여폰을 꺼내 '야미킥' 앱을 보여주었다.

"저희는 이 앱을 타고 왔는데요."

그걸 본 서버는 "아!"하며, 누군가를 부르러 갔다.

잠시 후, 전통적이고 클래식한 디올 옴므 슈트를 완벽하게 차려입은 잘생긴 대머리가 등장했다. 그는 뻐드렁니를 드러내며 호방하게 두 사람에게 악수를 청했다. 그러더니 스키 고글처럼 생긴 투명 안경 두 개를 테이블 위에 살며시 올려놓았다. 부녀가 잠시 머뭇거리자, 그는 어서 안경을 쓰라며 팔랑팔랑 손짓했다.

"**Bienvenue. Je m'appelle Jérôme Ferré. Je suis le propriétaire de ce restaurant.**" (환영합니다. 제롬 페레라고 합니다. 이 레스토랑의 오너이죠)

그걸 쓰자 신기하게 제롬 페레의 말이 한국어로 실시간 번역되어 투명창 디스플레이에 자막으로 떠올랐다.

"제 이름은 박주연, 여기 계신 분은 박난혁이고, 제 아버지예요."

"아빠와 딸이라……. 참 보기 좋네요."

같은 기능을 가진 안경을 쓴 제롬 페레 오너가 짙은 눈썹을 둥글게 말며 물었다.

"어떤 성찬을 보고 오셨나요?"

주연과 난혁은 테이블 위에 놓인 '폴 페레'라는 레스토랑 상호가 쓰인 메뉴판 책자를 넘겼다. 이것 역시 편리하게 프랑스어로 적힌 요리 종류 아래에 한글 자막이 떠올랐다. 이 식당의 코스는 총 3가지로 클래식, 부르주아, 폴 페레 코스가 있었다. 주연은 그중에서 가장 비싼 280유로의 폴 페레 코스를 손으로 콕 찍었다.

"푸아그라가 포함된, 폴 페레 코스로⋯⋯ 부탁드려도 될까요?"

"그럼요. 준비해 드리죠."

"근데 폴 페레는 누구예요?"

"제 아버지세요. 지금은 하늘의 별이 되셨지만⋯⋯."

주연은 숙연한 표정이 되었다. 제롬 페레가 메뉴판을 거둬들이려 하자, 난혁이 390유로라고 적힌 가격표를 짚으며 주연에게 물었다.

"근디 이거시 울 나라 돈으로 얼마랑가?"

"음⋯⋯ 육십 정도?"

"머, 뭐여? 야가, 거지삼신이 들었당가잉. 둘이믄 백이십 아녀. 난 여기 시러야. 싸게 딴 데루 가."

난혁은 손사래를 치며 자리에서 일어나려 했다.

"아, 앉아. 앉아보라구."

"싸게 안 일어나여!"

난혁의 고성에 다른 테이블에 앉아 있던 손님들이 말똥말똥 쳐다봤다. 주연은 다급히 난혁의 옷깃을 잡아당겼다.

"돈 안 내도 돼. 여기 다 공짜야."

"⋯⋯이게 어서 거짓말이여?"

몸을 다 일으킨 난혁이 콧방귀를 끼자, 이를 지켜보던 제롬 페레가 대화에 끼어들었다.

"무료 맞습니다."

난혁은 믿을 수 없는 낯빛이었다.

"……둘이서 짠 거 아녀?"

"아뇨, 앱을 타고 오면 무상 제공입니다. 단, 미션이 있죠."

제롬 페레는 특히 '미션'이란 단어를 스타카토처럼 끊어 내듯 말했다. 하지만 난혁이 여전히 의심을 거두지 않자, 주연은 야미킥의 '이용 약관'을 보여주었다. 그 내용을 확인하고 나서야, 난혁은 굳었던 표정을 풀며 착석했다.

"먼저 미션 하러 가볼까요?"

제롬 페레가 말했다.

"저요? 아니면 둘 다?"

주연이 물었다.

"아무래도 젊은 분이 혼자서 감당하는 게 낫겠죠?"

제롬 페레는 어딘가 꿍꿍이가 있는 듯한 미소를 지어 보였다. 하지만 이미 이탈리아에서 미션을 해본 적 있는 주연은 별 대수롭지 않다는 듯 어깨를 으쓱하고는 그의 뒤를 따라 널찍한 주방을 가로질러 뒷문으로 나갔다.

그곳에서 나오자마자 주연은 탄성이 터졌다. 엽서에 나올 법한 목가적인 풍경이 눈앞에 장엄하게 펼쳐졌다. 푸르른 초원 위로 오리, 거위, 닭들이 울타리 없이 유유자적 돌아다니고, 그 옆으로 방목된 소와 돼지가 한가로이 풀을 뜯고 있었다. 그리고 한쪽 텃밭에는 바질, 파슬리, 월계수 등 각종 허브가 자라났다. 어디서 산들바람에 실려 온 꽃향기와 전원의 흙내가 심신을 평화롭게 했다. 평소 친환경과 동물복지에 깊은 관심을 가져온 지라 주연에겐 이곳이 더욱 각별한 의미로 다가왔다.

주연은 폰을 꺼내 닭과 오리의 꽁무니를 쫓으며 인스타그램에 올릴 사진과 동영상 찍기에 여념이 없었다. 그사이 제롬 페레는 헛간에서 무언가를 들고나왔다. 그가 쭈그려 앉은 주연의 어깨를 톡톡 두드리자, 그녀는 촬영을 멈추지 않은 채 고개만 살짝 들어 그를 올려다봤다.

제롬 페레는 팔에서 뻗어 나온 북슬북슬한 털이 손등까지 자라 있었는데, 그 손으로 사람 키만 한 장총을 불쑥 내밀었다. 그제야 폰을 내려두고 자리에서 일어났다. 얼떨결에 장총을 건네받은 그녀는 멀뚱멀뚱 그를 쳐다보았다.

"한번 죽여 볼까요?"

제롬 페레가 평온한 목소리로 말했다.

"뭐어, 무얼……요?"

"푸아그라 먹고 싶댔잖아요."

"……예에?"

"사냥해서 먹을 거예요. 그게 미션입니다."

"……."

순간 머리가 띵했다.

"죽여요. 저기 노니는 거위를~"

제롬 페레는 거위들이 모여 노는 풀밭을 검지로 둥글게 원을 그렸다. 주연은 마치 시간이 멈춘 듯한 표정으로 서 있었다.

"저 사랑스러운 아이들을 죽여요? 아뇨, 전 못해요."

주연은 장총을 되돌려 주려 했지만, 제롬 페레는 뒷짐을 졌다.

"죄송한데, 아빠랑 딴 데 갈래요."

"그게 이젠 어려워요."

"네에?"

"그 약관 못 봤나 보군요. 미션 시작 전에는 이동이 자유롭지만, 한번 미션이 발동되면 이동할 수 없다는 문구요."

"머, 뭐라고요?"

주연은 화들짝 놀라 앱을 열어 해당 약관을 찾아보았다. 제롬 페레가 말한 대로, 제13조에 관련 내용이 자세히 적혀 있었다.

제13조 ("사용자"의 서비스 이용 제한)

① 미션 시작 전에는 횟수 제한 없이 이동할 수 있으나,

미션이 시작된 후에는 단순 변심에 의한 이동이 불가능합니다.

② 미션을 클리어한 후에만 재이동하거나 본국으로 귀환할 수 있습니다.

"말도 안 돼. 이런 게 있었다구?"

"보다시피."

제롬 페레는 못생긴 뻐드렁니를 한껏 드러내며 생글생글 웃었다.

"요즘 누가 이딴 약관을 일일이 들여다봐요?"

"아무튼 동의 했으니까요."

"아, 몰라요. 그냥 갈 거예요."

주연은 풀밭에 장총을 던지고 가버렸다. 그리고 한달음에 난혁에게 달려와 말했다.

"아빠, 여기 너무 이상해. 빨리 떠나자."

"어어 그랴, 잘 생각했어야."

난혁은 기다렸다는 듯 자리에서 일어나 옷걸이에 걸린 낡은 양복 상·하의를 집어 들었다. 부녀는 처음 도착했던 파우더룸으로 함께 걸음을 옮겼다. 손을 맞잡은 두 사람은 눈을 맞추며 고개를 끄덕였고, 곧바로 앱의 '접속 종료' 버튼을 눌렀다.

그들은 다시 출발 지점이었던 캠브리지 브랜드의 탈의실로 돌아왔다. 난혁은 서둘러 낡은 양복으로 갈아입고 탈의실을 빠져나왔다. 새 슈트는 처음 있던 자리에 반듯하게 걸어두었다.

그날 저녁, 부녀는 무난하게 한정식집을 찾았다.

1인당 29,500원짜리 한 상 차림을 주문했고, 둘 다 허기가 져서 반찬이 나오기가 무섭게 젓가락을 놀렸다. 그런데 주연은 한입 먹자마자 얼굴을 찡그리며 입안의 음식을 모조리 뱉어냈다. 음식에서 너무 고약한 맛이 났기 때문이다. 다른 반찬을 먹던 난혁도 같은 반응을 보였다. 바로 주연은 손을 들어 직원을 불렀다. 직원은 새 젓가락을 집어 반찬을 하나씩 맛보더니, 전혀 이상이 없다고 말했다.

그 순간, 주연의 머릿속에 무언가가 스쳐 지나갔다. 곧장 휴대전화를 꺼내 '야미킥' 앱의 약관을 뒤졌고, 거기서 자신이 놓쳤던 중요한 항목을 발견했다.

제13조 ("사용자"의 서비스 이용 제한)
③ 이를 위반하고 무단으로 이탈할 경우,
혀가 서서히 썩어 들어가는 엄중한 제재가 가해집니다.

다른 테이블의 손님들이 여전히 식사를 즐기는 가운데, 주연은 낯짝이 하얗게 질려서 작은 손거울을 꺼내 들고 혀를 내밀었다. 혀는 마치 오래된 바나나처럼 시커멓게 썩어가며 역한 냄새를 풍겼다. 난혁도 손거울을 받아서 자신의 혀를 살폈다. 딸과 똑같은 증상이었다. 얼굴이 핏기가 싹 가셨다.

다음 날, 부녀는 나란히 병가를 내고 아이파크몰 내부의 캠브리지 매장 앞에서 만났다. 혀의 썩은 부위는 더 커지고 심각해져 이제는 입을 열기도 두려운 상태였다. 주연은 매니저의 눈치를 살피며 난혁에게 눈짓을 보냈다. 어제와 똑같은 낡은 양복을 입은 난혁은 새 슈트를 집어 들고 탈의실로 향했다. 주연도 바로 그 뒤를 따랐다.

프랑스 알자스로 날아가자마자 시커멓게 썩어가던 혀는 순식간에 원래의 연분홍빛으로 돌아왔다. 부녀는 파우더룸 거울 앞에서 말짱해진 혀를 확인한 뒤에야 비로소 안도의 숨을 내쉴 수 있었다.

마에스트로처럼 양손을 휘저으며 홀을 누비던 제롬 페레는 갓 파우더룸에서 나온 주연과 난혁이 눈이 마주쳤다. 그는 대머리만큼이나 번들거리는 뻐드렁니를 드러내며 환히 웃었다. 주연은 마치 도살장에 끌려가는 소처럼 불안한 눈망울을 하고서 그를 따라 뒷문으로 향했다. 그래도 이번만큼은 난혁이 함께해 주었기에, 그나마 두려움이 덜했다.

제롬 페레는 전날처럼 주연의 손에 장총을 떠넘겼다. 그리고 부드럽고 기름진 목소리로 말했다.

"자, 쏘시겠어요?"

주연은 장총의 개머리판을 어깨에 견착하고 목표물을 조준했다. 속눈썹이 바르르 떨렸다. 가늠자의 좁은 구멍으로 아기 거위들이 노란 솜털을 흔들며 어미 뒤를 졸졸 따르는 장면이 보였다. 한참을 망설이다가 끝내 총구를 바닥에 떨구었다.

"하아…… 안 되겠어요. 도저히 못 하겠어요."

"나가 대타로 할 순 없을까잉?"

뒤편에서 이를 안쓰럽게 지켜보던 난혁이 나섰다.

"거, 아버님은 뒤로 빠지세요. 애초에 미션은 이 친구가 맡는다고 그랬어요."

제롬 페레가 곁에 서 있던 2명의 하급 직원에게 턱짓하자, 그들이 신속하게 난혁의 앞을 가로막았다. 두 직원은 우람한 체격을 자랑했고, 마치 원숭이와 돼지를 떠올리게 하는 외모였다.

제롬 페레는 길게 하품을 내뿜으며 기지개를 켰다.

"하암, 해 떨어지겠네. 이러다 제한 시간을 넘기면, 요리는 고사하고 벌칙으로 축사 청소만 실컷 해야 할 겁니다. 한국으로 가는 비행기 푯값을 벌려면, 그런 허드렛일이라도 해야 하지 않겠어요?"

주연은 이를 꽉 깨물고 다시 총구를 들었다. 제롬 페레는 한껏 그녀의 곁에 가까이 다가와 귀엣말로 소곤거렸다.

"지금도 숱한 농가에서 좁은 철창 안에 거위들을 가둬놓고, 목만 겨우 내민 녀석들에게 빨대 같은 관을 달아서 인공 사료를 강제 주입한답니다. 그렇게 강제적으로 살찌운 간이 현대판 푸아그라죠. 허나, 우리 농장은 보다시피, 지천으로 널린 올리브 열매와 도토리를 먹고 자라나기 때문에 간에 자연스레 살이 붙는단 말이에요. 그러니 제발, 그놈의 알량한 죄의식은 휴지통에 갖다 버려요."

그러나 주연은 손가락을 달달 떨며 끝까지 방아쇠를 당기지 못했다. 뒤뚱거리다가 풀밭에 넘어진 아기 거위가 작은 날개를 퍼덕이며 어미의 품으로 파고드는 장면이 눈앞에 선연했다. 눈에 눈물이 가득 차오르며 시야가 흔들렸다.

인내심이 바닥이 난 제롬 페레는 두 하급 직원을 시켜 난혁의 몸을 밧줄로 꽁꽁 묶었다. 그리고 입에는 덕트 테이프까지 발랐다. 뒤늦게 그 상황을 알아챈 주연이 총구를 그들 쪽으로 돌렸다.

"당, 당신들 뭐야? 그건 유괴잖아!"

"워워, 그러다 사람 쏘겠어요. 거위를 죽이는 편이 낫지 않아요?"

제롬 페레는 양손을 펴서 바닥을 향해 천천히 내리며 주연을 진정시켰다.

"여기 파인 다이닝 맞아?"

주연은 다시 총구를 거위에게 겨누었다.

"속에 있는 가식과 위선을 어서 떨쳐내요. 어서요."

제롬 페레가 속삭이는 목소리로 지껄였다.

"흐으으으……."

방아쇠에 걸린 손가락이 달달 떨렸다.

한데, 별안간 어미 거위가 주연에게 무서운 속도로 돌진했다. 마치 자신에게 총부리를 겨누는 사실을 알아챈 것처럼 격렬하게 달려들었다. 더욱 놀라운 것은, 그 거위가 사람처럼 말하기 시작했다는 점이었다.

"까악~ 까~ 왜 걸핏하면 선량한 우리 거위들을 죽이려 드는 것이냐! 이 세상에서 제일 잔인한 인간 놈들아!"

주연은 무슨 괴기영화라도 본 것처럼 떠나갈 듯한 비명을 지르며 달아났다. 그걸 본 난혁도 충격과 공포에 휩싸여 입술과 무릎이 떨렸다.

거위가 말하며 인간에게 돌진하다니!

이건 단순한 공격이 아니라, 피지배층인 거위가 인간 체제와 약육강식의 질서를 뒤엎으려는 동물판 프랑스 혁명이나 다름없었다.

거위는 커다란 날개를 쫙 펼치며 주연의 키만큼 높이 날아오르더니, 빨래집게처럼 날카로운 이빨을 드러내며 부리로 그녀의 머리를 사정없이 쪼아댔다. 본디 거위는 귀여운 외모와 달리 성질이 사납고 난폭하기로 악명이 높다.

주연은 흙바닥에 나뒹굴었고, 머리카락이 한 움큼 뜯기고 피부가 찢겨 피까지 흘렀다. 몸을 공처럼 둥글게 만 그녀 위로 거위가 성큼 올라서더니, 우렁찬 목소리로 외쳤다.

"꽈아-꽈-꽈! 거위 동무들이여, 일제히 깨어나라! 환경 파괴, 생태계 파괴의 주범은 인간이지 않은가. 인간의 죽음이야말로 진정한 친환경이다! 그러니 오늘, 이 기회에 인간을 무찔러 본보기로 삼아야 하느니라! 후대의 모든 동식물이 우리의 희생을 영원히 기억하고, 연구하고, 교훈을 얻을 수 있게! 모두, 모두 일어나라!"

어미 거위의 명연설에 주변의 다른 거위들이 감복해서 떼로 반란을 일으켰다. 엄청난 숫자의 거위가 일제히 주연에게 달려들었다. 그 순간, 주연은 겨드랑이 밑에 깔려 있던 총을 들어 방아쇠를 당겼다.

탕, 하는 소리와 함께 어미 거위가 그 자리에서 즉사했다. 그 총성에 놀라 달려오던 거위들은 뿔뿔이 사방으로 흩어졌다. 어미를 잃은 아기 거위들은 갈팡질팡 혼란스러워하는 모습이었다. 얼굴이며 옷이며 흙이 잔뜩 묻은 주연은 무릎으로 기어가 숨통이 끊어진 어미 거위 위에 손을 올렸다. 그리고 눈물을 뚝뚝 흘리며 참회했다.

"흐윽…… 미, 미안해. 거위야. 정말 미안해. 흐으윽……."

그때 제롬 페레가 옆으로 다가오더니 한쪽 무릎을 꿇고 죽은 거위 위에 나란히 손을 올렸다. 그러고는 눈을 감고 묵념을 올린 뒤, 고요한 목소리로 거위를 위한 추도사를 읊기 시작했다.

"에롱아, 널 만난 게 엊그제 같은데 이렇게 먼 이별을 하네. 너와 함께한 19년의 세월이 어찌어찌 흘러간 건지 모르겠다. 네가 처음 태어난 순간이 떠올라. 왜 그때 날 아빠로 착각하고는 내 뒤꽁무니만 졸졸 따라다녔잖아. 에롱아, 네가 즐겨 먹던 도토리와 올리브 열매가 지천에 가득한데 누구로 인해 이렇게 무지개다리를 건너……."

참다못한 주연은 장총을 집어 제롬 페레의 턱밑에 총구를 들이밀었다.

"장난해? 왜 아픈 상처를 헤집는 거야? 당신…… 일부러 이러는 거지?"

"워워, 진정해요. 지극히 개인적인 추도사일 뿐이에요. 모든 일에는 서사가 있잖아요."

"경고하는데…… 적당히 해요."

제롬 페레는 고개를 끄덕였다. 그리고 그는 천천히, 아주 조심스럽게 주연이 든 장총을 가져왔다. 그 사이, 하급 직원 하나가 죽은 거위를 어깨에 메고 도축 창고로 이동했다.

"이제 아빠 풀어주세요."

주연의 요구에 제롬 페레는 검지를 세워 흔들었다.

"에이, 이제 시작인걸요."

"하아…… 하나가 아니었어요?"

"에이~ 그러면 재미없죠. 자, 다음 장소로 이동하죠."

주연은 바로 장총을 돌려준 걸 후회했다. 제롬 페레는 장총을 한쪽 어깨에 걸친 채, 앞장서서 저벅저벅 걸었다. 주연은 그 뒤를 따르며 고개를 돌려보았다. 홀로 남은 하급 직원 하나가 밧줄에 묶인 아빠의 어깨에 손을 얹고는 안심하고 다녀오라며, 고개를 끄덕였다.

그때가 제한 시간이 2시간가량 남은 시점이었다.

"직업이 뭔가요?"

제롬 페레가 물었다.

"……청소일 해요."

"오, 전혀 뜻밖인데요."

제롬 페레는 놀란 표정으로 주연을 바라보았다. 외국인의 시선에서도 그녀의 미모는 매우 특별해 보였다. 주연의 외모는 서양인 기준으로도 독보적이었다.

"그전에는 연기자였어요."

"아, 어쩐지 어딘가 모를 가식적인 아우라가……."

"머…… 뭐, 뭐라고요?"

주연이 발끈하자, 제롬 페레는 말을 돌렸다.

"벌써 도착했군요."

그곳은 건초와 흙냄새가 섞인 작은 헛간이었다.

삐걱거리는 문을 열고 들어서자, 옷을 입은 애완용 토끼 한 마리가 깡충깡충 자유롭게 뛰어다녔다. 그 작은 생명체는 두 귀를 쫑긋 세우고 멈춰서서 호기심 가득한 눈으로 주연을 바라봤다. 불안감이 발밑에서 스멀스멀 피어올랐다. 제롬 페레는 느긋하게 장총에 총알을 장전한 뒤, 주연의 앞에 내밀었다.

"나더러 또 저 귀여운 아이를 쏴 죽이라구요?"

주연은 장총을 받지 않고 버텼다.

"아뇨. 이번은 토끼를 지키는 겁니다."

"무, 무엇으로부터?"

제롬 페레는 여기에 대한 답은 주지 않고 여분의 총알을 주연의 호주머니에 넣어주며 말했다.

"15분 드립니다. 토끼가 죽으면, 게임 종료. 벌칙은 이전과 동일해요. 식사도 못 하고 축사에서 소똥, 돼지똥, 닭똥만 치우다가 고국으로 돌아가게 될 겁니다. 아, 청소일 하니까 나름 익숙하겠네. 그럼, 슬기로운 사냥이 되길~ 행운을 빌어요."

제롬 페레는 밖으로 나가 헛간의 빗장을 걸어 잠갔다.

주연은 장총을 단단히 움켜쥐고 마른침을 꼴깍 삼켰다. 여기저기 뚫린 천장과 깨진 창문 사이로 스며든 오후의 눈 부신 햇살 속에서 부유하는 먼지가 보였다. 바삭바삭 건초 밟히는 소리만 고요한 가운데, 주연은 초긴장 상태로 토끼 주위를 맴돌았다.

그때, 느닷없는 사람 음성이 들렸다.

"반가워, 아름다운 아가씨야. 난 루카라고 해."

뭐야? 토, 토끼가 말을 했다! 왜 여기 사는 동물들은 죄다 사람처럼 말하는 거냐!

"날 수호하는 너의 이름은 뭐니?"

"주……연……이라고 해."

"이름마저 예쁘네. 어디 보자, 15분이라고 했지?"

그러면서 루카 토끼는 두 발로 일어나, 옷 속에 든 체인이 달린 회중시계를 꺼냈다.

"우이씨!"

순간, 주연은 뒤로 몇 발짝 물러났다. 마치 이상한 나라의 앨리스에서 튀어나온 토끼 같았다. 루카는 디지털 방식으로 된 회중시계의 타이머를 세팅했다.

"루카야, 근데 여기서 뭐가 나오는 건지, 알아?"

주연이 물었다.

"나도 잘 몰라. 난 주연이만 믿을게. 나 끝까지 잘 지켜줘야 해."

루카의 부탁에 주연은 고개를 끄덕였다. 주연은 루카에게 가까이 붙어 섰고, 루카는 주연의 종아리에 등을 기대었다. 헛간 한가운데에 선 둘은 잔뜩 긴장한 표정으로 주위를 두리번거렸다.

바로 그때, 어디선가 나타난 고양이 한 마리가 지붕을 떠받치는 서까래 위를 조용히 걸어가고 있었다. 그런데 어딘가 외형이 이상했다. 몸집이 일반적인 고양이보다 훨씬 컸고, 매끈한 근육이 단단하게 자리 잡고 있었다. 녀석은 사뿐사뿐 가벼운 걸음으로 서까래의 중앙까지 다가와 멈췄다. 그러고는 주연과 루카의 정수리 위에서 녹색 눈을 반짝이며 가만히 내려다보았다.

"조심해. 저 녀석은 살쾡이야."

루카가 경계하며 말했다.

"뭐얏, 고양이가 아녔어?"

그 말이 떨어지기가 무섭게 살쾡이는 날카로운 발톱을 드러내며 2미터가 넘는 높이에서 뛰어내렸다. 주연은 반사적으로 장총을 탕, 쏘았다. 첫 발이 살쾡이의 꼬리를 타격하면서 루카가 가까스로 살쾡이의 사정권에서 벗어났다.

살쾡이는 크르르, 카아아악! 하는 거친 소리를 내며 다시 덤볐다. 다시 장총을 탕탕, 쏘았다. 다행히 세 번째로 쏜 총알이 살쾡이의 심장을 관통해 그 자리에서 즉사했다.

어찌나 놀랐는지 주연과 루카는 할딱할딱 가쁜 숨을 몰아쉬었다. 그런데 숨을 돌리기도 전에 뒤에서 챠르르르, 하는 방울 소리가 들렸다. 돌아보니, 웬 회색 비늘로 덮인 커다란 뱀 한 마리가 갈라진 혀를 날름거렸다. 뱀은 뾰족한 꼬리를 빠른 속도로 흔들었는데 거기서 요란한 소리가 나는 것 같았다.

"바, 방울뱀이야!"

어느새 주연의 머리 위로 튀어 올라온 루카가 잔뜩 겁에 질린 기색으로 소리쳤다. 방울뱀은 순식간에 주연이가 들고 있던 장총을 온몸으로 휘감더니 멀리 휙 날렸다. 삼각형 머리의 방울뱀은 시퍼런 독니를 드러내며, 맨몸이 된 주연을 향해 치명적인 일격을 가할 준비를 했다.

주연은 장총이 떨어진 지점을 응시하다가 뱀보다 반 박자 빠르게 그곳으로 몸을 던졌다. 방울뱀의 몸이 무서운 속도로 다가오고 있었다. 주연은 눈앞에 나타난 방울뱀을 향해 재빠르게 총을 쏘았다.

정말 바로 코앞에서 방울뱀의 몸이 폭탄처럼 퍽 터졌다. 주연은 거친 숨을 몰아쉬며 얼굴에 묻은 시퍼런 액체를 닦아냈다. 그런데 손을 머리 위로 더듬어 보는데, 루카가 사라졌다. 주연은 눈을 크게 뜨고 주변을 둘러봤지만 아무리 찾아도 루카는 어디에도 보이지 않았다.

고개를 들자, 매 한 마리가 루카를 낚아채고 뚫린 천장 사이로 빠져나가려는 모습이 보였다.

"삐아악! 나 사, 살려~ 주연아!"

주연은 침착하게 총구를 들어 가늠자로 매를 겨누었다. 천장으로 빠져나가기 직전, 방아쇠를 탕 당겼다. 다행히 매는 상처를 입고 루카를 놓쳤다. 주연은 장총을 냅다 던지고 공중에서 떨어지는 루카를 두 손으로 슬라이딩하며 받았다.

그 뒤로도 믿을 수 없는 온갖 위험한 동물들이 헛간에 침투했다. 부엉이, 오소리, 코요테, 여우, 늑대까지. 심지어 곰과 재규어, 악어까지―넌더리가 날 지경이었다.

"쥐방울만 한 헛간에 뭐 이리 맹수가 많아! 아마존이야! 뭐야!"

주연은 분노가 머리끝까지 치밀어 빽 소리를 질렀다.

주연의 장총에 총알이 떨어질 때면, 주머니에 들어간 루카가 총알을 빨리 장전할 수 있도록 돕는가 하면, 어떤 때는 장총을 놓친 주연을 대신해 루카가 직접 총을 쏘는 일도 있었다. 그렇게 둘은 환상적인 호흡을 자랑하며, 헛간을 침입한 적들을 상대했다.

마침내 15분이 지나고 헛간 문이 열렸다.

루카는 장렬한 전투에서 무사히 살아남았고, 에너지를 다 소진한 주연은 바닥에 철퍼덕 드러누웠다. 루카는 기쁨에 겨워 주연의 목을 끌어안고 자기 뺨을 비볐다. 제롬 페레는 헛간에 널브러진 동물 사체를 둘러보고는 손뼉을 쳤다. 그러고는 주연을 내려다보며 말했다.

"어쩜 맹수들을 기가 막히게 청소했네요. 이로써 통과네요!"

"당신이 투입…… 했지? 맹수팔이 같으니라구……."

"자, 다음 미션 장소로~"

"머, 먼데…… 또 있다구?"

주연은 몸을 부들부들 떨었다.

"기뻐해요. 이게 마지막이 될 테니."

"하나도 기쁘지 않아!"

주연은 힘겹게 몸을 일으켜 빗장이 열린 문밖으로 비척비척 걸음을 옮겼다. 헛간을 나서기 전, 손을 살래살래 흔들며 루카와 작별 인사를 나누었다. 루카는 헛간 모퉁이에 있던 토끼 굴로 들어가 자취를 감추었다.

제롬 페레는 헛간 뒷길로 난 숲으로 주연을 안내했다. 잡목과 수풀이 우거진 그곳은 인간의 손길이 거의 닿지 않은 야생의 세계처럼 보였다. 제롬 페레는 디올 옴므 슈트 포켓에 꽂아둔 지도 한 장을 펼쳤다. 요리에 필요한 다양한 식재료—전부 채소류이고 필요한 식재료의 숫자가 적혀 있음—가 자라는 곳이 표시된 지도였다.

"나더러 이걸 다 구해오란 말이야?"

"빙고!"

제롬 페레는 단검 한 자루와 장갑, 그리고 채집용 가방을 챙겨 주었다.

"30분 드리죠. 벌칙은 이제 말 안 해도 알죠?"

제롬 페레가 싱그럽게 웃었다. 그래도 앞서 했던 두 미션에 비하면, 마지막 미션은 거저먹기나 다름없다. 단순히 지도를 따라서 땅에 묻힌 작물을 캐내기만 하면 되니까. 단, 하나 걸리는 건 제롬 페레의 의뭉스러운 웃음이었다.

주연은 그 기분 나쁜 웃음을 뒤로하고 깊은 숲속으로 들어갔다. 이곳은 어쩐지 원시로 돌아간 듯한 기분을 선사하는 숲이었다.

처음 마주한 식재료는 서양 대파와 늙은 호박이었다. 주연은 우선 신선한 대파 세 뿌리를 획득하기 위해 허리춤에 차고 있던 단검을 뽑아 들었다. 그런데 가까이 다가서자, 대파 위쪽의 초록색 잎이 문어 다리처럼 살아 움직이더니 주연의 팔을 둘둘 감았다. 연이어 뒤편에 있던 늙은 호박의 넝쿨이 특공대가 포복을 하듯 쭉쭉 뻗어 나와 주연의 다리를 타고 올라와 온몸을 꽁꽁 묶어버렸다.

"무엄하도다! 감히 인간 따위가 신성한 숲의 수호신인 대파를 건드려?"

서양 대파가 호통쳤다.

"신의 땅을 훼손하는 자에겐 못생긴 호박의 저주를 내릴 것이니!"

늙은 호박도 저주를 퍼부었다. 그러더니 늙은 호박은 핼러윈 축제에서나 마주할 법한, 이목구비에 구멍이 숭숭 뚫린 호박 정령으로 변신해 버렸다.

여긴 어찌 된 게 식물조차 인간처럼 살아서 말을 하냐고!

요괴의 형상을 한 늙은 호박이 허공에 붕 떠올라 주연을 향해 날아들었다. 괴기스럽게 입을 벌리더니, 그녀의 얼굴을 집어삼키려고 했다. 이놈들은 필시 인간을 해치거나 잡아먹는 육식 식물이 틀림없었다.

손아귀에서 미끄러지던 단검을 주연은 간신히 움켜쥐었다. 그러고는 재빨리 대파의 초록 잎을 그어 손을 자유롭게 풀었다. 그다음 빛의 속도로 늙은 호박의 머리꼭지를 땄다. 그러자 늙은 호박은 흙바닥으로 굴러떨어지며 속에서 내뿜던 노란빛이 꺼졌다. 주연은 망설일 틈 없이 단검으로 나머지 넝쿨을 쳐내고, 대파 두 뿌리와 호박을 몇 조각 가방에 챙겨 후다닥 줄행랑쳤다.

그다음 구역에서는 야생 토마토와 트리니다드 스콜피온—세계에서 매운 고추 중 하나—군락과 한바탕 전투를 벌였다. 우선 토마토가 자기 몸을 수류탄처럼 펑펑 터뜨리자, 붉은 과육이 주연의 얼굴과 옷에 범벅이 되어 끈적하게 흘렀다.

"너희 시건방진 인간은 토마토의 숭고한 희생정신을 알렷다!"

이때 꼭 말라비틀어진 파프리카를 닮은 트리니다드 스콜피온은 전갈 꼬리처럼 생긴 뾰족한 끝부분을 독침처럼 톡 내질렀다. 피부가 불타오르는 듯한 고통이 번지자, 주연은 숲이 떠나갈 듯한 비명을 내질렀다. 그런 불사의 고통 속에서 그녀는 성한 토마토와 스콜피온 고추의 머리꼭지를 따기 위해 필사적으로 손을 뻗고 앞으로 나갔다.

첫 번째와 두 번째 미션이 그나마 수월한 편이었다. 이제 겨우 지도상으로 3분의 1지점을 지났을 뿐인데, 얼굴과 옷은 마치 피투성이처럼 시뻘겋게 물들었고, 정신은 너덜너덜해져 있었다.

그 뒤로도 주연의 수난은 계속되었다. 몽둥이처럼 생긴 보라색 가지가 공중으로 날아와 주연의 머리와 엉덩이를 마구 후려치며 뒤쫓았고, 땅에 있던 아스파라거스는 로켓처럼 슝 발사되어 콧구멍에 꽂혔다. 그리고 땅속에 묻힌 자주색 샬롯—작은 양파처럼 생긴 종—을 뽑으려 할 때는 지독하고 매운 독가스가 퍼져 눈물이 앞을 가리고 기침이 멎질 않았다.

그중에서도 가장 무시무시한 작물의 끝판왕은 단연 당근이었다. 주연이 낑낑대며 당근을 뽑으려는 순간, 땅속 깊숙이 박힌 당근이 그녀를 세차게 끌어당겼다.

동시에 고요하던 대지가 꿈틀거리며 물기를 머금은 늪으로 변해, 그녀를 천천히 빨아들이기 시작했다. 이러다 지구를 뚫고 내핵까지 떨어질 것 같은 위기의 순간, 누군가 그녀의 발목을 낚아챘다. 온몸이 진흙 범벅이 된 채 간신히 땅 위로 올라온 주연은 루카 토끼가 당근 하나를 입에 물고 명랑하게 웃고 있는 모습을 발견했다.

그 뒤로 루카의 조언에 따라 땅 위로 솟아난 당근 줄기를 단검으로 쳐내자, 망둥이처럼 날뛰던 당근의 숨통이 끊어졌다. 그 덕분에 주연은 손쉽게 당근 세 뿌리를 확보할 수 있었다.

그나저나 전직 여배우의 몰골이 말이 아니었다. 머리는 폭탄이라도 맞은 듯 엉망으로 헝클어져 있었고, 얼굴은 진흙투성이로 꼬질꼬질했다. 그리고 옷은 피투성이가 된 것처럼 시뻘겋게 물들어 있었다. 지금 당장 좀비 영화에 출연해도 손색없을 정도였다.

축 늘어진 팔다리를 좌우로 비틀거리며 험준한 숲의 마지막 지점을 벗어날 때, 모든 걸 내려놓은 듯한 초연한 표정만이 남아 있었다. 그녀는 더 이상 과거의 화려한 여배우가 아니라, 생존을 위해 모든 것을 내려놓은 투사처럼 보였다.

"하아…… 안 먹어…… 차라리 X나 굶고 말아. 안 먹고 집에 갈 거라고오오! 이 망할 파인 다이닝 XX들아……!"

주연의 고운 입에서 찰진 욕이 막 튀어나왔다.

그녀가 숲에서 살아 돌아오자, 제롬 페레는 과장된 동작으로 손

뺨을 쳤다. 손가락을 입에 넣고 휘파람까지 불었다. 그 모습이 어찌나 얄미운지 흠씬 두들겨 패 주고 싶은 심정이었다.

만신창이가 된 딸을 본 난혁은 눈물을 글썽였다. 부녀는 서로에게 달려가 와락 끌어안으며 뜨거운 눈물을 흘렸다. 전쟁 통에 생이별을 한 가족이 극적으로 재회하는 순간만큼이나 애잔하고 절절했다.

주연은 파우더룸 세면대에서 흙먼지로 얼룩진 얼굴과 목, 팔다리를 깨끗이 씻었다. 고수향이 나는 비누로 박박 문질렀지만, 시뻘겋게 물든 시폰 드레스는 달리 어찌할 방법이 없었다. 적당히 마무리하고 뽀송뽀송한 호텔 수건으로 물기를 닦았다.

홀로 나오자, 한쪽 벽에 프랑스 정부가 수여한 '레지옹 도뇌르' 훈장이 걸려 있는 것이 보였다. 그 옆에는 요리계의 전설이었던 아버지, 폴 페레와 다정하게 어깨동무하고 찍은 제롬 페레의 사진도 함께 걸려 있었다.

주연은 난혁이 자리 잡은 창가 자리로 가 앉았다. 엔틱한 의자에 달린 쿠션이 연두부만큼이나 폭신해 온몸이 노곤해지고 졸음이 몰려왔다.

"어디 다친 데는 없어라?"

난혁이 걱정스레 물었다.

"다행히 큰 부상은 없어."

"참말로, 공짜 밥 먹으려다 사람 잡아블겄다."

주연은 씁쓰레한 낯빛으로 백조 모양으로 접어둔 패브릭 냅킨을 펼쳐 무릎 위에 펼쳐두었다. 사실 옷이 너무 더러워져 음식이 튈 걱정을 하지 않아도 됐다. 이건 그저 기분 내기용이었다. 맞은편에 앉은 난혁은 딸을 따라서 서툰 동작으로 냅킨을 펼쳐 무릎 위에 얹었다.

창 너머로 작은 포도밭과 돌길의 평온한 풍경을 감상하며 잠시 마음의 휴식을 가지던 그때, 잘생긴 서버가 샴페인 한 병을 들고 다가왔다. 그는 길고 좁은 플루트 잔에 샴페인을 능숙하게 따랐다. 주연은 잔을 입술에 가져가기 전, 프랑스어로 적힌 메뉴 카드를 집어 들었다. 고글 형태의 안경 속 디스플레이에 어김없이 한국어 자막이 떠올랐다.

아페리티프(Apéritif)
프랑스 최북단 와인 산지인 샹파뉴 지역의 포도밭에서 자란 샤르도네 품종입니다. 6,500만 년 전 지각 변동으로 형성된 백악질 토양은 화석과 미네랄이 풍부합니다. 그곳에서 자란 포도는 추위와 서리, 천둥과 번개를 동반한 폭우 같은 변덕스러운 날씨를 견뎌내며 놀라운 풍미를 간직하게 되었습니다.

주연과 난혁은 샴페인 잔을 들어 짤깍 부딪힌 후, 각자 한 모금씩 입안에 머금었다. 미세한 기포가 혀끝에서 부드럽게 터지며 입안 가득 무수한 별이 반짝이는 듯했다. 은은한 황금빛 타린 향이 그윽하게 퍼지며 온몸을 따스하게 감싸는 여운이 남았다.

험난했던 지난 시간을 보상받는 기분이었다. 눈을 감자 포도밭의 흙냄새와 함께, 한여름 프로방스의 노을빛이 아련히 떠올랐다. 식전의 긴장이 스르르 풀리며, 이제 막 시작될 만찬을 향한 기대감이 피어올랐다.

뒤이어 나온 메뉴는 네 종류의 핑거 푸드였다. 보기만 해도 미소가 절로 지어지는 미남 서버는 기하학적인 모양의 접시에 담긴 미니어처 같은 요리를 가리키며 '아뮤즈 부쉬'라고 소개했다. 아뮤즈 부쉬란 메뉴판에는 없는 특별한 요리로, 셰프의 철학과 스타일이 응축된 작품이라고 설명했다. 주연은 이번에도 함께 제공된 메뉴 카드를 집어 들었다.

아뮤즈 부쉬(Amuse-Bouche)
런던의 사보이 호텔과 뉴욕의 더 플라자 호텔에서 30년간 주방을 이끌어온 앙투안 셰프가 오늘의 요리에 사용될 재료들을 조합해 만든 네 가지 선물입니다. 입안에서 어우러지는 다양한 맛과 식감을 마음껏 즐겨 보세요.

각각 큐빅, 별, 원뿔, 막대 모양으로 정교하게 빚은 아뮤즈 부쉬는 각기 오묘한 빛을 발했다. 정체를 알 수 없는 미스터리한 한 입 거리였다. 도대체 어떤 재료로 만들었을까? 주연은 호기심 가득한 손길로 큐빅 모양을 조심스레 집어 입속에 넣었다.

순간, 낯선 맛과 향, 그리고 다채로운 식감이 한꺼번에 몰려와 머리가 핑글핑글 돌았다. 입안에서 변주되는 풍미는 한 가지로 정의할 수 없었고, 말로 설명하기도 어려웠다. 마치 한 편의 시를 음미하는 듯한 기분이었다. 그 신비로운 경험에 주연은 앞으로 펼쳐질 요리에 대한 기대감으로 가슴이 부풀었지만, 난혁은 별 감흥 없이 아뮤즈 부쉬 두 개를 한꺼번에 털어 넣으며 말했다.

"요 코딱지만 헌 걸 누구 코에다 붙일까잉?"
"아빠, 그걸 한 번에 삼키면 어떡해."
"듬뿍 안 내오고 간질간질허니, 손님 살살 놀리는 것두 아니고."
주연은 실소가 나왔다.
"주요리 곧 나와. 좀 품격 있게 먹어."
"품격은 얼어 죽을~ 배고파 죽겠는디."

다음은 오르되브르(hors-d'œuvre)라는 전채요리였다. 클로드 모네의 수련을 떠올리는 무늬가 새겨진 접시에 담긴 푸아그라 파테, 얇게 썬 바게트, 그리고 무화과가 소담스럽게 담겨 나왔다. 희생된 거위에 대한 미안함과 감사함을 느끼며, 파테를 바게트에 얇게 펴 바르고 무화과를 올려 한입에 넣었다. 자연산 푸아그라의 놀랍도록 부드럽고 고소한 맛이 입안 가득 퍼졌다. 진한 풍미가 일품이었다. 그리고 무화과의 달콤함과 담백한 빵이 조화를 이루며 완벽한 맛을 더했다.

이어진 앙트레(Entrée)에서는 한 스푼만 떠먹어도 홀딱 반할 만큼 깊고 묵직한 맛의 양파 수프가 등장했다. 푸아송(Poisson) 코스의 첫 번째 주요리로 뼈와 가시를 말끔히 제거한 야들야들한 농어살 요리가 나왔다.

다음으로는 입안을 깔끔하게 정리하고 소화를 돕는 라즈베리 소르베가 잠시 쉬어가는 코너로 제공되었다. 소르베는 유제품이 들어가지 않아 아이스크림이나 젤라토보다 가볍고 산뜻한 느낌을 주었다.

맛도 맛이었지만, 고생해서 얻은 길들여지지 않은 야생의 식재료들이 요리에 잘 활용되어 주연에겐 더욱 각별한 의미로 다가왔다.

또한, 각 요리에 곁들여진 메뉴 카드가 식사의 특별함을 한층 더 끌어올렸다.

앙트레(Entrée)

어릴 적 할머니가 해준 전통적인 양파 수프를 현대적으로 재해석하였습니다. 그때 그 시절 추억을 그리워하며 4시간 이상 정성 들여 달인 수프 속에는 사과처럼 달콤하고 아삭아삭한 식감을 주는 양파가 숨어 있습니다.

특히 이 양파 수프에 얽힌 서사가 주연에게 깊은 울림을 주었다.

내 연기의 본질은 어디에서 비롯될까? 수프 한 그릇에도 몇 시간의 정성을 들이는데, 나는 연기에 임할 때 그만큼의 노력과 열정을 쏟아본 적이 있었나?

이런 질문들이 처음으로 머릿속에서 돋아나기 시작했다.

지난날을 돌이켜보면, 빠른 성공을 위해 좋은 인맥을 쌓아야 한다는 허황된 믿음에 사로잡혀 있었다. 감독이나 PD가 모여 있다는 술자리에 자주 불려 다녔고—아니, 사실 스스로 찾아다닌 것이나 다름없었다—자신을 알리기 위해 시작한 인스타그램도 어느새 골프, 테니스, 해외여행, 오마카세, 피트니스 같은 허세 가득한 사진들로만 채워지며 연기와는 전혀 무관한 모습으로 변질되고 말았다.

그런 진정성 없는 삶을 살다 보니, 결국 연기마저 빈 껍데기뿐인 가짜로 남았던 게 아닐까? 정작 연기에 대한 고민과 노력은 외면한 채 운이나 재능 탓만 해온 지난날이 떠오르며, 후회와 부끄러움이 한꺼번에 몰려왔다.

Recipe Card: 폴 페레 레스토랑의 비법 레시피

「준비 재료」　　　　　　　　　　　　　　　　　　　※1인분 기준

양파 1개, 버터 10g, 미소된장 1/2작은술, 올리브오일 1작은술, 밀가루 1작은술, 화이트와인 20~30ml, 비프스톡 250ml, 바게트 2조각, 그뤼에르 치즈 30g, 설탕, 소금 1꼬집, 후추, 타임, 월계수잎

1. 냄비에 버터와 올리브오일을 두른 후, 얇게 슬라이스한 양파를 집어넣고 소금 한 꼬집 뿌려요. 중간에 미소된장을 넣구요. 감칠맛은 선택이 아니에요. 꺼질랑말랑한 약불에서 최소 30분, 갈색이 될 때까지 묵묵히 캐러멜라이징해요. 이게 양파수프의 근본이랍니다.
2. 이제 밀가루 1작은술 가차 없이 뿌려 딱 1분만 볶아요. 날 믿고.
3. 화이트와인을 넣고 1분 동안 알코올을 날려요. 취하면 안 돼요. 그런 다음 비프스톡을 넣고 타임, 월계수잎도 패려넣고 약불에서 20분간 뭉근히 끓여요. 절대 포기하지 마요. 양파 수프는 오랜 시간 정성을 들여야 해요. 그래야 깊은 맛이 날 겁니다.
4. 이제 거의 다 왔어요. 고지가 눈 앞! 소금, 후추로 간을 해요.
5. 슬라이스 바게트. 바싹하게 구워요. 무조건 바삭하게.
6. 마지막입니다. 오븐용 그릇에 수프를 담아요. 그 위에 바게트, 그 위에 치즈를 탑처럼 쌓아 레이어를 부여해요. 220도 오븐에서 딱 5분. 그러면 치즈가 녹고 노릇노릇해져 있을 거예요.
(에어프라이어, 전자레인지? 가능해요.
하지만 오븐만큼은 못 하죠. 오롯이 당신의 선택이죠.)

Notes: 치즈가 많으면 진하고 고소하고,

적게 올리면 담백한 건 말 안 해도 잘 알겠죠?

"밥 묵다가 먼 궁리를 그리 허냐잉?"

"아냐. 아무것도……."

난혁의 물음에 주연은 고개를 저었다.

어느새 비앙드(Viande) 코스가 도착했다. 섬세한 잎사귀 패턴이 장식된 둥근 접시 위에 딜로 향이 나는 소고기 안심, 푸아그라, 그리고 으깬 감자가 정성스럽게 담겨 있었다. 플레이팅이 마치 추상주의 미술 작품처럼 아름다워 시각적인 즐거움을 선사했다. 미디엄 레어로 완벽히 구워진 소고기 안심, 겉을 살짝 캐러멜화시킨 자연산 푸아그라, 그리고 부드럽고 담백한 으깬 감자가 어우러져 환상적인 조화를 이뤘다. 주연은 그 맛에 완전히 빠져들었고, 마치 미각이 춤을 추는 듯한 황홀함을 느꼈다.

"왜 혀라도 깨물어 뿌렀당가?"

주연이가 우는 모습을 보고 난혁이 의아한 얼굴로 물었다.

"흐흑…… 아니이, 넘 맛있어서……."

"허이구야, 놀고 있따."

"왜 말도 안 되게 맛있잖아."

"아빤 영 센 찬 허다."

"……뭐어? 이게 시원찮아?"

"속도 쪼까 느끼하고잉."

그 말에 눈물이 쏙 들어갔다.

"웨이터 양반, 여 김치는 없당가?"

갑작스레 난혁이 큰 소리로 말했다. 주연은 창피해서 고개를 한껏 떨구었다. 그때 마침, 홀을 돌던 제롬 페레가 웃으며 테이블로 다가왔다.

"여 김치 읍당가?"

"왜 입에 잘 안 맞으시나요?"

"속이 쪼까 느끼해서잉."

"음…… 그럼, 프랑스식 김치는 어떠세요?"

"그기 먼디?"

"천연 와인이요."

"싸게 가져와 보소."

와인을 단숨에 들이켠 난혁은 그제야 얼굴에 화색이 돌았다.

주연은 불현듯, 평생 한국 입맛에 길들여진 아빠를 만족시키는 일이야말로 가장 어려운 미션일 수 있겠다는 생각이 은연중에 들었다. 그때 난혁은 예고도 없이 길게 트림을 하더니 방귀까지 뀌었다. 주연은 테이블 밑으로 숨고 싶은 심정이었다.

샐러드(Salade) 코스에서는 기름진 요리를 상큼하게 씻어낼 수 있는 아삭아삭한 로메인 상추 샐러드가 제공되었고, 프로마주(Le fromage) 코스에서는 400종이 넘는 치즈 중에서 컴테, 브리, 샤브리 같은 프랑스 지역 특산 치즈를 마음껏 맛볼 수 있었다. 데세르(Dessert)에서는 크렘 브륄레와 마카롱이 제공되어 달콤한 여운을 더했고, 마지막으로 카페와 디제스티프(café et Digestif)코스에서는 주연은 에스프레소를, 난혁은 디저트 와인으로 나온 포트를 마시며 길고 긴 식사의 매듭을 지었다.

"시골서 나오는 밥상보다 영 못혀."

난혁이 손톱으로 치아 사이에 낀 음식물을 빼내며 말했다.

"아니 지금 그, 그게…… 비, 비교가 돼? 파인 다이닝은 프랑스 왕실 만찬에서 전해 내려온 코스 요리야. 서사가 달라."

"한식은 머 뿌리가 궁중요리 아니여? 불란서만 내래티브가 있냐잉? 고래봤자 고까이 꺼 열 놈가량 아녀. 지금두야 나 살든 고흥에 내려가잖녀. 아무 밥집에 들가서 만 원만 주믄, 찬이 서른 개는 넘어야. 고걸 단번에 안 내고 여처럼 감찼다가 하나둘 내믄 똑같재. 그라믄 코스가 몇 개냐잉? 안 그냐?"

입씨름에서 밀린 주연은 절대 인정할 수가 없어 고개를 저었다. 난혁은 입에 침을 튀기며 말을 이어갔다.

"그라고 한식은 첨부터 사내대장부답게 한 상에 쫙 펼쳐서 나오잖녀. 그람 나가 먹고픈 놈만 쏙쏙 빼먹는 재미도 있고잉. 인심도 넉넉해서 리필도 되재. 장, 채소, 나물이 많아 건강에도 좋재."

"괜히 왔네. 괜히 고생했고~"

"그라고 기억날란가 모르겄는디, 니 엄니 평상시 밥상만 해두 기본 찬이 스무 개는 됐을 거여."

순간, 주연의 귓전에 그리운 엄마의 목소리가 맴돌았다.

"가리지 말구 먹어야."

지금의 주연과 나이대가 비슷하고, 지금의 주연과 쌍둥이처럼 쏙 빼닮은 엄마가 말했다.

"아이 시러잉! 맛 엄써잉."

당시 초등학교 5학년이던 주연은 밥그릇 위에 올라간 오이소박이를 보고 도리질을 쳤다. 12살 주연은 포크 숟가락을 들고 오이소박이를 마치 벌레 취급하듯 바깥으로 밀어냈다. 밥에 뒤섞인 검은

콩도 전부 밥상 위로 가려냈다.

"콩이 을매나 몸에 좋은디. 그거 먹음 수학 백 점 맞는당께."

"수학 시더잉. 콩은 더 시더잉."

주연은 생떼를 썼다. 그러거나 말거나 엄마는 표고버섯볶음을 집어 주연의 벌어진 입안에 기습적으로 집어넣었다. 이에 주연은 진저리를 치며 반찬을 뱉어냈다.

"퉤퉤! 안 먹는다니께. 자꾸 왜 그래잉. 어엉. 어어엉!"

급기야 울음을 터트렸다. 그걸 본 난혁이 한소리 했다.

"당신은 애가 싫다는디 참말로. 아야, 주연이 묵고 시픈 거 묵어야."

"아따, 당신이 편들어주니께 애가 더 편식을 하제."

그 여세를 몰아 주연은 자신이 좋아하는 반찬만 포크 숟가락으로 쏙쏙 찍어 볼을 빵빵하게 채웠다. 주로 동그랑땡, 문어 모양 비엔나소시지, 돼지불고기 같은 반찬이었다.

아담한 좌식 밥상 위에는 애호박볶음, 미나리무침, 시금치 무침, 무채 무침, 멸치볶음, 콩자반, 꼬막무침, 돌김, 시금치 볶음, 피굴(껍질이 있는 굴국), 홍어 등 상다리가 부러질 정도로 수십 가지 반찬으로 넘쳐났다.

그러나 그게 엄마가 차려준 마지막 밥상이었다.

그날 저녁, 엄마는 시장에서 양손 가득 장을 보고 집으로 돌아오다가 횡단보도에서 음주 운전 차량에 치여 그 자리에서 세상을 떠났다. 가해 운전자는 20대 남성 신 씨로, 그의 혈중알코올농도는 0.327%로 면허 취소 수준을 훨씬 넘는 수치였다. 주연은 훗날 성인이 되어 모 신문사의 디지털 아카이브에서 당시 기사를 찾아보고 그 사건을 소상히 알게 되었다. 종이신문 31면 사회란에 세로 글자로 적힌 기사의 내용은 이러했다.

1999.12.26
끔찍한 음주 운전의 말로 3명 死亡
서울 3가3512호 그랜저 승용차가 25일 성탄절 밤, 빗길에서 과속으로 주행하다 도로를 건너던 행인을 들이받아 3명이 현장에서 숨지고 3명이 중경상을 입는 사고가 발생했다. 운전자는 한국체육대학교 2학년에 재학 중인 23세 조기형 씨로, 아버지 회사 소유의 차량을 무단으로 운전한 것으로 확인됐다. 경찰은 조 씨를 교통사고처리 특례법 위반 혐의로 구속하고 사고 경위를 조사 중이다.

이럴 줄 알았으면 반찬 투정을 좀 덜 할걸……
주연은 망연히 그런 생각을 했었다.
그날 이후로 아빠는 어린 주연을 돌보기 위해 기존에 다니던 직장을 그만두고 야간에 할 수 있는 쓰레기 용역 일을 시작했다. 그리고 주연은 그 뒤부터 초등학교 앞 분식점이나 문구점에서 군것질하거나 학교 급식으로 끼니를 해결하는 날이 대부분이었다.

"별안간 어매 보고 잡네."
현실로 돌아온 주연은 무의식중에 전라도 방언이 나왔다.
"어매도 여기 왔음, 좋았을 텐디……."
"……."
잠시 부녀 사이에 죽음 같은 침묵이 흘렀다.

"······나가 볼 띤 니 엄니 입맛두 이짝은 아녀."

"뭐래~ 아니거든?"

주연이 발끈하자, 난혁은 능청스레 웃었다. 그래도 아빠의 그 말에 무거웠던 공기가 한결 말랑해졌다.

"그래두 덕분에 배불리 잘 먹었서랑."

"칫, 있는 트집이란 트집은 다잡아놓고선."

"꽁으로 먹었으니 망정이재, 제 돈 냈음 이게 다 얼매냐. 월급 쪼매 탔다고 흥바람 나서 헛군데 쓰지 말어. 앞으로 또 밥 먹을 일 있으믄 편한 밥집으로 가야. 나는 그게 좋아라."

그때쯤 제롬 페레가 다가왔다.

"두 분 식사는 맛나게 하셨나요?"

"아우, 기가 막히재. 우째 음식이 하나같이 맛깔스럽고 기품 있서랑."

눈 하나 깜짝하지 않고 거짓말을 하는 난혁을 보고 주연은 혀를 내둘렀다.

"저 구라쟁이······."

그런 줄도 모르고 제롬 페레는 뿌듯한 미소를 지었다.

"아, 그런데······ 시간은 잘 체크하고 있나요?"

잠시 제한 시간을 깜빡 잊고 있던 주연이 대여폰을 꺼냈다. 남은 시간은 채 3분도 되지 않았다. 난혁을 재촉하며 주연이 먼저 자리에서 일어났다. 잘생긴 서버가 옷걸이에 걸린 난혁의 낡은 상하의 양복을 잊어버리지 않고 챙겨 주었다.

"주방에 꼭 전해 주세요. 평생 잊지 못할 예술적 경험이었다고요."

"C'est un honneur." (영광입니다)

제롬 페레는 한 손을 가슴에 얹으며 화답했다. 주연은 마침, 커다란 안경을 벗어서 그의 말이 프랑스 원어로 들렸다. 난혁은 두 손으로 제롬 페레의 손을 꼭 잡았다.

"슨상님두 은제 한국에 들를 일 있으면 연락허요. 냐가 근사한 한식으로 대접할랑께."

"그러죠. 과연 서른 가지가 넘는 한식은 어떤 매력을 품고 있을지 궁금하네요."

순간 난혁은 귀가 벌게졌다.

"아따, 다 들었는감?"

제롬 페레는 살며시 미소를 머금었다.

주연은 난혁의 팔을 끌어당겼고, 난혁은 커다란 안경을 벗어 돌려주었다. 둘은 파우더룸을 향해 부리나케 뛰었다.

이제 남은 시간은 삼십여 초.

파우더룸 안에서 난혁과 손을 부여잡은 주연은 즉시 '접속 종료' 버튼을 눌렀다. 그러자 드럼 세탁기 속에 빨려 들어간 것처럼 주변이 뱅글뱅글 돌았고, 순식간에 캠브리지 매장 탈의실로 바뀌었다.

주연은 탈의실 문밖으로 고개를 빼꼼 내밀었다. 이미 아이파크몰 영업시간이 끝나버려 실내는 캄캄하고 고요했다. 주연이 먼저 탈의실을 나왔고, 난혁은 원래 입고 왔던 낡은 양복으로 갈아입고 나왔다. 그리고 신상 슈트는 제 자리에 잘 걸어두었다. 매장마다 셔터가 내려져 있어, 둘은 반대편으로 갈라져 비상 출구를 찾았다.

그때, 야간 순찰을 하던 경비원이 손전등을 비추며 다가왔다. 손전등 불빛이 가래떡처럼 길게 쭉 늘어졌다. 주연은 황급히 숨을 곳을 찾다가 여자 화장실로 후다닥 뛰어들었다.

따각따각, 구두 소리가 점점 가까워졌다. 칸막이 문이 열리는 순간, 주연은 거의 비명을 지를 뻔했다. 다행히 칸막이 문을 연 사람은 아빠였다. 손전등을 든 경비원은 어느새 사라졌고, 주연은 난혁을 뒤따라 화물용 엘리베이터로 재빨리 이동했다. 그리고 직원들만 쓰는 뒷문을 통해 아이파크몰을 빠져나왔다.

무사히 탈출했다는 사실에 주연은 깔깔 웃음이 나왔다. 난혁도 두 손을 무릎에 얹고 허리를 굽힌 채로 한참 낄낄거렸다.

아직 버스나 지하철이 다니는 시간이었지만, 둘은 소화도 시킬 겸 바람도 쐴 겸 집까지 걷기로 했다. 행복한 포만감을 안고 주연은 총총히 걷다가 슬며시 아빠의 손을 잡았다. 난혁은 민망해하며 손을 뿌리치려 했지만, 주연은 꼭 잡은 손을 놓지 않았다.

저녁 어스름에 시뻘겋게 물든 주연의 시폰 드레스는 멀리서 보면 원래부터 빨강—다행히 밤중이라 자세히 보지 않으면 전혀 분간되지 않음요—으로 보였다.

40여 분 만에 청파동의 오래된 빌라와 다세대 주택들 골목길 사이로 접어들었다. 백 년도 넘은 듯한 빛바랜 간판이 붙은 동네 슈퍼와 방앗간, 하숙이라고 써진 빨간 벽돌집이 차례대로 보였다. 가파른 오르막을 오르기 전에 난혁은 주연의 손을 놓으며 말했다.

"더 캄캄하믄 위험허다. 인제 됐으니께 싸게 들어가."

"하루 재워 주면 안 돼?"

주연이 스스럼없이 물었다.

"아야, 징그러워야. 그리고 집구석이 좁아서 어림도 없어야. 언능 들가잉."

"칫, 치사해."

주연은 아쉬워하며 뒤돌아섰다. 난혁은 그런 딸의 뒷모습이 눈에 밟혔는지,

"그람, 라면이나 한 젓가락 허던가."

"······살쪄."

"난도 하나는 많아야. 반씩 노나 묵던가."

"······."

고추와 가지가 뒷마당에서 크고, 호박 넝쿨과 담쟁이가 붉은색 벽돌 벽을 타고 자라는 다세대 주택 앞에 도착했다. 그곳은 엘리베이터가 없는 건물이라, 계단을 따라 5층까지 올라가야 했다.

집에 들어서자마자 난혁은 밑면이 검게 그을리고 가장자리가 찌그러진 양은 냄비에 물을 넉넉히 올렸다. 이를 보던 주연이 옆으로 다가와 종알거렸다.

"아빠, 이거 물양 너무 많아."

난혁은 아무런 대꾸 없이 진라면 한 봉지를 뜯었다. 그리고 수프와 건더기를 쏟은 후, 면까지 한꺼번에 넣으려고 했다.

"뭐야? 물도 안 끓었는데 면을 막 넣어?"

주연은 면을 넣으려고 하는 난혁을 저지했다. 그러자 난혁이 조용히 한마디 던졌다.

"아야, 이 구역 주방장은 나여."

주연은 입을 삐쭉거리며 뒤로 물러났.

잠시 후, 난혁은 좌식 테이블에 신문지를 깔고 양은 냄비를 올려놓았다. 달걀 하나를 대충 풀어 넣은, 어딘가 밍밍해 보이는 라면이었다. 책상다리를 하고 앉은 난혁은 양은 냄비 뚜껑을 주연에게 주

었고, 자신은 막걸리 사발에 라면을 덜어서 먹었다. 주연은 별 기대 없이 젓가락을 들고, 냄비 뚜껑 위에 라면을 덜어 먹었다.
"으잉, 왜 맛있지? 에헤, 이상한데······."
주연은 호로록 맛보며 연신 고개를 갸웃했다. 면발이 붇지 않고 적절하게 잘 익었고, 국물은 다소 싱거운 편이었지만, 곁들여 내놓은 신김치와 포개 먹으니 그 조화가 이루 말할 수 없을 정도로 좋았다.
둘은 순식간에 라면을 뚝딱 해치웠다. 주연은 아쉬움에 입맛을 쩝쩝 다실 정도였다. 파인 다이닝의 최종 마무리 코스로 아빠표 라면은 탁월한 선택이었다.
현관에서 신을 신으며 주연은 핸드백에서 봉투 하나를 꺼냈다. 그걸 본 난혁이 물었다.
"이거시 뭐다냐?"
"뭐긴 뭐야. 첫 월급 기념 빵이지."
난혁은 그 자리에서 봉투를 열어보고 무척 놀란 눈치였다.
"많아 보이게 일부러 만 원권으로만 뽑았어. 그게 쓰기도 편할 거 같아서."
두께로 보아 대략 백만 원쯤 되는 듯했다.
"나 거지 아녀. 돈도 너보다 마너."
난혁은 손사래를 치며 돈봉투를 고대로 주연의 핸드백 속에 쑤셔 넣었다.
"왜 그래~ 마음이잖아."
"과혀. 착실히 저금이나 허고 필요한 데 있음 써."
"나도 처음이라 그래. 자주는 힘들어."

주연은 다시 봉투를 꺼냈지만, 난혁은 한사코 거부했다. 둘은 현관에서 한참 실랑이를 벌였고, 결국 난혁이 중재안을 제시했다.
"알써. 그라믄, 딱 요거만 받을 겨. 어여 가."
난혁은 만 원짜리 딱 세 장만 꺼내고, 나머지는 주연에게 돌려주었다.

닫힌 현관문 앞에서 주연은 꼬깃꼬깃해진 돈봉투를 한참 들여다보았다. 무거워진 발걸음으로 몇 번이나 뒤돌아 불이 켜진 아빠의 집 창문을 올려다보았다. 난혁은 창가에 숨어 딸이 골목을 내려가는 모습을 넌지시 지켜보았다.

다음 날, 주연은 수리된 아이폰을 찾으러 사설 수리점에 방문했다. 단돈 만 원에 감쪽같이 액정이 수리된 점이 무척 놀라웠다. 이제 더는 작동하지 않는 야미킥 앱이 깔린 대여폰을 반납하고 아쉬운 발걸음으로 그곳을 나왔다.

그 뒤로 수리점은 한여름 작열하는 태양 아래 녹아버린 아이스크림처럼 어디론가 홀연히 사라져 버렸다. 수리점이 있던 지하 자리엔 원래 있었는지, 아니면 그 후에 들어왔는지 알 수 없는 방 탈출 카페가 성업 중이었다. 불가사의한 해프닝은 그렇게 안녕이었다.

그로부터 어언 2년여 후.
벚꽃잎이 바람에 실려 한 점, 한 점 떨어졌다. 차도와 인도를 가리지 않고 온 거리가 연한 분홍빛의 꽃눈으로 물들었다. 청소복을 입은 주연은 바지런히 빗자루를 쓸었다.

이제 제법 일머리가 생겨 크게 힘을 들이지 않고 최소한의 동작으로 거리를 말끔히 쓸었다. 출근길을 서두르던 몇몇 사람들이 벚꽃잎이 흩날리는 순간을 담기 위해 핸드폰을 꺼냈다. 그럴 때마다 주연은 비질을 멈추고 가만히 기다려 주었다.

그때, 누군가 뒤에서 주연의 어깨를 톡톡 두드렸다. 한 시민이 말없이 박카스 한 병을 손에 꼭 쥐어 주고는 버스에 뛰어올랐다. 감사 인사를 건넬 새도 없이 그는 멀어졌고, 주연은 뒤늦게 그가 떠난 방향을 향해 꾸벅 고개를 숙여 인사했다.

근무가 끝나갈 무렵, 반가운 휴대전화 알람이 울렸다.

한 달 적금
월 200 (36개월/4.2%)
납부 회차 : 26회차
누적액 : 52,000,000원

미소 짓는 주연의 머리 위로 벚꽃잎 한 점이 사뿐히 내려앉았다. 주연은 그 벚꽃잎을 손바닥 위로 가져와 소중히 감싸 쥐었다.

"이모님, 여기 콩나물 천 원어치만요."

사람들로 북적이는 전통시장에 저녁 반찬거리를 사러 온 주연은 동전 지갑에서 현금 천 원을 꺼냈다. 푸근한 인상의 아줌마는 검은 봉지를 한 장 뜯어서 콩나물을 소복이 담았다.

"좀만 더 주세요~"

"아따 아가씨, 그럼 우린 망해 뿌는데~ 부족하믄 이천 원어치를 달라 카이소."

상인 아줌마는 구시렁거리면서도 콩나물 한 줌을 더 담아 주었다.

콩나물을 받아 든 뒤, 옆에 놓인 소쿠리를 보니 잘 영근 가지가 담겨 있었다. 그 앞에 찢어진 박스 조각에다 '소앙강 가지 1봉 3,000냥'이라고 쓴 매직 글씨가 눈에 띄어 물었다.

"소앙강이 어디예요?"

"소앙강 모릅니꺼? 저짝 강원도 산골짜기 소앙강."

"아, 소양강. 그쪽 가지가 좋나 봐요?"

"그걸 말해 뭐합니꺼."

"그것도 한 봉 주세요."

"양파는 안 필요한교?"

"그건 어디 건데요?"

"무안이지예. 양파는 무안이 와따 아입니꺼."

"같이 주세요."

주연은 동전 지갑에서 현금 5천 원을 더 꺼냈다. 상인 아줌마는 검은 봉지에 알이 큰 가지와 양파를 하나씩 더 담아 주었다.

"아가씨 얼굴이 예뻐가꼬 한 놈씩 더 넣었심데이."

"어머, 이모님 감사합니다."

"제가 고맙지예. 단디 들어가이소."

주연은 근처 과일 가게에서 태양처럼 샛노란 천혜향을 직접 골라 담고, 탐스럽게 잘 익은 제철 딸기도 함께 샀다. 이어 바로 옆 정육점에 들러 선홍빛 속살에 지방이 머릿결처럼 섬세하게 뻗은 쇠고기 양지 400g도 샀다.

구매한 식재료를 자전거 앞 바구니에 싣고 경쾌하게 페달을 밟자, 그녀의 긴 머리카락이 봄바람에 살랑이며 파도처럼 흩날렸다.

그날 저녁, 주연은 부엌에서 콩나물을 물에 살짝 데친 뒤 찬물로 헹구고, 참기름, 통깨, 간장으로 양념해 정성껏 무쳤다. 가지는 어슷하게 썰어 프라이팬에서 약한 불로 구워 숨을 죽인 뒤, 간장, 고춧가루, 다진 마늘 등을 섞어 손으로 조물조물 버무렸다.

맛을 보려고 양념이 잘 밴 가지 하나를 입에 넣었다. 눈을 감으며 그 시절 엄마의 손맛을 떠올려 보았다. 어딘가 살짝 부족한 느낌이 들어 설탕을 한 꼬집 더 넣고 다시 맛을 보았다. 이제야 흡족한 얼굴로 통깨를 솔솔 뿌리며 마무리했다.

오늘의 주요리는 뵈프 부르기뇽, 프랑스 요리였다. 레드와인에 소고기를 넣고 푹 쪄낸 이 요리는 프랑스 부르고뉴 지역의 가난한 농부들이 즐겨 먹던 음식이었다. 주연은 손수 만든 한식 반찬과 함께 뵈프 부르기뇽을 즐겼다. 식사를 거의 다 마쳐갈 때, 휴대전화 알람이 왔다.

인디영화 〈청보리밭의 혈투〉 21회차 일정 안내
초비 역의 박주연 님, 4월 20일에 있을 촬영 안내 문자 드립니다. 오전
6시에 샛강역 1번 출구에 모여 촬영지인 안성 목장으로 함께 이동합
니다. 수정된 촬영 대본을 메일로 보냈으니 꼭 확인 바라며…

※

 그로부터 며칠 뒤, 연차를 내고 촬영지로 향했다. 주연은 갈치색 스타렉스 제일 뒷자리에 앉아 프린트한 대본을 숙지하며 골몰했다. 환경 공무관은 주 5일 근무라 영화 제작팀은 가능한 휴일에 촬영 일정을 맞추려 했지만, 가끔 피치 못할 사정이 생기면 이렇게 연차를 쓰고 촬영에 참여하는 식이었다.

 촬영지에 도착 후, 주연은 직접 헤어와 메이크업을 손보았고, 연출팀에서 대여한 검은색 호위무사 옷으로 갈아입었다. 비로소 오전 9시가 되어서야 첫 촬영을 위한 모든 준비를 마쳤다.

 보리밭에 선선한 바람이 불자, 보리 잎사귀가 고요히 흔들리기 시작했다. 부드러운 융단처럼 펼쳐진 푸른 보리잎이 출렁거렸다.

 "레디~ 액션!"

 감독의 지시가 떨어지자, 주연은 기다란 검을 능숙하게 휘두르며 복면을 쓴 적들을 베었다.

 저예산 독립영화라서 스태프는 열 명 남짓에 불과했고, 제작 환경도 무척 열악한 편이었지만, 작은 모니터 속 보리밭 배경과 액션은 상업영화 못지않게 실감이 났다. 무엇보다 주연의 눈빛이 강렬하고 살아 있었다.

 "컷! 오케이!"

 단, 두 번의 시도 만에 감독의 오케이 사인이 떨어지자, 주연은 모니터로 쪼르르 달려와 의자에 앉은 감독의 어깨 너머로 자신의 연기를 확인했다. 감독은 만족스러운 표정으로 주연을 돌아다보며, 고개를 끄덕였다.

"아주 좋은데요."

"……저 감독님, 죄송한데 한 번만 더 가면 안 될까요?"

주연의 요청에 감독은 남은 촬영 컷을 한번 확인하고 고개를 끄덕였다.

카메라 화면 안에 영화 제목, 장면 번호, 촬영 날짜 등이 적힌 슬레이트가 들어왔다.

슬레이트 담당 연출부는 감독과 촬영감독 이름 옆에 별도의 칸을 만들어 장난스럽게 '주연―박주연'이라고 적어 두었다.

감독의 "레디" 소리에 카메라 녹화와 음향 녹음이 돌아가고, "탁" 하는 슬레이트 소리가 울리는 순간, 주연의 비장한 얼굴이 화면을 가득 채웠다.

"액션!"

❋ Main Course IV ❋

울림이 있는 햄버거

천장을 향해 누운 치즈색 고양이는 팔다리가 단단히 묶여 있고, 의식이 없었다. 수술용 장갑을 낀 손으로 메스를 들고 고양이의 복부를 길게 가른다. 초록색 가운을 입은 노년의 수의사는 연륜이 느껴지는 손길로 작업을 이어갔다. 그의 곁에는 이제 갓 소녀티를 벗은 듯한 앳된 얼굴의 동물 보건사(간호사)가 서 있었다.

그녀는 나이는 어리지만, 눈매가 영민해 보였다. 여보건사는 혹시 모를 상황에 대비해 양손으로 고양이의 몸통을 살며시 누르고 있었다.

수술을 마친 수의사는 절개 부위를 꿰매고 생체 접착제로 단단히 접합한 뒤, 왼쪽 귀 끝을 수술용 가위로 1cm가량 반듯하게 잘라 표식을 남겼다. 그사이 여보건사는 수기로 쓴 차트를 고양이 몸통

앞에 세우고 구식 디지털카메라로 '찰칵' 사진을 찍었다.

차트에는 병원명, 수술일, 고양이의 성별(F), 체중(3.1kg), 추정 나이(1y) 같은 세부 정보와 함께, 맨 앞에 굵은 글씨로 '구로구 TNR'—TNR : 지자체에서 길고양이 개체 수를 조절하기 위해 포획(Trap) 후 중성화 수술(Neuter)을 시행하고 다시 방사(Return)하는 프로그램—이라고 적혀 있었다.

"한별 쌤, 오늘도 잘 부탁드립니다."

손녀뻘 되는 여보건사 한별에게 노년의 수의사가 정중히 말을 건넸다. 한별은 총기 있는 눈으로 깍듯이 고개를 숙인 후 수술 도구를 소독·정리하고, 소독용 알코올을 뿌려 주변에 튄 핏자국을 야무지게 닦아냈다.

몇 시간 뒤, 중성화 수술을 마친 치즈색 고양이가 잠에서 깨어나 작게 야옹거렸다. 수술 부위가 불편한 듯 몸을 뒤뚱이며 균형을 잡으려 했다. 한별은 그 모습이 안쓰러워 투명장 너머로 손을 뻗어 조심스레 고양이의 머리를 쓰다듬었다. 그러자 고양이는 한별의 팔에 온몸을 비비며 애정을 표현했다. 하악질을 해대는 다른 길고양이들과 달리, 유독 인간에게 친화적인 녀석이었다.

한별은 눈이 반달로 휘어지며 연신 "너무 귀여워."라고 했다. 고양이는 한별이 준 처방식 사료를 순식간에 먹어 치웠다. 꽤 배가 고팠던 모양이다. 수컷과 달리, 암컷 고양이는 최소 72시간 동안 충분한 회복기를 거친 후 방생될 예정이다. 다행히도 녀석의 왕성한 식욕을 보아하니 회복에는 별문제가 없어 보였다.

한별은 다른 장으로 이동해 수액을 맞고 있는 강아지를 점검했다. 솜사탕처럼 보드라운 털을 가진 말티즈였다. 녀석은 한별을 보자마자 반가운 듯 꼬리를 요란하게 흔들었다. 한별은 다정한 손길로 말티즈의 눈곱을 떼어주고 상냥하게 털을 쓰다듬었다.

직업을 선택할 때 연봉, 근무 환경, 업무 강도, 복지, 전망 등 각자 중요하게 여기는 기준과 우선순위는 각자 다를 것이다. 그런데 한별이 이 직업을 선택한 이유는 단 하나였다.

마음껏 귀여운 강아지와 고양이를 만날 수 있다는 것. 그것만으로 충분했다.

그만큼 동물에 대한 순수한 애정과 열정이 그녀의 가슴속 깊이 자리 잡고 있었다. 어릴 때부터 동물을 키우고 싶었지만, 부모님의 완강한 반대로 한 번도 그 꿈을 이루지 못했다. 그 한을 여기서 마음껏 풀고 있는 셈이다.

한별은 토스뱅킹에 접속해 거의 8천만 원에 가까운 예금을 확인하며 콧노래를 흥얼거렸다. 5년 넘게 한 직장에서 근속하며 독립 자금을 알뜰히 모은 덕분에, 빠르면 올해, 늦어도 내년에는 본가를 떠날 계획이었다. 오랫동안 꿈꿔온 대로 반려묘와 반려견을 한 마리씩 입양할 생각이었다.

"한별 쌤, 여기 미용 고객 있어요."

마침 카운터에서 한별을 찾는 목소리가 들렸다.

"네, 나가요."

한별은 명랑하게 대답하며 밖으로 나갔다.

카운터엔 서글서글한 인상의 50대 여자가 있었다. '박혜란 실장'이라는 명찰을 단 그녀는 견주가 맡기고 간 비숑 프리제를 한별에게 건네며 미용 요구사항을 설명했다. 한별은 비누 거품처럼 털이 몽실몽실 부풀어 오른 비숑을 품에 안고, 콧노래를 흥얼거리며 미용실로 향했다.

　한별은 오직 가위와 빗만으로 비숑의 털을 자르기 시작했다. 사라졌던 눈이 보이고 비숑의 짤막하고 동글동글한 다리맵시가 드러났다. 장장 두 시간에 걸쳐 미용이 마무리되었다.

　한별은 어깨가 결려 근육을 풀었다. 두상이 솜사탕처럼 된 비숑은 성형외과 혹은 보디 프로필 비포 & 애프터처럼 완전히 다른 강아지로 변모해 있었다. 거울을 보여주자 비숑은 자기 모습을 보고 놀라 왈왈, 짖었다. 그게 어찌나 우스운지 한별은 배를 잡고 깔깔댔다.

　벌써 퇴근 시간이다. 한별은 먼저 진공청소기를 한 바퀴 싹 돌린 후, 밀대로 바닥을 바지런히 밀었다. '원장 이남운' 명찰을 단 노년의 수의사와 혜란 실장이 그 모습을 흐뭇하게 지켜보았다.

　"참, 요즘 MZ세대 같지 않단 말이에요. 한별 쌤은…… 그쵸?"

　혜란이 말했다.

　"제 소견으로 봤을 때, 혜란 쌤도 만만치 않습니다."

　남운은 그렇게 운을 떼었다.

　"어찌 20년 넘도록 이곳에 눌어붙어 있답니까?"

　"인제 그만 나가라는 얘기죠?"

　남운은 제 나이답지 않게 짓궂은 미소를 지었다.

　"원장님이 더 지독해요. 어찌 60여 년을 버티셨대?"

　"허허, 뒷방 늙은이로 물러날 날도 머지않았습니다."

　본의 아니게 그 대화를 엿들은 한별이 깜짝 놀라서 둘이 있는 쪽으로 밀대를 밀며 다가왔다.

　"허거덩, 이 병원 60년이 넘었다구요?"

한별의 달뜬 물음에 남운이 잠시 추억에 잠겨 들었다.

"제가 개원하던 60년대만 해도 말이죠, 소나 돼지, 닭 같은 가축 진료가 주 소득원이라 축사로 출장을 가는 일이 잦았답니다. 그게 시작이었지요. 비로소 90년대에 접어들면서 핵가족화와 고령화가 진행되었고, 그에 따라 반려동물 문화가 서서히 자리를 잡기 시작한 거예요. 그 변화에 발맞춰 지금의 동물병원이 된 거지요."

그런 동물병원의 변천사가 흥미로워 한별은 눈을 반짝거렸다.

"원장님, 그 걸음에 맞춰 인테리어도 쌈박하게 바꿔볼까요?"

돌연 혜란이 그렇게 치고 들어오자,

"어험, 이만 퇴근들 하세요."

남운은 낡은 가죽 가방을 들고 줄행랑치듯 사라졌다. 뒤이어 혜란도 엉덩이를 살랑살랑 흔들며 퇴근했다. 한별은 코가 실룩거리며 작은 웃음을 머금었다.

마지막에 남은 한별은 출입문 손잡이에 남은 지문을 수건으로 꼼꼼히 닦아낸 뒤 실내등을 껐다. 열쇠로 문을 잠그며 동물병원 간판을 새삼스럽게 올려다보았다.

빛바랜 '두레 동물병원'이라는 글자는 촌티가 났다. 그리고 낡은 실내는 허름한 백반집의 정서를 풍겼다. 하지만 시대에 한참 뒤처진 모습에도 불구하고, 이곳은 매우 청결했고 따뜻한 정감을 불러일으키는 공간이었다.

"엄빠, 나 이번 주 내로 나가니까 그리 알아. 당장 내일이 될 수도 있고."

한별의 난데없는 독립 선언에 부엌 식탁에서 식사하던 아빠와 엄마가 동시에 컥컥거리며 물을 들이켰다.

"왜 애인 생겼니? 어디 몰래 동거라도 시작하게?"

아빠가 다시 밥을 먹으며 아니꼬운 말투로 물었다.

"애인은 무슨. 독립할 거야."

외따로 거실 소파에 앉아 햄버거와 콜라를 먹던 한별이 말했다.

"이젠 대놓고 외박을 하겠다는 거구먼."

"뭔 외박이야? 분가라구, 분가!"

"이 기지배야, 너는 왜 그 몸에도 안 좋은 햄버거랑 콜라를 허구한 날 끌어안고 있어."

"이거 소고기거든? 이래 봬도 토마토, 채소, 치즈까지 든 완전식품이야. 아빠나 술이랑 담배 좀 끊지~ 그게 더 해롭거든?"

한별은 지지 않고 아빠의 말을 맞받아쳤다. 그러거나 말거나, 아빠는 저녁을 먹으며 소주 반주를 걸쳤고, 식후땡을 하려고 베란다로 나갔다. 타임 담뱃갑에서 담배 한 개비를 꺼내 입에 물었다. 그 꼬락서니가 마뜩잖은 한별은 남은 콜라와 감자튀김을 들고 자기 방으로 들어갔다.

그녀는 핸드폰에서 부동산 앱을 열어 동물병원 근처에 있는 보증금 5천만 원에서 7천만 원 사이의 원룸을 살펴보았다. 월세가 저렴하면서, 즉시 입주 가능하고, 무엇보다 반려동물을 키울 수 있는 집을 세 곳 정도 추렸다.

한별은 이틀 연속으로 새벽에 몰래 집을 나와 동물병원을 찾았다. 중성화 수술을 받은 치즈색 고양이가 걱정되었기 때문이었다.

넥카라를 목에 두른 고양이는 홀로 투명장 구석에 처박혀 울고 있었다. 어찌나 울어댔는지 목이 쉬어 쇳소리가 날 정도였다. 한별을 본 고양이는 울음을 멈추고, 그제야 뾰족한 이빨로 한별의 손가락을 장난치듯 깨물었다.

"에구, 혼자 많이 무서웠지? 불편해도 좀만 참아. 이제 곧 괜찮아질 거니까. 체더야."

저도 모르게 고양이에게 이름을 붙여 부르고 있었다. 체더치즈를 닮아서 '체더'라는 이름이 딱 맞았다. 고양이가 어리광을 부리며 앵기는 모습을 보자, 한별은 마음이 살살 녹아내렸다. 원래 딱 1억 원을 모아 자립할 계획이었지만, 이 녀석 덕분에 애초 계획을 조금 수정할 필요가 있어 보였다. 그래서 이렇게 다급히 살 집을 알아보는 중이었다.

별안간 노크도 없이 방문이 벌컥 열리더니 아빠가 궁둥이를 손으로 북북 긁으며 얼굴을 들이밀었다. 한별은 눈살을 찌푸렸다. 아빠는 허락도 없이 한별이 먹던 감자튀김을 훔쳐먹더니 화장대에 놓인 마스크팩도 하나 뜯어서 얼굴에 얹고는 침대에 벌렁 드러누웠다. 그리고 펴진 이불을 김밥처럼 몸에 둘둘 말았다.

"아저씨, 노크 몰라? 그리고 이게 뭐 하는 플레이지?"

"기지배야, 낼모레 나간다며? 너 나가면, 서재로 쓸까 하고 사이즈 보러 왔어. 방 놀리면 뭐 할 거야?"

"아직 내 방이니까 좀 나가줄래? 그리고 왜 멋대로 내 물건에 손을 대?"

"다이소 천 원짜리 가지고 유세는~ 내 집에서 공짜로 먹고 자면서 이까짓 게 뭐라고~"

"용돈 겸 생활비 조로 매달 십만 원씩 따박따박 주는 건 잊었나 봐?"

"얼씨구, 밖에 나가 살아 봐라. 그걸로 되나. 턱도 없지."

아빠 말마따나 자취를 시작하면, 돈을 모으기란 거의 불가능에 가깝다는 걸 알았지만, 그래도 체더를 키우기로 한 이상 결심을 바꿀 순 없었다.

"매월 오만 원까지 깎아줄 용의가 있는데 어찌 생각해?"

한별은 침대에 누워 헛소리를 픽픽 날리는 아빠를 억지로 일으켜 세웠다. 그 순간, 아빠는 방귀를 붕 뀌었다. 한별은 기겁하며 그의 등을 떠밀어 방에서 내쫓았다. 방문이 닫히기 직전, 아빠는 문틈에 끼여 찌그러진 얼굴로 말했다.

"아, 알았어. 사, 삼만 원. 더는 곤란해."

한별은 단호히 방문을 닫았다.

쾅.

다음 날 아침 일찍, 아빠는 '개인'이라고 적힌 모양의 표시등을 단 은갈치색 그랜저 차량을 먼지떨이로 쓸고 있었다. 반듯하게 다려 풀을 먹인 파란색 셔츠에 곧게 맨 넥타이, 그리고 단정하게 빗어 올린 머리카락이 집에서 허술하게 풀어져 있던 모습과 딴판으로 보였다. 왼쪽 어깨에는 '모범 운전자' 견장이 붙어 있고, 오른쪽 가슴에는 '한종구'라는 이름표가 실로 휘갑치기 되어 있었다.

그때, 선 캡 위에 헬멧을 눌러쓰고 연노랑 유니폼을 입은 엄마가 전동카트를 타고 종구의 옆으로 다가왔다. 그녀는 카트 뚜껑을 열고 냉장 적재 공간에서 하루야채, 윌, 야쿠르트 등 따위를 골라 흰 비닐봉지에 소복이 담아 건넸다.

"아이고 추정임 여사님, 오늘도 황송히 받겠나이다."

"별이 보면 몇 개 줘요. 애 아침도 안 먹었을 텐데. 운전 조심하고요."

"예썰 마님, 여부가 있겠나이까?"

종구의 과장된 몸짓과 말투에 정임은 조용히 입술을 말아 웃었다. 정임은 전동카트를 타고 골목길 사이로 사라졌고, 종구는 그 모습을 지켜봤다. 얼마 지나지 않아 한별이 철문을 열고 나오는 소리가 들렸다. 한별은 그의 앞을 무심하게 지나쳤고, 종구는 재빠르게 운전석에 올라 한별의 뒤를 쫓았다.

"타! 태워줄라니까."

한별의 옆에 바짝 따라붙은 종구가 운전석 창문을 반쯤 내리고 말했다.

"버스 탈 거야."

"기지배야 가는 길이야. 그리고 아침 안 먹었지? 우유랑 요구르트 몇 개 챙겨 가. 엄마가 너 주래."

"아 진짜 됐다니까. 제발 가. 빨리."

한별은 끝까지 고집을 부리며 택시에 오르지 않았다. 오히려 걸음을 더 빨리해 버스정류장으로 뛰어갔다. 그러자 종구는 버스정류장까지 택시를 몰고 가 경적을 여러 번 두드렸다.

버스를 기다리던 사람들은 고막을 치는 빵빵 소리에 택시를 힐끔 쳐다봤다. 그제야 한별은 달리 방법이 없어 손으로 얼굴을 가린 채 택시 조수석에 올라탔다.

"아, 동네 쪽팔리게 이러기야?"

"왜 공연히 헛돈을 써? 5분이면 가는 거리를."

"으휴, 내가 말을 말아야지."

종구는 음료가 든 비닐봉지를 한별에게 내밀었다. 한별은 그 안에서 초코우유를 꺼내 빨대를 꽂아 쭉 들이켰다. 종구는 교통 정보가 흘러나오는 라디오 소리를 작게 줄이며 한별을 곁눈질했다.

"별아, 최근에 발바리 뉴스 못 봤니?"

"뭐?"

"왜 얼마 전에 수원 발바리가 출소해서 그 일대에 살던 주민들이 난리가 났다는 거 아니니. 유튜브에도 있더라고. 나중에 한번 찾아봐. 여자들이 많은 원룸촌에 거주한다는데, 거기 사는 사람들은 무슨 죄라니. 주로 가스 배관을 타고 다녔대요. 그것뿐만이 아냐. 대전 발바리는 180여 명을 성폭행하고, 의정부 발바리는 가스 검침원을 사칭해서 20명 넘게 성폭행했다고 얼마나 시끄러웠는데. 어디 무서워서 여자 혼자 살겠니."

"제발 좀 그만하면 안 돼?"

"혼자 사는데 누가 택배 기사로 사칭하면 어쩔 건데? 배달 기사는 어떻고? 이건 뭐 거의 속수무책이지."

한별은 아빠가 하는 말을 듣지 않으려고 두 손으로 귀를 틀어막았다. 하지만 종구는 개의치 않고, 동물병원에 도착하는 순간까지 그 화제에 대해 끊임없이 말을 쏟아냈다.

"작년 한 해에만 강간 건수가 무려 5천 건이 넘는대요. 5천 건이. 이 수치가 믿어지니?"

"아저씨, 연락 자주 할게. 잘 살아. 엄마 잘 챙기고."

택시에서 내린 한별은 조수석 문을 닫기 직전에 말을 던졌다.

"삼만 원은 어떠냐? 이건 거저먹는 건데~"
한별은 생긋 웃으며 문을 닫았다.
쾅.

 딸이 독립을 선언하고 집을 나간 지 벌써 한 달이 다 되어간다. 딸의 방을 서재로 쓰겠다고 으름장을 놓았던 종구는, 딸이 필요 없다며 두고 간 가구와 잡동사니―풀옵션 오피스텔에 들어가면서 큰 가구들은 모두 두고 갔다―를 하나도 치우지 않고 그대로 놔뒀다. 저러다 언젠가 마음을 바꿔 본가로 돌아올지도 모른다는 기대를 품고 있었다.
 이제 빈 방인 걸 알면서도 종구는 하루에도 몇 번씩 쓸데없이 이불이 개켜진 그 방을 들락날락했다.
 종구는 오늘, 김치를 가져다준다는 핑계로 딸이 거주하는 오피스텔을 방문할 작정이었다. 아내가 손수 담은 김치를 넉넉하게 통에 담아 택시 트렁크에 실었다. 아침부터 하늘이 끄물끄물하더니 가는 길에 비가 추적추적 내렸다. 와이퍼를 작동시키며 한별에게 전화를 걸었다.
"별아, 아직 출근 전이지? 네 엄마가 김치 담가서……."
"……여보세요."
말 중간에 왠 낯선 남자의 목소리가 건너왔다.
"거…… 누, 누굽니까?"
"저는 김우열 구급대원입니다. 아버님이신가요?"

"네, 그렇습니다만⋯⋯."

"⋯⋯놀라지 마세요. 지금 따님분, 심폐 소생 중입니다."

"머, 뭐⋯⋯요?"

"개봉 일동 사거리 앞 횡단보도에서 교통사고가 났어요. 여기서 가까운 응급센터 찾아서 다시 연락드릴게요. 번호가 어떻게 되시죠? 지금 따님분 폰 액정이 깨져서 잘 안 보이거든요."

"지, 지금 가, 갑니다."

"저희 바로 출발해요."

"저 바로 앞이에요!"

종구는 그대로 핸들을 꺾어 대로변 중앙선을 넘어 뉴턴을 했다. 마주 오던 버스와 차들이 놀라 경적을 울리며 급정거했다. 하마터면 다중 추돌 사고가 날 뻔했다.

종구는 점점 굵어지는 빗발을 가르며 도로를 질주했다. 채 일 분도 걸리지 않아 현장에 도착한 종구는 허겁지겁 택시에서 내렸다. 그때, 들것에 실린 한별이 구급차에 오르는 장면이 보였다.

"하, 한별아, 한별아!"

구급대원들은 무작정 달려드는 종구를 막았다. 들것이 흔들리며 한별의 주머니에 든 햄버거가 툭 떨어졌다. 아침으로 먹을 요량으로 산 편의점 햄버거 같았다.

"아버님⋯⋯?"

한 구급대원이 직감으로 종구를 알아보고 물었다. 그가 방금 통화했던 김우열 대원인 듯했다. 종구가 고개를 끄덕이자, 우열은 곧바로 자기 폰을 내밀었다. 하지만 종구는 손이 심하게 떨려 번호를 입력할 수 없었다. 결국 우열이 종구의 폰을 가져가 자기 번호를 입력해 주었다.

"저희 바짝 따라오실 수 있죠?"

종구는 망연한 표정으로 고개를 끄덕였고, 우열은 서둘러 구급차에 올라탔다. 그때 문득 종구의 시선이 발밑으로 떨어졌다.

햄버거 주위로 강물처럼 번져가는 검붉은 핏줄기가 눈에 들어왔다. 이 모든 피가 딸의 몸에서 나온 것이라니, 도저히 믿기지 않았다. 일평생 이렇게 많은 피를 본 적이 없다. 비가 제법 거세게 내리고 있었지만, 금이 간 아스팔트 틈으로 스며든 핏자국은 쉽게 지워질 기미가 보이지 않았다. 그는 땅에 떨어진 편의점 햄버거를 주머니에 쑤셔 넣었다. 딸의 짙은 피비린내가 훅 끼쳐왔다.

종구는 구급차가 더 멀어지기 전에 택시에 올라 액셀을 밟았다. 차가 튕기듯 앞으로 나아갈 때, 약 15미터 앞 전봇대에 부딪혀 반파된 차량을 뒤늦게 발견했다. 현장에 출동한 경찰관들은 비틀거리며 서 있는 가해자의 손목에 수갑을 채웠다.

구급차가 속도를 내자, 출근길로 꽉 막힌 도로가 마치 홍해가 갈라지듯 양쪽으로 갈라졌다. 종구의 택시는 구급차의 뒤를 바짝 따라붙으며 달렸다. 구급차에서 깜빡이는 빨간 경광등 불빛이 빗줄기에 묻어 차창에 흘러내리는 모습이 마치 핏물이 떨어지는 듯했다. 종구는 한 손으로 핸들을 잡고, 다른 손으로 정임에게 전화를 걸었다.

"여보, 놀라지 말고 잘 들어."

"목, 목소리가 왜 그래? 무슨 일 있어?"

종구는 울음을 삼키며 간신히 말을 뱉었다.

"하, 한별이가…… 크, 크게 사고가 났어……."

긴 시간 동안 한별의 수술을 집도한 의사가 수술실에서 나와 말했다.

"6개월에서 1년 내로 호전을 기대해 볼 수 있겠지만, 식물 상태에서 깨어난다는 건 매우 드물고 기적적인 일입니다."

그렇게 건강하던 딸이 하루아침에 식물인간이 되어버렸다.

이 같은 현실이 믿기지 않는 듯, 종구와 정임은 그저 멍하니 병실에 누운 딸을 바라보았다. 한별은 자발적인 호흡, 맥박, 혈압, 체온은 정상적으로 유지되고 있었지만, 대뇌 기능이 멈춘 상태였다.

이건 살아 있어도 살아 있는 게 아니었다.

사고가 있은 지 5달이 지나가지만, 가해자는 찾아오기는커녕 사과 전화 한 통 없었다.

뒤늦게 인터넷을 통해 알게 된 가해자의 신상 정보가 떴다. 그는 마세라티를 몰던 40대 사업가 조 씨였다. 사고 당시 그의 혈중알코올농도는 0.321%, 면허 취소 수준이었다. 그러나 더 충격적인 사실은, 그가 저지른 일이 이번이 처음이 아니라는 점이었다.

지금으로부터 20여 년 전, 그는 이미 음주 운전으로 무고한 행인 3명을 사망케 한 전력이 있었다. 그런데도 또다시 술을 마시고 운전대를 잡았다.

공판이 진행되면서야 그의 이름이 완전히 공개되었다. '조기형'.

2심 재판부는 그가 범행을 반성하고 있다며, 심지어 반성문 대필

업체에서 5만 5천 원을 주고 쓴 반성문을 제출했음에도 이를 받아들였다. 게다가 상당액을 공탁했다는 이유로 1심보다 2년 감형된 18년 형을 선고했다.

그 순간, 종구는 피를 토하는 심정으로 판사를 향해 절규했다.

"아니, 이게 법입니까? 잘못을 아는 놈이 저런 짓을 두 번씩이나 했겠어요? 저건 형을 깎기 위한 거짓 반성이잖아요! 스물네 살 된 제 딸은 6개월 넘게 생사를 헤매고 있습니다. 때려죽여도 모자란 놈에게 감형이라구요?"

하지만 판사는 사무적인 표정으로 종구를 돌아볼 뿐, 아무런 대꾸 없이 법정을 빠져나갔다. 흥분한 종구가 판사를 향해 다가가자 곧바로 청원경찰에게 제지를 당했다. 그때 곁에 있던 정임은 재판 결과를 듣고는 그대로 기절했다. 순간적으로 격분했던 종구는 아내를 껴안고 간신히 마음을 추슬렀다.

검찰 측은 즉각 항소했고, 사건은 결국 대법원까지 올라가게 되었다.

종구는 병원 복도를 오가던 중, 대기실에 놓인 TV에서 전남 무안국제공항에서 착륙하던 항공기가 활주로를 이탈해 울타리 외벽에 충돌하며 폭발한 사고 소식을 보았다. 탑승자 181명 중 179명이 사망한 대참사였다.

이와 비슷한 시기에 미국 로스앤젤레스에서 발생한 대형 산불 소식도 접했다. 세계 최강국이라 불리는 미국조차 3주 넘게 화재를 진압하지 못해 서울 면적의 3분의 1가량을 태우고, 최소 29명이 사망하며 1만 8천여 채의 집이 전소된 사상 최악의 재난을 당했다.

이 일련의 사건을 마주하며 존재에 대한 회의감과 허망함에 빠져들었다. 선량하고 착실하게 살아가던 한 가정의 삶이 불가항력적으로 닥친 천재지변으로 인해 하루아침에 산산조각 깨어졌다.

이 세상에 신이란 건 정말 존재하는 걸까? 나약한 인간은 예측할 수 없는 이 가혹한 운명적 비극 앞에 어떻게 대처하고, 어떤 삶을 살아가야 할까? 종구는 특별한 종교는 없었지만, 지푸라기라도 잡는 심정으로 매일 기도를 올리며 세상을 향해 원망과 질문을 토해냈다.

그러던 중 하루는 침상 옆 협탁에 놓인 딸의 소지품인 편의점 햄버거, 휴대전화, 그리고 카드 지갑을 봤다. 거기서 무심결에 카드 지갑을 집어 열어본 순간, 그는 전혀 예상치 못한 사실과 마주했다.

신분증과 체크카드 사이에 낀 장기·조직 기증 희망 등록증이었다. 종구는 이것과 관련된 이야기를 딸에게 한 번도 들은 바가 없었다.

등록증을 자세히 들여다보니, 기증 형태 항목에 뇌사 시 장기 기증, 안구 기증, 인체 조직 기증이 모두 체크되어 있었고, 등록일은 2020년 10월 31일로, 며칠 뒤면 있을 딸의 생일이었다.

잠시 화장실에 갔다가 병실로 돌아온 정임에게 그걸 보여주었더니, 그녀 역시 처음 보는 것이라며 놀란 기색을 감추지 못했다.

그 일이 있은 지 며칠 후, 딸은 공교롭게 식물 상태에서 뇌사로 넘어갔다. 두 가지는 비슷해 보이지만, 의학계에서는 엄연히 다른 용어로 구분했다. 식물인간은 뇌 기능 중 자율신경계가 살아 있어 자발적인 호흡이 가능하지만, 의식은 없는 상태이고, 뇌사는 뇌의 모든 기능이 완전히 멈추어 회복 불가능한 죽음 직전의 상태를 의미했다.

"이 상태라면 수주 또는 수일 내로 사망할 겁니다. 이제 마음의 준비를 하셔야 할 것 같습니다."

사형 선고나 다름없는 의사의 선고가 있은 지 몇 시간 지나지 않아 한 여자가 조용히 병실을 찾았다. 그녀는 자신을 장기·조직 코디네이터라고 소개하며, 보호자와의 면담을 요청했다. 부부는 그녀를 따라 잠시 면담실로 이동했고, 코디네이터는 살얼음판을 걷듯 조심스럽게 입을 뗐다.

"슬픔이 크신데 불쑥 찾아와 이런 말씀을 드려 차마 입이 떨어지지 않네요. 저도 자식을 키우고 있는 처지라 마음이 더 아프네요. 자녀와 이별할 시간 충분히 잘 가지시기를 바랍니다. 저는…… 다름이 아니라 한별 님이 2020년도에 저희 기증원에 장기·조직기증 희망자로 등록돼 있어서……."

"아뇨, 싫어요. 안 합니다."

종구는 그녀의 말을 단칼에 자르고 면담실을 나가버렸다. 당황하는 코디네이터를 뒤로하고, 정임은 남편을 뒤쫓아 나갔다.

"…… 별이가 원한 거잖아."

정임이 복도로 나간 종구의 소맷자락을 붙잡고 말했다.

"원하는 대로 해서 이 지경이 된 거 몰라?"

종구는 자조적으로 한마디 뱉었다.

"아냐, 그렇지 않아."

"내가 그때 절대 안 된다고…… 말리기만 했어도……. 크윽……."

울컥하며 자책하는 종구의 등에 정임은 손을 얹고 그를 안아주었다.

"당신 잘못이 아니야. 제발…… 그러지 마."

"…… 그리고 그 뉴스 못 봤지?"

"무슨 뉴스?"

"장기만 쏙 빼가고 시신은 유족더러 알아서 가져가라고 한 게 불과 몇 년 전 일이야. 그리고 얼마 전엔 기증받은 시신을 유족 허락도 없이 헬스, 필라테스 강사 대상으로 해부학 클래스를 열어 돈벌이하려고 했대."

하필 그 얘기를 할 때, 코디네이터가 밖으로 나왔다. 그녀는 부부에게 허리를 한껏 숙여 인사를 한 후, 그 자리를 떠났다. 복도에서 그녀의 모습이 완전히 사라지자, 정임이 믿기지 않는 낯빛으로 물었다.

"그게…… 정말이야?"

"유튜브에 찾아봐. 다 나와."

종구의 말대로 논란이 되었던 영상이 수십 개나 올라와 있었고, 사람들은 그 영상 아래에 불신과 증오에 가득 찬 댓글을 수천 개 이상 달아두었다. 특히 기증 시신에 관련된 유료 강의 논란은 불과 몇 달 전에 있었던 뜨거운 감자였다.

"재판도 겪어봤잖아. 이런 나라에 뭘 바라?"

"……."

정임은 입을 굳게 다물었다.

후에 정임은 좀 더 그것과 연관된 자료를 찾아보았다. 2017년, 사회적으로 엄청난 파문을 불러왔던 그 사건 이후, 정부 측에서 뒤늦게 유족에 대한 처우와 예우를 대폭 개선했고, 유족에게 실질적인 도움이 되는 장례비와 위로비를 지급하는 법률안이 개정된 것을 보고 정임은 재차 종구를 설득했지만, 남편의 결심은 요지부동이었다.

이런 종구의 마음이 결정적으로 바뀌게 된 건 종합병원 건물 앞에서 우연히 마주친 한 여자 때문이었다. 30대가량으로 보이는 그 여성은 자기 몸통만 한 커다란 하드보드지를 끈에 묶어 목에 걸고 서 있었다.

제 아들 좀 살려주세요. 조혈모세포(골수)가 필요해요.

매직으로 삐뚤빼뚤 쓰인 문구를 본 순간, 종구의 가슴은 울컥하며 미어질 듯 아팠다. 형언할 수 없는 깊고 어두운 슬픔이 가슴속에서 일렁였다. 골수 기증은 2만 분의 1이라는 아득한 확률로 기증자와 환자의 유전자가 완벽히 일치해야만 수술이 가능한 기적의 영역이라, 저렇게 한다고 한들 아들을 구원할 수가 없었다. 그럼에도 저 여자는 실낱같은 희망과 기적을 놓지 않고 끝까지 포기하지 않았다.

다음 날, 그녀는 어디에도 보이지 않았다. 아마 또 다른 병원을 정처 없이 떠돌며 기증자를 찾아 헤맬 게 틀림없었다.

"……해보자."

중환자실 문을 밀고 들어선 종구가 가까스로 입을 뗐다. 정임은 흐르는 눈물을 삼키며 가만히 고개를 끄덕였다.

"별이의 죽음이 헛되지 않았으면 해."

종구가 입술을 떨며 말했다.

"어딘가에서 잘 살아갈 거라 믿어."

정임은 남편의 두 손을 꼭 잡았다. 종구는 하염없이 눈물이 쏟아질 것만 같아 손으로 눈두덩이를 꾹 눌렀다. 정임이 종구를 꼭 껴안아 주자, 종구는 아내의 품에 안겨 아이처럼 엉엉 울었다.

다음 날, 한별은 곧장 수술 준비에 들어갔다.
이날은 공교롭게도 10월 31일로, 딸의 생일이었다.
종구와 정임은 딸의 마지막 숨결을 느껴보려고 자기 볼을 조심스럽게 한별의 볼에 대었다. 꺼질 듯 말 듯 희미한 불씨만 남은 희미한 온기가 느껴졌다. 생명이 재가 되어 서서히 사그라들고 있었다.
부부는 목이 메어 아무 말도 할 수 없었다. 그들과 멀리 떨어져 있던 코디네이터는 고개를 숙인 채, 자식을 떠나보내는 부모의 마음을 헤아려 보려고 애썼다.
골든타임 4시간.
곧 상황은 긴박하게 돌아가기 시작했다. 장기마다 이식할 수 있는 골든타임이 달랐기에, 모든 과정은 철저한 계획에 따라 초 단위로 계산되고 실행되었다. 그중에서도 가장 지체할 수 없는 심장이 먼저 적출되었다.
코디네이터는 심장을 담은 아이스박스를 들고 복도를 숨 가쁘게 달렸다. 그 뒤로 간, 신장이 차례로 적출되어 전국 각지의 병원으로 긴급히 이송되었다. 딸의 의사를 존중해 각막 기증, 뼈, 인대, 신경 조직 기증까지도 무탈하게 이루어졌다.
순식간에 모든 과정이 지나갔다. 다행스러운 점은 애초의 우려와 달리, 담당 코디네이터의 신속한 계획에 따라 일이 잘 진행되었고, 인간적인 배려와 함께 잘 정비된 법 개정 덕분에 큰 불편함이나 불쾌함 없이 적절한 예우 속에 딸을 잘 보낼 수 있었다.

"……고생했어, 우리 딸. 언젠가 꼭 다시 만나자."

정임이 유골이 담긴 작은 단지를 매만지며 나직이 속삭였다. 옆에 서 있던 종구는 울먹이며, 봉안당의 유리문 안에 피 얼룩이 남은 편의점 햄버거를 조심스레 넣어두었.

자신의 생일날, 3명에게 새 생명을, 그 외에 100여 명이 넘는 이들에게 축복을 선물한 한별.

그녀는 자신의 이름처럼, 누군가의 하늘에서 영원히 빛나는 하나의 별이 되었다.

딸을 떠나보낸 지도 여러 달이 흘렀지만, 부부는 좀처럼 일상을 되찾지 못했다. 종구는 마음을 다잡고 다시 택시 운전을 뛰었고, 정임 역시 프레시 매니저 일을 나가 보았지만, 채 며칠을 버티지 못하고 멈추었다.

마치 두 사람의 시간은 완전히 멎어버린 듯했다. 멍하니 앉아 있다가 갑자기 눈물을 쏟는가 하면, 먹은 것을 삼키지 못한 채 게워 내는 일도 많았으며, 밤이면 악몽에 시달려 얕은 잠만 자는 날들의 연속이었다. 그러다 생계의 문제에 부딪히면 마지못해 다시 일터로 나갔다. 하지만 생업에 치여 슬퍼할 시간이 사라졌다는 생각이 은연중에 들 때면, 딸에게 한없이 죄스러운 마음이 들어 일을 멈추곤 했다.

몰라볼 정도로 깡마른 인상으로 바뀐 종구는 하릴없이 딸의 방에 머무르는 것으로 하루하루를 근근이 버텨냈다. 정임도 살이 많이 빠져 야윈 몸으로 컴퓨터 의자에 앉아 기증원에서 운영하는 온라인 공간인 '하늘나라 편지'와 '희망 우체통'에 접속해, 하루에도 몇 번씩 딸과 이식 수혜자에게 편지를 보냈다.

국내 법률상으로는 기증자와 수혜자는 서로에 대한 아무런 정보도 제공받지 못한다. 그래서 서로 누군지 알 길이 없었고 만날 수도 없었다. 오직 정부가 마련한 익명의 공간인 '희망 우체통'만이 그들을 잇는 유일한 소통 창구였다.

그날도 종구는 택시 업무를 나가지 않고 덩그러니 딸의 방에 앉아 있었다. 딸이 쓰던 물건들을 하나씩 닦고 정리하며, 그것에 담긴 추억과 흔적을 더듬어 보려고 손끝으로 천천히 어루만졌다.

그러다가 문득, 액정이 깨진 딸의 휴대전화가 눈에 들어왔다. 핑크색 아날로그 키보드가 달린 단종된, 블랙베리 기종이었다.

이미 번호는 해지된 상태인 그 폰을 종구는 손에 쥔 채 한참을 바라보았다. 그러더니 별안간 무슨 생각이 들었는지, 벌떡 자리에서 일어나 집을 나섰다.

종구는 택시를 몰고 몇몇 수리점을 돌아다녔다. 그러나 알고 보니, 블랙베리 회사는 한국에서 스마트폰 사업을 철수한 지 이미 오래였고, 정식 수리는 불가능하다는 답만 여기저기서 돌아왔다. 근처의 사설 수리점조차 부품이 없다는 얘기를 듣고는, 결국 어깨가 축 처져 집으로 돌아가던 중이었다.

그때, 얼핏 눈에 스친 어느 사설 수리점이 있었다. 반대편 차로를 달리던 종구는 불법 뉴턴을 해서 그 가게 앞에 비스듬히 택시를 세웠다.

입구에는 '세광액정'이라는 낡은 철제 입간판이 서 있었다. 건물은 매우 오래되고, 쿰쿰한 냄새가 올라왔다. 지하에 있는 업체였다. 입간판 아래에는 '모든 기계 수리 가능'이라고 휘갈겨 쓴 매직 글씨가 인상적이었다. 그런데 천장 여기저기에 거미줄이 엉켜 있고, 계단과 벽은 쫙쫙 금이 가서 전혀 신뢰가 가지 않았다.

여긴 액정 수리보다는 건물 복원이 시급한 것 같은데……

그래도 혹시나 하는 심정으로 종구는 식도처럼 생긴 어두운 지하로 넘어갔다. 좁고 눅눅한 계단을 따라 나중에는 앞이 거의 보이지 않는 상태가 되어 축축한 벽을 짚으며 조심해서 내려갔다. 그런데 기분 나쁜 쇳소리를 내는 철문을 열었을 때, 종구의 눈앞에 펼쳐진 것은 전혀 예상하지 못한 경이로운 세계였다.

그곳은 이미 오래전에 시간이 멈춘 듯한 공간이었다. 먼 과거로 회귀한 듯한 기묘한 정취 속에서, 희귀하고 복고풍의 소품들이 빼곡히 자리하고 있었다. 천장에서 쏟아지는 천연 호박색의 조명은 몽롱한 안개처럼 부유하며 환상적인 빛의 잔영을 드리웠다. 마치 박제된 시간 속을 걷는 기분으로, 진열대에 놓인 다이얼 전화기, 빈티지 타자기, 삐삐, 시티폰, 폴라로이드 카메라 등의 여러 소품에 시선을 천천히 흘렸다. 모든 것이 옛 필름처럼 아득한 정취를 품고 있었다. 그는 조심스레 발걸음을 옮겨, 접수대 겸 작업실로 쓰이는 엔틱한 원목 데스크로 다가갔다.

그곳에는 오래된 지도와 낡은 양피지 노트가 흐트러진 채 펼쳐져 있었고, 중성적인 외모를 지닌 인물이 커다랗고 현대적인 고글을 쓰고 액정을 수리하고 있었다. 그의 얼굴에는 주근깨가 있었는데, 마치 햄버거 브리오슈 번 위에 박힌 깨처럼 선명하게 돋보여 유독 눈길을 끌었다.

"저…… 이 휴대폰 액정 수리는 안 되겠죠?"

"가능합니다."

블랙베리 폰을 보더니 수리점 사장은 건조하게 대답했다. 그런데 그는 목소리조차 중성적이라, 도무지 성별이 판단되지 않았고, 그로 인해 종구는 약간의 혼란을 느꼈다. 마치 다른 차원에서 건너온 듯 불가해한 기운을 뿜는 그는, 사람을 끌어당기면서도 동시에 묘한 거리감을 주었다.

"된다구요?"

"입구에 써진 거 못 보셨어요? 모든 기계 수리 가능."

수리점 사장의 목소리에 약간 짜증이 묻어났다.

"봤는데…… 이 기종은 수리점마다 죄다 안 된다고 해서."

"나가주실래요?"

"네?"

"못 미더우면 나가시면 되죠."

"아, 아뇨. 맡길게요."

사장의 마음이 바뀔세라 종구는 얼른 블랙베리 폰을 안쪽으로 내려놓았다.

"언제 찾으러 올까요?"

"5분이면 돼요."

"아, 그렇게나 빨리!"

"근데 이 모델은 꽤 비싼데……. 재고가 딱 하나뿐이라."

"해 주세요."

종구는 망설일 이유가 없었다. 지금 비용이 중요한 게 아니었다.

정말 거짓말처럼, 불과 5분 만에 깨진 액정이 뚝딱 수리되었다. 쫄깃한 터치감이 느껴지는 블랙베리의 미니 키보드를 눌렀을 때, 홈 액정 화면에 한별이 열세 살 무렵에 종구와 정임이 함께 찍은 추억의 가족사진이 떠올랐다.

곧장 사진 앨범 앱에 들어가 보니 한별의 사진과 종구와 정임을 찍어둔 일상 사진들이 시대별로 잘 정리되어 있었다. 액정 아래에 옥수수알처럼 붙은 키보드와 블랙베리 특유의 감성적인 디자인 때문에 마치 낡고 두꺼운 앨범 책자를 들춰보는 듯한 기분이 들었다.

애써 수리한 보람이 있었다. 종구는 옛 사진을 넘기며 아련한 그리움에 젖어 들었다.

"근데 왜 살린 건가요?"

수리점 사장이 의아해서 물었다.

"네에?"

"번호도 죽은 거 같던데."

종구는 잠시 머뭇거리다가 입을 열었다.

"이게 죽은 딸애 폰인데요…… 중학교 올라갈 때쯤, 제가 생일 선물로 준 거라서요."

수리점 사장은 전과 다른 숙연한 태도로 고개를 끄덕였다.

"또 다른 이상 생기면 오세요. 언제든."

"네, 감사합니다."

종구는 꾸벅 고개를 숙이고 택시로 돌아왔다.

한참 차를 몰고 가던 중, 불현듯 수리비가 얼마인지 묻지도 않았고, 계산도 하지 않았다는 사실이 떠올랐다. 정신이 온통 딴 데 팔려있던 탓이다. 종구는 바로 택시를 돌려 다시 그곳을 찾았다. 그러나 택시로 그 주변을 몇 바퀴를 빙빙 돌았는데 수리점이 보이지 않았다.

"분명…… 여기였는데……."

택시에서 내린 종구는 고개를 갸웃했다. 분명 이 건물이 맞는데, 입간판은 흔적도 없이 사라졌고, 지하로 내려가는 입구는 물고기 그물망처럼 생긴 철제 셔터에 가로막혀 있었다. 마치 수리점 자체가 아침 안개처럼 흩어져버린 듯한, 미스터리한 사건이었다.

그는 문득 주머니 속 블랙베리 폰을 꺼내 들었다. 액정을 손끝으로 가만히 문질렀다. 멀쩡한 화면이 어쩐지 현실감 없게 느껴졌다.

※

종구는 오랜만에 야간 근무를 뛰었다. 불면증에 시달리거나, 악몽을 꾸느니 차라리 야간 일을 하는 편이 나을 것 같아서였다. 그렇게 운전에 집중하다 보면, 잠시나마 고통에서 벗어날 수 있었다. 비록 아주 잠깐이었지만.

그날따라 딸과 묘하게 닮은 여성이 손님으로 탔다. 자신도 모르게 룸미러로 자꾸 뒤쪽을 응시했다. 그 여성은 다정한 남편과 세 살쯤 되어 보이는 아들과 함께였는데, 그 장면을 보자 피 칠갑이 된 딸의 잔상이 겹쳐서 영혼을 잠식하는 느낌이었다.

그 손님이 내린 후, 종구는 '빈 차' 표시등을 켜고 어떤 손님도 태우지 않고 공허한 눈으로 텅 빈 밤거리를 아무런 목적 없이 유영하듯 떠다녔다.

그러다가 핸들을 확 꺾어 맞은편에서 달려오던 대형 트럭과 충돌하고 싶은 충동이 일었다. 잇달아 성산대교를 질주할 때는 난간을 들이받고 한강으로 추락하는 망상이 머릿속을 지배했다. 최근 들어 간간이 순간적인 자살 충동이 일어날 때가 있었는데, 오늘은 유독 그 증상이 심했다.

갓길에 차를 세우고 빗물받이 덮개 위에서 허리를 숙였다. 억지로 토해냈지만, 특별히 먹은 것도 없어 위액만 나왔다. 잠깐 아차 하는 순간, 죽음이 바로 코앞까지 다가온 듯한 느낌이었다. 아무래도 정신과 진단을 한번 받아봐야겠다는 생각이 들었다.

해가 떠오를 무렵, 집 앞에 도착한 종구는 택시 안에 몸을 웅크린 채 습관처럼 딸의 블랙베리 폰을 꺼내 사진첩을 열었다. 천천히 사진을 넘기며 울기도 하고 웃기도 했다.

휴대전화를 고친 뒤로 이렇게 옛 사진을 보는 게 유일한 낙이다. 다 좋은데 한 가지 흠이라면 블랙베리 폰이 너무 구형이라 사진을 볼 때마다 화면이 느리고 자주 버벅거리는 거였다. 화면이 아예 멈추는 일도 잦았다.

전원을 한번 껐다 켰더니, 사진 앱 옆에 '야미킥'이라는 낯선 앱이 눈에 들어왔다. 오묘한 끌림에 이유 없이 손가락이 저절로 닿았다. 기하학적인 로고가 현란하게 깜빡이며 '정신이 번쩍 들 정도로 놀라운 맛!'이라는 문구가 화면에 떠올랐다. 곧이어 나타난 메인 화면의 구성을 보니 배달 앱이라는 느낌이 강하게 들었다.

그런데 '배달해 만족'이나 '쪼기요' 같은 이름은 들어봤어도 '야미킥'은 처음 들어봤다. 하긴 뭐, 요즘 젊은 친구들이 쓰는 앱이 워낙 많으니까······.

종구는 종일 아무것도 먹지 않았지만, 딱히 식욕도 없어 앱을 닫으려 했다. 그러다 문득 딸이 좋아하던 햄버거가 떠올라 무심코 '미국' 카테고리를 눌러 보았다.

애플파이, 버펄로 윙, 핫도그, 프라이드 치킨, 칠면조 요리, 팬케이크… 미국을 대표하는 여러 음식이 끝없이 스크롤 되었다. 그는 그중에서 햄버거를 찾아 터치했다. 그러자 미국 50개 주를 대표하는 50가지 햄버거 목록이 눈앞에 펼쳐졌다.

이쯤 되자 종구는 뭔가 이상하다는 느낌이 들어 고개를 갸웃했다. 그가 아는 햄버거 브랜드는 '맥도날드'나 '버거킹' 정도였는데, 이렇게 다양한 브랜드가 국내에 입점해 있다는 점이 굉장히 수상했다.

요즘 수제 버거집이 많아져서 그런 건가, 라며 대수롭지 않게 넘어가려다 곧 이상한 점을 발견했다. 햄버거 판매점의 위치가 '켄터키주, 플로리다주, 하와이주' 같은 식으로 표시되어 있었다. 이건 분명 국내 배달 앱에서 볼 수 있는 주소 체계가 아니었다.

이거 정말 배달 앱 맞나?

그런 의심이 최고조로 달했을 때, 종구는 뉴욕주를 클릭해 보았다. 순간, 그가 타고 있던 택시가 허리케인 속으로 빨려 들어가듯 엄청난 속도로 회전하더니, 순식간에 전혀 다른 공간으로 변신했다.

어느새 그는 뉴욕의 상징과도 같은 노란색 택시 뒷좌석에 앉아 있었다. 정신이 아득한 채로 창밖을 내다보자, 끝이 보이지 않는 마천루들이 크리스마스트리 전구처럼 화려하게 반짝였다. 도시 전체가 빛으로 물든 듯했고, 눈앞에 펼쳐진 광경에 입이 절로 벌어졌다.

곧 도심 한가운데에 울창한 숲처럼 자리한 센트럴 파크가 보였고, 그 너머로는 웅장한 플라자 호텔이 우아한 자태를 뽐내고 있었다. 눈이 핑핑 돌아갔다. 저 멀리 하늘을 찌를 듯 솟아 있는 엠파이어 스테이트 빌딩까지 한눈에 들어왔다. 마치 뉴욕을 배경으로 한 영화 속에 들어온 듯한, 꿈 같은 광경이었다.

여기가…… 진짜 뉴욕……인 거야?

택시를 운전하던 60대 흑인 기사는 종구를 보고 전혀 놀라는 기색이 없이 친근한 미소를 지으며 말했다.

"What's up, boss? You okay there, buddy? First time in New York?"

종구가 영어를 한마디도 알아듣지 못한다는 걸 눈치챈 흑인 기사는 조수석 앞 글로브 박스를 열었다. 거기서 꼭 스노보드 고글처럼 생긴 투명한 안경을 꺼내 뒤로 건넸다.

종구는 잠시 망설이다가 그 안경을 받아 썼다. 순간, 눈앞이 아지랑이처럼 가물거리더니, 기사의 말이 실시간으로 번역되어 한글 자막으로 몽글몽글 떠올랐다. 마치 영화 자막을 보듯, 모든 대사가 편리하게 보이는 최신식 기기였다.

"손님, 여긴 야미킥 전용 택시랍니다. 뉴욕에 오신 걸 환영해요. 안전하게 뉴욕 최고의 햄버거집으로 모시겠습니다."

종구는 자신의 뺨을 꼬집었다가 세게 때려보기도 했다. 하지만 아픈 것 말고는 달라지는 게 없었다. 고개를 숙여 딸의 블랙베리 휴대전화를 확인하자, 액정 속 시간은 뉴욕 현지 시각인 오후 5시 10분으로 바뀌어 있었다. 그리고 앱에는 뜬 제한 시간도 선명히 보였다.

단, 세 시간.

일 초씩 줄어드는 타이머가 경고처럼 깜빡였다. 타이머의 숫자만 유일하게 현실감 있게 다가왔다.

"다른 합승객이 있으니, 양해 바랍니다."

기사의 말을 듣고 보니, 조수석에 아시아계로 보이는 20대 여성이 앉아 있었다.

그때, 조수석 등받이의 포켓 속에 든 책자가 눈에 들어왔다. 손을 뻗어 꺼내보니 야미킥 이용 약관이 적힌 브로슈어였다. 첫 페이지를 넘기자, 다음과 같은 문구가 적혀 있었다.

야미킥을 이용해 주셔서 감사합니다!
본 이용 약관은 귀하와 당사 사이의 구속력 있는 계약을 구성합니다.
귀하는 본 약관을 읽고 이해했으며 이를 준수할 것에 동의하며,
동의하지 않는 한 서비스에 액세스하지 않아야 합니다.

여러 장에 걸쳐 쓰인 지루한 약관은 굳이 읽고 싶지 않았다. 유일하게 제7조의 내용만이 그의 관심을 끌었다.

제7조 ("사용자"의 서비스 이용 안내)
① 모든 음식은 무료로 제공됩니다.
② 식사 시간은 최대 3시간까지 이용가능합니다.
③ 메뉴를 클릭하는 즉시, 현지 맛집으로 순간 이동합니다.
   1. 최대 1인의 동반자와 손을 잡고 함께 이동할 수 있습니다.
   2. 일부 식당에서는 미션이 부여될 수 있습니다.

3. 미션 실패 시, 벌칙이 적용될 수 있습니다.

종구는 이 부분이 믿기지 않아 흑인 기사에게 물었다.
"요리가 무료라구요?"
어느새 종구와 똑같은 투명 고글을 쓴 흑인 기사가 번역 자막을 확인하더니 영어로 답했다.
"허허, 놀랍죠? 대신 미션이 있을 겁니다."
"미션이라고 하면……?"
"그건 식당에서 알려줄 거예요."
흑인 기사는 종구의 옷차림을 흘끗 확인하더니,
"그런데 운전하시나 봐요. 어느 나라에서 오셨어요?"
"아, 저도 택시 몰아요. 한국에서요."
"같은 기사라니 너무 반갑네요. 이쪽도 한국분인데 서로 인사하세요."
조수석에 앉은 20대 여성은 고개를 살며시 돌려 가볍게 인사했고, 종구도 얼결에 고개를 숙였다.
"그런데…… 여기 한 명 더 데려올 수 있나요?"
"제한 시간 안에선 얼마든지요. 오늘 올 생각이면, 지금 시간 대가 좋아요. 타이밍 잘못 잡으면, 햄버거 먹는 게 힘들 수도 있어요."
"아, 그럼…… 잠시만 다녀올게요."
"그러세요."
그때, 종구가 앉은 뒷좌석 옆자리에 또 다른 승객이 툭 떨어졌다. 그 역시 한국인으로 보이는 30대 남성이었다. 두 사람은 멋쩍게 눈인사를 주고받았다. 종구가 접속 종료 키를 찾지 못해 우왕좌왕하자, 흑인 기사가 룸미러로 건너다보며 말했다.

"거기에 시간제한을 누르세요. 접속 종료 키가 뜰 겁니다."

종구가 서툰 손가락으로 앱 조작에 쩔쩔매자, 옆자리에 앉은 30대 한국인 남성이 친절하게 도와주었다.

"가, 감사합니다."

"곧 다시 뵙겠습니다."

기사가 웃으며 말했고, 종구는 고개를 끄덕였다.

그렇게 제한 시간을 약 5분가량 사용하고, 모범택시로 돌아왔다. 종구는 다시 한번 자기 뺨을 꼬집었다.

이게 꿈인지, 생시인지……. 종구는 마치 신을 향한 경외심을 품듯, 야미킥 앱을 압도적이고 신비로운 대상으로 뚫어지게 바라보았다.

그때, 누군가 창문을 똑똑 두드렸다. 그 소리에 종구는 "으허허헉!" 하며 깜짝 놀랐다.

"뭘 그리 놀라?"

창문을 두드린 사람은 아내였다. 종구가 허둥대며 창문을 내리자, 정임은 고개를 갸웃하며 물었다.

"어어…… 아, 아냐."

종구는 바로 시동을 끄고 택시에서 내렸고, 정임은 여전히 이상한 눈초리로 남편의 얼굴을 빤히 들여다봤다. 그녀는 오랜만에 일터로 나가는지, 연노란색 유니폼 차림이었다.

"좀 쉬지……."

종구는 몰라보게 야윈 정임을 안쓰럽게 바라봤다.

"가만히 있는 게 더 괴로워서……."

"……당신 아침은 어쩌고?"

"……별생각이 없네."

둘의 말과 말 사이에는 시커먼 공백이 있었다.

"어제도 종일 안 먹었지 않았어……?"

"……입맛이 없네."

사실, 어제만 밥을 거른 게 아니었다. 종구 역시 다를 바 없었다. 한별을 떠나보낸 후, 부부는 단 하루도 제대로 된 식사 한 끼 챙겨 먹은 적이 없었다.

"……오늘 별이 생일인 건 알지?"

"응, 벌써 1주년이네……."

정임의 말에 종구는 무겁게 고개를 끄덕였다. 어느덧 이듬해가 되었고, 딸의 생일이자 1주기가 되는 날이었다.

"……일찍 올게. 쉬면서 뭐라도 좀 챙겨 먹어. 이따 같이 납골당에 들르자."

정임은 가만히 종구의 어깨에 손을 올린 뒤, 발걸음을 떼려 했다. 그 순간, 종구가 그녀의 옷깃을 붙잡았다.

"……당신 햄버거 안 먹을래?"

"뭐? 지금?"

뜬금없는 소리에 정임은 눈을 깜빡거렸다.

"아침부터 무슨 햄버거야……. 그리고 당신 햄버거 안 좋아하잖아."

"왜 우리 별이가 참 좋아했잖아. 오늘은 별이 생일이자 1주기니까 그런 의미에서 당신이랑 같이 먹고 싶어서……."

그 말에 정임이 살짝 동요했다.

"……어디로 가게? 이 시간에 여는 데가 있어?"

정임이 손목시계를 확인해 보는데 오전 7시 반 무렵이었다.

"잠깐 옆에 타 봐."

종구는 택시 조수석 문을 열더니, 정임의 등을 떠밀어 앉혔다. 그러고는 문을 닫고는 자신은 운전석에 올랐다.

"맥도날드 같은 데는 24시간 하려나?"

"거기 말고, 뉴욕에 갈까 하고~"

"……뉴욕 버거란 데가 있어?"

"아니, 그 뉴욕 말고 저기 진짜 미국 뉴욕에~"

정임은 종구의 눈을 빤히 들여다봤다.

"……아침부터 왜 허튼소리야? 여권도 없는 양반이. 생업 내팽개치고 공항엘 가자고?"

종구는 침을 한 번 삼킨 후, 블랙베리 폰을 꺼냈다. 그러고는 진지한 눈빛으로 이야기를 꺼내기 시작했다.

"추 여사, 놀라지 말고 잘 들어. 요게 별이가 쓰던 폰이잖아."

"어, 언제 수리했어?"

"지난주에 이거 고치겠다고 온 동네를 샅샅이 뒤졌잖아. 기계가 단종된 데다 휴대폰 회사가 사업을 철수한 바람에 부품 구하는 게 여간 어려운 일이 아니었다구. 막판에 포기하려는 찰나에 딱 한 군데서 가능하다고 하더라. 그래서 거기서 수리를 받았거든. 근데 내가 깜빡하고 돈을 안 낸 거야. 그래서 다시 찾았는데 수리점이 감쪽같이 사라져 버린 거 있지."

"……"

정임은 남편이 당최 무슨 말을 하려는 건지 종잡을 수 없는 표정이었다.

"무언가 귀신에 홀린 것처럼 말이야. 내가 기사 짬밥 몇 년인데 그 동네 지리는 손바닥 보듯 훤하거든? 근데 몇 바퀴를 뺑뺑 돌았는데도 찾을 수가 없는 거야. 그 해괴한 일이 있고 나서…… 뒤늦게 딱 요걸 발견한 거지."

"야미…… 킥?"

"틀림없이 수리받고 나서 깔린 거야. 전에는 분명히 없었거든. 암튼, 요게 꼭 배달 앱처럼 생겼잖아. 근데 이걸 딱 누르잖아. 그럼 기절초풍할 일이 벌어져."

잠자코 있던 정임은 점점 걱정스러운 눈빛으로 변해갔다. 하지만 종구는 그것도 모르고 열띤 목소리로 말을 이었다.

"자, 잘 봐봐. 여기 미국 코너에서, 햄버거 메뉴로 따악 들어가! 거기서 뉴욕을 팍 때리면, 뉴욕으로 순간 이동을 해 버린다!"

"……."

정임은 손으로 자기 입을 틀어막았다.

"하하……, 안 믿기지? 그래, 믿을 수가 없지. 이걸 누가 믿나."

"여보, 당신이 먼저 무너지면 어떡해. 우리 여태껏 잘 버텨 왔잖아. 이러면 안 돼……."

정임은 종구의 양쪽 어깨를 잡고 마구 흔들었다.

"안 되겠다. 가보면 믿을 거야. 이건 직접 눈으로 봐야지 믿어."

종구의 계속되는 헛소리에 정임의 표정은 더욱 심각해졌다. 자녀의 갑작스러운 죽음을 받아들이지 못한 남편이 편집증이나 망상장애와 같은 정신질환에 걸린 거라고 그녀는 확신했다.

"안 되겠다. 오늘 병원부터 가. 이거 그냥 두면, 당신 정말 큰일 나겠어. 지금 가. 운전도 내가 해야겠어. 얼른 자리 바꿔."

그때, 종구는 기습적으로 정임의 손을 홱 낚아챘다. 그러고는 잽싸게 뉴욕의 햄버거 메뉴를 클릭했다. 그 순간, 토네이도 눈 속에 들어간 것처럼 택시 주위 풍경이 윙윙 돌더니 눈 깜짝할 사이에 부부는 손을 잡은 채로 뉴욕 택시 뒷좌석에 떨어졌다.

정임이 앉은 차창 방향으로 허드슨강 너머로 태양이 뉘엿뉘엿 지고, 그 빛에 반사된 황금빛 물결이 부드럽게 일렁이는 풍경이 보였다. 하늘은 저녁노을에 물들어 장엄한 색의 향연을 펼쳤다.

곧이어 그녀는 멍한 눈빛으로 종구가 앉은 쪽 창문으로 시선을 옮겼다. 그곳에는 프렌치프라이처럼 촘촘하고 길쭉하게 늘어선 맨해튼의 빌딩들이 펼쳐져 있었다. 노을이 지면서 빌딩들이 기름에 갓 튀겨진 듯 황금빛으로 빛났다. 정임은 눈앞의 장엄한 광경에 완전히 압도당해 숨을 삼켰다.

"여보, 정신 차려! 정신!"

이번은 종구가 정임의 어깨를 마구 흔들었다. 정임은 잠에서 깨어나듯 손으로 두 눈을 비비더니 말했다.

"여보, 지금…… 꿈을 꾸는 거야? 우리 꿈속인가 봐……."

"추 여사, 이거 꿈 아냐. 당신 이러다 큰일 나. 퍼뜩 정신 차려! 정신!"

하지만 정임이 이런 세계관을 받아들이는 데는 꽤 시간이 걸렸다.

"어떻게…… 이런 일이…… 있을 수 있어……?"

여전히 정임은 충격이 가시지 않은 목소리였다.

"나도 두 번째지만, 아직도 안 믿겨. 제한 시간은 총 3시간이야.

시간은 꽤 넉넉하니까 그 안에만 돌아오면 돼."

종구에겐 낯익은, 60대 흑인 기사가 글로브 박스에서 스노보드 고글처럼 생긴 투명 안경 두 개를 꺼내 부부에게 각각 건넸다. 종구는 반쯤 넋이 나간 정임의 얼굴에다 직접 안경을 씌워주었다. 그러고 나서 자신도 안경을 착용했다. 그 타이밍에 맞춰 흑인 기사가 정임에게 말을 붙였다.

"많이 놀라셨죠? 여긴 야미킥 전용 택시랍니다. 최근 뉴욕에서 가장 핫한 햄버거집에 도착할 겁니다. 햄버거의 본고장 하면 역시 미국 아니겠어요? 그중에서도 뉴욕 버거는 미국 요리의 심장이자 자랑거리죠. 현지에서 드시면, 아마 그 맛에 깜짝 놀라실 거예요."

흑인 기사는 턱을 한껏 쳐들고 말했다.

그나저나 이번에도 조수석에는 한국인으로 보이는 40대 남성이 타고 있었다. 종구는 그와 짧게 인사를 나누었다. 이 앱을 사용하는 사람이 유독 한국인뿐인지, 아니면 이 택시가 한국인 전용인지 알 수 없었지만, 어쨌든 해외 땅에서 한국인을 자주 마주치니, 무척 반갑기도 하고 신기했다.

달걀 노른자색을 닮은 샛노란 뉴욕 택시는 곧 햄버거 가게가 있는 골목으로 진입했다. 그곳은 맨해튼의 메인 스트리트에서 조금 벗어난, 신비로운 정취의 뒷골목이었다. 유럽풍의 돌길로 덮여 있어 택시의 바퀴가 굴러갈 때마다 달그락달그락 소리가 났다.

종구와 정임, 그리고 40대 동승자가 택시에서 내렸다. 가게 외관은 빨강, 노랑, 초록 벽돌을 섞어 올린 다음 브리오슈 번을 닮은 둥근 지붕을 모자처럼 덮은 단층 건물이었다. 뉴욕을 대표하는 건물이라기엔 무척 소박하고 아담해 보였다. 그들 셋은 맨홀 뚜껑에서 피어오르는 증기를 지나쳐 가게 안으로 들어섰다.

이미 가게 안에는 4명의 참가자가 도착해 있었다. 종구와 정임, 그리고 40대 동승자가 합류하면서 총인원은 일곱 명이 되었다. 그들은 전부 한국인으로, 투명 고글을 착용한 상태였다. 해외 명소 어디에서나 한국인을 자주 볼 수 있지만, 이곳에 떼로 몰려 있자, 다들 어리둥절한 표정으로 서로를 바라보았다.

가게 구석 턴테이블에서 70년대 올드 재즈의 나른한 선율이 흐르고 있었다. 곧 햄버거 가게의 사장으로 보이는 40대 남성이 나타났다. 올백으로 넘긴 그의 머리는 버터라도 바른 듯 기름기가 반짝였고, 얼굴은 꿀이라도 바른 듯 반질반질 윤이 났다. 톰 포드 블랙 슈트에 검정 타이까지 단정히 맨 그는 귀여운 덧니를 드러내며 미소를 지었다.

"뉴욕 버거에 오신 걸 환영합니다. 저는 이 가게의 창업자, 도널드 모리슨입니다. 제한 시간 안에 미션을 성공적으로 완수해야만 우리 가게의 버거를 맛볼 수 있습니다. 어디 보자, 보아하니 총 일곱 분이시군요. 감히 말씀드리자면, 여러분은 지구상에서 최고로 기막힌 햄버거를 경험하게 될 겁니다. 미션이 본격적으로 시작되면 빠져나가기 어려우니, 돌아가실 분들은 지금 결정하세요."

종구와 정임을 포함한 일곱 명은 서로 눈치를 살폈다.

"저…… 미션이 뭔가요?"

참가자 중 한 명이 쭈뼛거리며 손을 들고 물었다.

"에이~ 그걸 미리 꺼내면 재미없죠."

도널드 사장은 선홍빛 잇몸이 드러날 정도로 생글생글 웃으며 말했다.

"그러면 모두 참여하는 거죠?"

도널드는 재차 확인한 뒤 가게 문을 걸어 잠갔다. 블라인드까지 치자 실내는 누아르 영화 같은 공기로 변했고, 바깥 거리와 완전히 단절되었다.

"보시다시피 이 가게의 크기는 실로 아담하지만, 매달 평균 50만 달러, 연간 600만 달러가 넘는 매출을 올리고 있습니다. 평당 매출로 따지면, 뉴욕 내 식당 중에서 최상위권에 속하는 기록일 겁니다."

도널드는 목청을 한껏 드높이며 말을 이었다.

"우린 키오스크 따윈 취급하지 않습니다. 고집스럽게 손으로 직접 주문을 받는 방식을 고집하죠. 그뿐만 아니라 파인 다이닝 수준의 고급 재료를 합리적인 가격에 신속하게 제공해, 손님들에게 깊은 감동을 주었죠. 그 덕분에 지금의 설 수 있었습니다. 우리 가게는 성장호르몬이나 항생제를 맞지 않은 앵거스 소고기만 사용합니다. 냉동 없이 여기서 직접 갈아서 쓰죠. 어디 그뿐이겠어요? 젖소들 사이에서 자란 흙 묻은 감자를 사용하며, 대대로 내려온 농장에서 토마토를 들여옵니다. 뭐, 다른 재료야 말할 필요도 없겠죠?"

도널드는 잠시 말을 멈추고 참여자들과 눈을 하나씩 맞추며 묘한 미소를 지었다. 그러더니 다시 말을 이었다.

"자, 지금부터 여기 있는 7인이 한 팀이 되어, 1시간 동안 아주 특별한 손님 100명을 맞이할 겁니다. 손님 중에는 이 가게에서 일했던 직원뿐만 아니라, 미쉐린 가이드에서 별을 딴 미국 전역의 셰프 십여 명, 그리고 뉴욕에서 오랫동안 거주한 70·80대 어르신들과 한창 입맛이 까다로울 나이인 5세에서 10세 사이의 아이들도 포함

되어 있습니다."

"저희더러 햄버거를 팔라고요?"

종구가 어안이 벙벙한 낯빛으로 묻자, 도널드는 고개를 끄덕였다.

"100명의 손님은 각자의 평가지에 별점을 매길 겁니다. 별 다섯 개가 10점 만점이며, 평균 별 네 개 이상, 즉 평점 8점 이상을 받아야 미션을 통과입니다."

"난 빠지겠어요."

참여자 중, 한 남자가 손을 들었다. 투명 고글 안에 쓴 검정 뿔테 안경이 반짝였다.

"저도요."

곧바로 노란 머리의 여자도 손을 들었고, 이내 다른 사람들도 빠지겠다는 의사를 표시하며 술렁거리기 시작했다.

"저희도 참여하지 않겠습니다."

마지막으로 종구와 정임도 단호하게 말했다. 도널드 씨는 조용히 그 모습을 지켜보다가, 넥타이를 한층 조여 매며 말했다.

"이미 미션은 시작됐다구요. 모두 벌칙을 받는데, 괜찮으시겠어요?"

"⋯⋯벌칙이 뭔데요?"

종구가 대표로 묻자, 도널드가 눈을 희번덕거리며 말했다.

"신체 부위 중 한 곳을 절단할 겁니다. 그래야 돌아갈 수 있어요. 손가락이나 귀, 혹은 러브핸들 같은 옆구리 살을 자르는 거죠. 뭐, 폐나 신장도 좋습니다. 이런 장기들은 하나 없어도 살아가는 데 아무런 지장이 없잖아요."

제일 먼저 반기를 든 검은 뿔테안경을 쓴 남자가 뺨을 실룩하더니 파앗 웃음을 터뜨렸다. 잇달아 다른 참여자도 웃기 시작했다. 배를 움켜잡고 요란하게 웃어젖히는 이도 있었다. 그러나 종구와 정임만은 결코, 절대로 웃지 않았다. 정임은 격분을 억누르며 말했다.

"굉장히 불쾌한 농담을 하시네요."

그 순간, 주방에서 체구가 거대하고 험상궂게 생긴 남자 직원 다섯 명이 몰려왔다. 그들은 각자 손에 흉기로 쓸 만한 주방 도구를 들고 있었는데, 톱처럼 생긴 스테인리스강 빵칼을 든 자도 있었다. 순식간에 텍사스 전기톱 학살이라도 일어날 것 같은 공포스러운 분위기가 조성되었다.

"다들 폰을 꺼내 앱의 약관을 확인해 보세요. 13조에 명시돼 있으니까."

도널드가 마시멜로처럼 말랑말랑한 미소를 지으며 말했다. 참여자들은 믿을 수 없다는 얼굴로 앱을 열어 약관을 살펴보았다. 정말로, 그가 말한 대로 그 내용이 분명하게 명시돼 있었다.

제13조 ("사용자"의 서비스 이용 제한)
① 미션 시작 전에는 횟수 제한 없이 이동할 수 있으나,
미션이 시작된 후에는 단순 변심에 의한 이동이 불가능합니다.
② 미션을 클리어한 후에만 재이동하거나 본국으로 귀환할 수 있습니다.
③ 이를 위반하고 무단으로 이탈할 경우,
신체 부위 중 한 곳을 절단하는 엄중한 제재가 가해집니다.

모두 경악을 금치 못했다.

그런 혼돈 속에 도널드가 턱짓을 하자, 힘상궂은 직원들이 일제히 뿔테안경을 쓴 남자에게 달려들었다. 그들은 그의 팔다리를 잡고 테이블 위에 힘으로 눌러 제압했다. 그러더니 스테인리스강 빵칼을 든 자가 뿔테안경을 쓴 남자의 손가락 하나를 절단하려고 했다. 그걸 보고 놀란 이들은 각자 폰을 꺼내 접속 종료 버튼을 눌러 도망치려 했지만, 키가 아예 먹질 않았다.

"기꺼이 시범 사례가 되시려구요?"

도널드는 걸걸한 목소리로 뿔테안경을 쓴 남자에게 물었다. 그는 지레 겁먹고 고개를 저었다.

"게임에 참여하는 편이 낫지 않을까요?"

뿔테안경을 쓴 남자는 순순히 고개를 끄덕였다. 도널드가 다시 턱짓하자, 직원들은 그의 손발을 풀어주었다.

다들 어떤 해코지를 당할지 모른다는 생각에 냉동 고등어처럼 몸이 굳어버렸다.

"평점 8점 아래로 떠, 떨어지면, 어……떻게 되느, 는데요?"

노랑머리의 여자 참가자가 떠는 목소리로 물었다.

"좋은 질문입니다. 점수가 8점 미만이면, 여러분은 햄버거를 못 먹을 뿐만 아니라 각자도생으로 집으로 돌아가야 합니다."

도널드는 번뜩이는 눈빛으로 소름 끼치는 미소를 지어 보였다. 모두 여권도 없이 한국에서 수만 킬로미터나 떨어진 미국 땅에 별안간 내던져진 상황이었기에, 그 말에 몹시 당황해서 허둥거렸다.

"지금부터 작전 회의할 시간, 10분 드립니다. 그런 다음, 바로 시작합니다."

도널드는 손목에 차고 있는 애플워치의 타이머를 세팅했다.

"어쩌죠? 집에 못 가면요? 우리 쿠키 밥도 못 먹을 텐데······"

노란 머리의 여자가 울먹이는 목소리로 말했다. 쿠키는 그녀가 키우는 반려견이었다. 다들 불법 체류자가 될지도 모른다는 불안감에 신경이 곤두섰다.

"저는 요리를 전혀 할 줄 모릅니다."

"다른 음식은 해봤어도, 햄버거는 만들어 본 적이 없어서요."

종구와 정임은 벌써 패배감에 젖은 목소리로 말했다. 모두 한동안 말없이 침묵했다. 그런 암담한 기운 속에서, 검은 뿔테안경을 쓴 남자가 말했다.

"시작부터 체념하지 말고, 까짓것 일단 부딪쳐 봐요. 제가 맥도날드에서 꽤 오래 아르바이트했거든요? 햄버거 만드는 데 무슨 특별하고 어려운 기술이 필요한 건 아니에요. 제 경험상 초보자도 첫날부터 충분히 잘 해낼 수 있어요. 게다가 재료 퀄리티가 굉장히 좋아 보여서, 우리끼리 잘 협력하면 승산이 있을지도 몰라요. 이 게임에서 가장 중요한 건 무엇보다 팀워크 같단 생각이 들어요."

"그러면 선생님께서 판을 주도적으로 이끌어 주실래요?"

정임의 제안에 모두 동의하며 고개를 끄덕였다. 그러자 검은 뿔테안경을 쓴 남자가 한 걸음 앞으로 나와 말했다.

"그러면 시간이 없으니, 인사는 생략하고, 간단히 자기소개 먼저 할까요? 저는 김민수입니다. 맥도날드에서 3년 넘게 아르바이트를 한 경험이 있고, 지금은 철학을 전공하는 대학생이에요. 이 정도 소개면 충분할 것 같네요. 역할 분담을 위해서라도 다들 짧게 인사해 주세요."

종구와 정임이 이어서 자신을 소개했다.

"한종구라고 합니다. 모범택시를 몰고 있습니다."

"저는 추정임이고, 여기 안사람 됩니다. 제가 하는 일은 프레시 매니저라고 요구르트 배달 일이에요."

나머지 사람들도 재빨리 각자 소개를 이어갔다.

"장철우, 대학로에서 연극 연출하고 있어요."

"박경훈, 현직 소방관입니다."

"표서아, 예식장과 호텔 전담 플로리스트예요."

노란 머리의 여자가 소개한 뒤, 마지막으로 남은 사람이 입을 열었다.

"노형진, 전직 복싱 선수였습니다."

그러고 보니, 마지막으로 소개한 이는 복싱 선수 '노형산'의 형이었다.

모두의 소개가 끝나자, 뿔테안경을 쓴 철학도 민수가 말했다.

"제 생각에는 철우 님이 연극 연출 경험이 있으니 전반적인 지휘와 감독을 맡아주시면 좋을 것 같아요. 저와 함께 빵과 패티를 철판에서 구울 사람이 한 명 더 필요해요. 그리고 치즈와 토마토를 넣어 햄버거를 조립할 사람, 감자를 튀길 사람, 음료를 준비할 사람, 마지막으로 홀에서 서빙을 맡을 두 명이 있으면 딱 적당할 것 같네요."

이에 연극 연출가 철우가 바로 말을 이어받았다.

"그러면 제가 역할을 한번 나눠볼게요. 전직 복서인 형진 님이 민수 님과 함께 패티를 구우시면 왠지 서로 호흡이 잘 맞을 것 같고, 서아 님은 플로리스트여서 햄버거를 예쁘게 조립하는 데 재능을 잘 발휘하실 것 같아요. 감자튀김은 경훈 소방관님께 부탁드리고, 서비스 경험이 많으신 종구 기사님과 정임 매니저님은 홀을 담당해 주시면 좋겠습니다. 저는 음료를 준비하면서 전반적인 관리와 감독을 하겠습니다."

"오, 좋은데요."

철학도 민수의 표정이 밝아졌다.

"제가 햄버거의 기본적인 사항을 빨리 알려드릴게요. 모두 주방으로 이동해주세요."

민수는 주방에 있는 조리 도구와 식자재를 꼼꼼히 살펴본 뒤, 맥도날드에서 일했던 경험을 떠올리며 햄버거의 기본 조리법과 주의사항을 설명하기 시작했다.

포테이토 번은 어느 정도 구워야 맛있는지, 다진 소고기는 몇 그램을 사용하는 게 적당한지, 치즈는 언제 얹는 게 좋은지, 토마토와 로메인은 몇 번째 넣는 게 좋은지, 소스의 비율은 어느 정도로 뿌리는 게 이상적인지, 감자는 몇 분 정도 튀겨야 바삭해지는지, 마지막으로 주방과 홀은 어떻게 소통하는 게 좋은지 등을 핵심만 요약해서 빠르게 알려주었다.

"이건 어디까지나 제 경험일 뿐 절대적인 규칙은 아니에요. 말 그대로 기본 지침일 뿐입니다. 여긴 한국의 주방과 화력도 다를 테고, 기온이나 습도 차이가 있어 각자 상황에 맞게 직관적으로 조정해야 할 거예요."

민수는 마지막에 이 부분을 특히 강조했다. 한 마리의 굶주린 수사자처럼 홀을 어슬렁대던 도널드 사장은 그 모습을 흥미롭게 건너다보았다.

정확히 10분이 지나자, 그는 애플워치의 타이머를 60분으로 재설정하며 포효하듯 외쳤다.

"지금부터 손님 입장! 미션 시작!"

문이 열리고 사람들이 물밀듯이 쏟아져 들어왔다. 종구와 정임은 펜과 메모지를 챙겨 들고 홀로 나갔다. 그사이 연극 연출가 철우는 주방에 남은 구성원들에게 침착하게 말했다.

"우리 주문받기 전에 버거 몇 개만 테스트하고 가요."

그 지시에 모두 일사불란하게 각자의 자리로 이동해 햄버거 세트 만들기를 시작했다.

우선 다진 소고기 패티를 철판에 올린 뒤, 맬든 소금과 갓 간 후추를 뿌렸다. 그리고 묵직한 스패출러로 퍽을 힘껏 눌러 갈색이 될 정도로 바싹하게 구웠다. 패티를 뒤집자마자 치즈를 얹어 패티에 찰싹 눌어붙게 했다.

민수와 형진이 잘 구워진 포테이토 번과 패티를 건네주자, 플로리스트 서아는 야무진 손으로 햄버거 재료를 꽃꽂이하듯 미적으로 잘 쌓아 올렸다. 그사이 소방관 경훈은 감자를 튀겨 가져왔고, 연극 연출가 철우는 콜라를 준비해 그릇 위에 올려놓았다. 모두가 완성된 햄버거 세트를 돌아가며 한입씩 맛보았다.

"이 정도면 괜찮은데요."

철학도 민수가 고개를 끄덕였다.

"오, 맛있어요."

플로리스트 서아는 입가에 묻은 소스를 닦으며 말했다.

"근데 감자튀김이 약간 덜 익은 것 같지 않나요?"

연극 연출가 철우가 조심스레 의견을 꺼냈다.

"경훈 님, 감자를 30초 정도 더 튀겨주세요. 그리고 형진 님, 패티에 소금과 후추를 조금 덜 넣는 게 나을 것 같아요."

철학도 민수가 소방관 경훈과 전직 복서 형진에게 당부했다.

한데, 대부분이 열정적인 태도로 변했지만, 유독 종구와 정임은 어두운 표정과 기운 없는 모습이었다. 부부는 별다른 개인적인 의견도 내놓지 않았다. 마치 시작부터 승산 없는 게임이라 여기는 듯했다.

"자, 그럼 시작해 볼까요?"

연극 연출가 철우가 밝고 힘찬 목소리로 출발을 알렸다.

홀에 나간 종구와 정임은 각 테이블을 돌며 고전적인 방식인 펜과 메모지로 주문을 받았다. 부부가 기록한 주문 전표는 차례대로 개방형 주방의 패스—플레이팅을 마친 트레이가 서버에게 전달되는 평평한 공간—에 붙은 홀더에 착착 꽂혔다.

민수는 동그랗게 야구공처럼 말린 퍽을 스패츌러로 눌러 납작하게 구웠다. 형진은 옆에서 민수의 동작을 보고 어설프게 흉내를 냈다. 그리고 그 옆에 있던 서아는 토마토, 로메인, 소스의 순서를 매번 다르게 쌓아 올렸는데 그래도 신기하게 손재주가 있어 햄버거 모양은 반듯하게 잘 유지되었다. 경훈은 아까보다 더 짙은 금빛이 돌 정도로 감자튀김을 빠삭하게 튀겨냈다. 주방의 마지막 과정을 담당하는 철우는 콜라를 트레이에 올린 후, 순서가 맞는지 최종 점검했다. 종구와 정임은 패스에 놓인 트레이를 들고 직접 테이블에 음식을 가져다주었다.

햄버거 세트를 먹은 손님들은 각자 평가표에 점수를 매겼다. 종구와 정임은 테이블을 정리하면서 평가표를 슬쩍 훔쳐보았다. 부부가 가져온 트레이의 잔반을 확인한 주방 구성원들은 굳이 말하지 않아도 점수를 대강 짐작할 수 있었다. 햄버거와 감자튀김이 남겨진 트레이가 꽤 눈에 띄었다.

"별 두 개에서 세 개짜리가 대부분이더군요."

종구는 그늘진 안색으로 주방 구성원들에게 현실을 전했다.

"별 한 개짜리도 봤어요. 죄송합니다. 다 제 잘못이네요."

정임이 말했다.

"저도 음식을 나르다 실수했네요. 죄송해요."

종구가 구성원들에게 고개를 숙이자, 정임도 따라서 고개를 숙였다. 종구는 서빙 중 실수로 손님의 바지에 콜라를 흘렸고, 정임은 트레이를 엎어 햄버거 세트를 바닥에 쏟았다. 그 때문에 부부는 자신들의 잘못이 크다고 생각했다.

그러자 리더 역을 맡은 철우가 다독였다.

"이건 선생님들 잘못이 아니에요. 우리 모두의 책임이에요."

그사이 열 테이블에 앉아 있던 스무 명가량의 손님들이 전부 가게를 빠져나갔고, 새로운 손님들로 빈자리가 채워졌다. 2회전을 시작하기에 앞서 철우가 구성원들을 한데 모았다.

"이대로 가면 승산이 없어요. 뭔가 변화가 필요합니다."

모두가 침묵하는 가운데 해답을 내놓지 못하자, 도널드 사장이 슬그머니 다가와 손목에 찬 애플워치를 보이며 구성원들을 일부러 도발했다.

"어느덧 20분이 지나가는군요."

"저희 시간 없어요. 어떡해요."

서아가 조바심이 나서 발을 동동 굴렀다.

"그래도 대책 없이 갈 수는 없잖아요. 이럴 때일수록 침착해야 합니다."

"……동감입니다."

철우의 말에 민수가 동조했다.

"손님들 수준이 너무 높아요. 우리가 감당할 수 있는 상대가 아닌 것 같아요."

"맞아요. 우린 모든 게 서툴고…… 애초에 터무니없는 게임이었어요."

이제는 형진과 경훈까지 절망적으로 고개를 떨궜다.

그때 정임이 무언가 떠오른 듯 조용히 손을 들었다.

"제가 한마디 해도 될까요?"

모두 정임을 쳐다보자, 조곤조곤 말하기 시작했다.

"프레시 매니저로 여기저기 다니다 보면 고객의 취향이 정말 다양하다는 걸 느끼거든요. 우유만 해도 일반 우유부터 저지방 우유, 바나나 우유, 커피 우유, 검은콩우유까지 종류가 엄청 많잖아요. 그러니까 똑같은 햄버거를 만들지 말고, 이런 식으로 따로따로 접근해 보는 건 어떨까요?"

"……어, 괜찮을 거 같은데요?"

리더 철우가 고개를 끄덕이자, 민수도 이에 동조하듯 고개를 끄덕였다.

"그러면 시간이 너무 오래 걸릴 거 같은데요."

물론, 서아처럼 반대 의견을 내는 목소리도 있었다.

"어차피 지금 승산이 없는 건 마찬가지예요. 한번 해보죠."

하지만 철우가 단호하게 의견을 밀어붙였다.

"그럼 두 분이 주문을 받을 때, 테이블마다 손님의 취향을 꼼꼼히 적어주세요."

이번에도 맥도날드의 베테랑, 민수가 나서서 홀 담당인 종구와 정임에게 세부적인 주문 방법을 알려주었다.

좀 더 부드러운 버거를 선호하는지, 아니면 육향이 강한 버거를 원하는지, 소스가 진한 걸 좋아하는지, 채소를 더 선호하는지, 치즈는 한 장이면 충분한지 아니면 두 장을 넣는 게 좋은지 등, 기준이 되는 일곱 가지 문항을 정리해 주었다.

주방이 다시 분주하게 돌아가기 시작했다. 민수의 동작을 따라 하던 형진은 어느덧 능숙하게 패티를 굽기 시작했고, 상세히 적힌 주문서를 확인한 서아는 빠르게 손을 놀려 각기 다른 조합의 햄버거를 만들었다. 이에 발맞춰 경훈도 감자튀김의 굽기 정도와 양을 미세하게 조절하고, 소금양까지 테이블마다 다르게 신경 썼다. 음료를 올린 철우는 트레이가 다른 테이블에 잘못 나가는 일이 없도록 꼼꼼히 점검했다.

확실히 이번 회전은 첫 번째와 달리 남긴 음식이 거의 보이지 않았다. 테이블을 돌며 트레이를 수거하던 종구와 정임은 평가표에서 별 네 개와 다섯 개를 꽤 자주 발견하며 표정이 밝아졌.

"자자, 잘하고 있어요. 각자 조금만 더 세밀하게 신경 쓰고, 속도도 살짝 더 높여봐요."

세 번째로 몰려드는 손님들을 보며 리더 철우가 손뼉을 치며 구성원들을 독려했다. 어느덧 햄버거를 만드는 구성원들의 손놀림이 한층 빨라졌다. 도널드 사장은 그들의 개선된 모습을 흥미로운 눈빛으로 지켜보았다.

"이 테이블은 5살 남아와 7살 여아가 있어요. 간 조절에 특히 신경 써주세요."

"여긴 70·80대 어르신들이세요. 부드러운 패티를 원하신대요."

종구와 정임은 꼼꼼히 작성한 주문서를 들고 와 주방 구성원들에게 신신당부했다. 이에 민수와 형진은 어린이용과 어르신용으로 알맞은 얇고 부드러운 패티를 따로 준비했다.

그렇게 세 번째 회전을 무사히 넘긴 뒤, 네 번째와 다섯 번째 회전까지도 테이블이 순조롭게 운영되었다.

"이제 남은 시간 3분!"

도널드 사장이 큰 소리로 외치자, 구성원들은 바삐 손을 움직이며 마지막 손님들에게 내보낼 햄버거를 만들어냈다.

드디어 99명의 손님 평가가 끝나고, 대망의 마지막 1인, 도널드 사장의 평가만 남았다. 뉴욕 버거의 담당 매니저가 도널드가 햄버거를 시식하기 전, 평가지에 적힌 별점의 평균을 계산해 발표했다.

"현재 총점은 791점으로, 9점 이상을 받아야 통과입니다."

이는 곧 별 네 개 반 미만이면, 실패를 의미했다. 도널드에게 최소 별 네 개 반 이상을 받아야 9점을 채울 수 있었고, 그래야만 총점 800점에 도달할 수 있었다.

주방에 있던 구성원들은 모두 홀로 나와 도널드가 앉은 테이블 앞에 일렬로 섰다. 손님들은 이미 떠난 뒤였고, 이제 게임 참가자들만 남아 있었다.

종구는 햄버거 세트가 담긴 트레이를 들고 조심스럽게 도널드에게 가져갔다. 한데 긴장한 나머지 그만, 햄버거 세트를 도널드의 머리 위로 엎고 말았다. 올백으로 넘긴 머리 위로 콜라와 감자튀김이 쏟아졌고, 그의 톰 포드 블랙 슈트는 순식간에 엉망이 되었다. 종구는 안색이 새하얗게 질려 어쩔 줄 몰라 했다.

"아이쿠! 죄, 죄송합니다. 아…… 이를 어쩌나."

구성원들은 어찌나 고소한지 쿡쿡 웃음을 터트렸다. 다들 얼른 주방으로 뛰어 들어가 도널드에게 줄 새 햄버거를 다시 만들었다. 이번에는 정임이 서빙을 담당해 햄버거를 가져왔다.

모두 숨을 죽이고 도널드 사장의 입만 바라보았다.

도널드는 크게 입을 벌려 햄버거를 한입 베어 물었다. 이어 빨대로 콜라를 쭉 들이켜더니, 감자튀김 한 줌을 집어 입에 넣고 와작와작 씹었다. 그는 시종일관 포커페이스를 유지한 상태여서 도무지 맛을 즐기는지, 아니면 실망했는지 전혀 알 길이 없었다.

잠시 후, 도널드는 냅킨으로 케첩이 묻은 입을 쓱 닦아내더니, 평가지에 조용히 별점을 적었다.

★★★★☆

그가 준 점수는 9점이었다!

"햄버거를 쏟아서 1점 감점 준 겁니다."

도널드가 말했다.

마침내 정확히 총점 800점, 평점 8점 커트라인을 넘어서 미션에 통과했다.

"이로써 여러분의 승리네요. 축하해요."

일곱 명의 구성원은 서로를 끌어안고 환호성을 지르며 펄쩍펄쩍 뛰었다. 도널드 사장은 엷은 미소를 띠며, 구성원들이 흥분 가라앉히기를 차분히 기다렸다.

"놀라워요. 뉴욕 버거만의 성공 비결을 잘 찾아냈군요."

"키오스크가 없어서 가능한 일…… 이었나요?"

철학도 민수가 어렴풋한 표정으로 묻자, 도널드 사장이 고개를 끄덕였다.

"그 고철 덩어리는 소통을 망치는 괴물이랍니다. 그게 있으면, 당장은 편리할 수 있어요. 오직 사장에게만 말이죠. 이곳을 찾는 손님들은 그게 그렇게 불편할 수가 없어요. 그걸 요즘 사장들만 몰라요. 가게 사장이 전적으로 책임져야 할 일을 왜 손님에게 떠넘기는 건지 전 이해할 수가 없어요. 키오스크를 들이는 순간, 주방과 홀의 대화는 단절된다고 보면 됩니다. 내 장담하는데 만일 키오스크가 있었다면, 이번 미션은 대실패로 끝났을 겁니다."

도널드는 콜라가 묻어 끈적해진 올백 머리를 손으로 쓸며 말을 이었다.

"구식으로 보이지만, 여러분은 직접 손으로 쓰면서 이곳을 찾은 손님들이 진정 원하는 맛이 무엇인지 깊이 고민하기 시작했어요. 만듦새가 조금 서툴지언정 손님들의 까다로운 요구를 잘 반영하면, 훨씬 더 맛있어질뿐더러 평가 또한 관대해질 수 있죠. 그 덕분에 이 단순한 햄버거에 어떤 울림을 담아낼 수 있었던 겁니다."

모두 고개를 끄덕였다. 도널드는 손목에 찬 애플워치를 보며 말했다.

"자, 그럼 다음 미션으로 넘어갈까요?"

"미션이 또 있어요?"

리더 철우가 놀랐다. 다들 눈을 동그랗게 뜨고서 도널드를 쳐다봤다.

"그럼, 하나뿐인 줄 알았어요? 최소한 세 개는 해야죠."

모두 벙찐 얼굴이 되었다. 도널드는 여세를 몰아 톤을 한껏 높였다.

"아는 분은 알겠지만, 오늘은 10월 31일로 핼러윈 데이입니다. 이 축제의 기원은 고대 켈트족의 전통에서 시작되었죠. 고대 사람들은 겨울이 다가오는 이 시기에 저승의 문이 열리며, 죽은 자의 영혼이 이승을 찾아온다고 믿었다고 합니다. 그 영혼들을 달래기 위해 유령, 마녀, 뱀파이어, 좀비 같은 가면과 의상을 착용했던 거죠. 그 전통이 지금까지 이어져 온 것이고요. 뭐, 핼러윈 데이는 워낙 유명하니까 설명은 이 정도에서 그치겠습니다. 그런데 여러분은 오늘! 아주 특별한 방법으로 악령을 쫓아낼 겁니다."

도널드는 잠시 뜸을 들이다가 이어 말했다.

"바로 요리로 말이죠!"

"……."

다들 이게 무슨 뚱딴지같은 소리인가 싶어 도널드를 골똘히 쳐다보았다.

바로 그 순간, 가게 문이 열리며 도저히 믿을 수 없는 광경이 눈앞에 펼쳐졌다. 참여자들은 일제히 숨이 멎었다. 누군가는 손으로 입을 틀어막았고, 누군가는 이마를 짚었으며, 어떤 이는 머리를 헝클어뜨리며 아연실색했다.

그들 앞에 나타난 인물들은 이미 고인이 된 찰리 채플린, 마릴린 먼로, 스티브 잡스, 마이클 잭슨, 무하마드 알리, 토머스 에디슨이었다. 심지어 존 F. 케네디 전 대통령까지 있었다. 그러니까 그들은 코스프레한 가짜가 아니라 진짜 살아 있는, 죽은 사람이었다.

"이번 미션은 개별 과제입니다. 각자 선호하는 망자를 선택해, 그들의 취향에 맞는 햄버거를 만들어내는 겁니다. 결과지는 오직 두 가지, 만족과 불만족뿐입니다. 불만족을 받은 참가자는 즉시 탈락이며, 다음 미션에 도전할 기회가 주어지지 않습니다. 각자 알아서 집으로 돌아가면 됩니다."

도널드는 마지막에 한 가지 덧붙였다.

"망자와 간단한 대화는 가능하나, 음식 취향이나 좋아하는 햄버거를 노골적으로 묻는 것은 금지입니다. 그런 질문을 하는 순간, 즉시 탈락 처리됩니다. 그러니 각자 알아서 잘 판단해서 조리하길 바랍니다. 제한 시간은 30분 드립니다."

도널드가 애플워치의 타이머를 다시 세팅했다.

어수선한 공기 속에서 모두가 머뭇거리는 사이, 가장 먼저 움직인 건 전직 복서 형진이었다. 그는 절뚝거리며 20대 중반의 젊은 무하마드 알리에게 다가갔다. 키가 무려 191cm인 알리는 마치 산맥의 능선처럼 거대한 몸집을 지녔고 날카로운 턱선과 깊은 눈매가 존재감을 더했다. 형진은 결과와 상관없이, 자신의 우상이었던 알리에게 직접 햄버거를 대접할 수 있다는 사실만으로도 벅찬 영광을 느꼈다.

"저…… 사인 한 장만 받을 수 있을까요? 아, 제 동생 것까지 두 장이요."

형진의 목소리가 떨렸다. 알리는 특유의 자신감 넘치는 미소를 지으며, 나비처럼 가볍게 손을 움직여 냅킨에다 사인을 두 장 해주었다. 형진은 감격했고, 알리를 테이블로 안내했다.

"저희도 원하는 망자 앞으로 서 볼까요?"

리더였던 철우의 제안에 남자들은 전부 마를린 먼로에게 몰렸고, 여자들은 모두 존 F. 케네디를 선택했다. 한 표도 받지 못한 스티브 잡스, 토머스 에디슨, 찰리 채플린은 짐짓 실망하는 눈빛이었고, 특히 팝의 황제 마이클 잭슨은 현실을 부정하듯 머리를 좌우로 크게 흔들었다.

결국, 우선권은 가위바위보로 결정되었다.

최종적으로 종구는 마를린 먼로를, 정임은 존 F. 케네디를 맡게 되었다. 나머지 구성원들은 차순위로 정한 망자들을 선택했다. 철학도 민수는 토머스 에디슨을, 소방관 경훈은 찰리 채플린을, 플로리스트 서아는 스티브 잡스를, 연극 연출가 철우는 마이클 잭슨을 각각 맡게 되었다.

한데, 문제는 지금부터였다. 참여자들은 자신이 맡은 망자들이 어떤 스타일의 햄버거를 좋아하는지 전혀 알 길이 없었다. 아까운 시간만 흐르는 가운데 민수가 번쩍 손을 들어 도널드에게 질문했다.

"혹시 대화형 인공지능을 사용하는 건 허용되나요?"

"전 망자에게 직접적인 질문만 금지된다고 했습니다."

도널드는 완곡하게 답했다. 그 말인즉슨, 대화형 인공지능 사용은 허용한다는 뜻이었다.

비교적 나이가 어린 친구들은 휴대전화 앱을 열어 대화형 인공지능 채팅창의 질문에 질문을 거듭하며, 망자의 취향을 파악해 나갔다. 완벽한 답은 아니었지만, 꽤 유용한 힌트를 얻을 수 있었다.

반면, 나이가 많은 종구와 정임, 철우는 대화형 인공지능 앱을 사용할 줄 몰라 멀뚱히 먼 산만 바라봤다. 다행히 일찌감치 검색을 끝낸 구성원들이 다가와 그들을 대신해 인공지능에 필요한 정보를 자세히 물어봐 주었다.

구성원들은 각자 맡은 손님들을 테이블로 안내했다. 종구와 정임은 마릴린 먼로와 존 F. 케네디를 같은 테이블에 앉히려 했다. 두 사람은 무슨 이유에서인지 절대 함께 앉으려 하지 않았고, 뒤늦게 부부는 자신들의 실수를 알아차렸다. 결국, 종구와 정임은 그들을 가게에서 가장 먼 테이블에 따로 배치할 수밖에 없었다.

한편, 토머스 에디슨은 자신이 세상에 남긴 유산인 가게의 조명 시스템과 음향 시스템을 둘러보며 감격에 젖었다. 특히 창밖으로 보이는 뉴욕의 아름다운 야경에 뿌듯함을 느꼈다. 반면, 스티브 잡스는 서아가 들고 있던 아이폰15 프로 맥스를 보자마자, 그녀의 손에서 휴대전화를 낚아채 들고는 진동이 온 것처럼 몸을 부들부들 떨었다.

"설마…… 이게 내 아이폰이야? 에이~ 아니겠지? ……카피캣이지?"

미안할 필요 없는 서아가 괜히 미안한 표정을 지었다.

"제기랄, 이게 정말 아이폰이라고? 무슨 벽돌에 인덕션을 붙여놨지? 한 손에 쏙 들어오던 심플함과 혁신은 어디에다 내다 버린 거야? 대체 어떤 똥멍청이가 이런 디자인을 승인했어?"

어찌나 광분하는지 무덤에서 일어날 기세였다. 잡스는 머리를 감싸 쥐며 몹시 괴로운 표정을 지었다. 그사이 마이클 잭슨은 턴테이블에 걸린 음반을 슬쩍 자신의 LP로 바꿔 끼우더니, 의자에 앉아 몸을 흔들며 리듬을 탔다.

중앙 테이블 자리에 앉은 찰리 채플린은 소방관 경훈에게 미국식 농담을 여럿 던졌다. 그 농담은 시대에 한참 뒤떨어진 아재 개그처럼 느껴져 얼굴이 점차 굳어갔다. 그러던 중, 채플린이 의자에 앉으려다가 콰당 넘어지자, 그제야 경훈은 웃음을 터뜨렸다. 이 모든 것이 슬랩스틱 개그를 위해 치밀하게 계산된 빌드업이었다는 걸 깨달은 경훈은 시대를 초월한 그의 천재성에 엄지손가락을 번쩍 들어 올렸다.

햄버거 조리는 5~10분 정도면 충분해 구성원들은 각자 담당하는 망자들과 일상적인 대화를 나누며 그들의 성격과 취향을 좀 더 세밀하게 파악해 나갔다. 그런 시간을 충분히 가진 다음, 하나둘 주방으로 들어가 오직 한 사람을 위한 취향 저격 햄버거를 만들기 시작했다.

주방으로 들어온 종구는 대화형 인공지능 채팅창을 한 번 더 확인했다. 생전의 마를린 먼로가 우유에 날달걀 두 개를 섞어 마셨다는 기록을 발견하고, 콜라 대신 우유에 날달걀과 설탕을 더한 음료를 제공하기로 결심했다.

사실 이는 북미에서 크리스마스에 전통적으로 사랑받는 에그노그(Eggnog)라는 음료와 비슷했다. 에그노그는 우유, 크림, 날달걀, 설탕, 그리고 보통 술을 섞어 만드는 것인데 이런 지식이 없는 종구는 전혀 의도한 바는 아니었고, 순전히 우연으로 맞아떨어진 셈이었다.

그리고 마를린 먼로가 양고기, 간, 스테이크 등 단백질 섭취를 중시했다는 점을 고려해, 패티를 곱절 이상 두껍게 뭉쳐 굽고 빵은 얇게 잘라 고기의 풍미를 극대화할 계획을 세웠다. 직감적으로 그녀가 날것의 맛을 선호했을 거라고 판단해서 패티는 레어 수준으로 조리하기로 했다. 마지막으로 그녀가 아이스크림을 좋아했다는 사실을 상기하며, 감자튀김에 설탕을 살짝 뿌리는 독특한 터치를 더하기로 마음먹었다.

정임도 역시 대화형 인공지능 채팅창을 들여다보며 머릿속에서 조리 계획을 시뮬레이션했다. 존 F. 케네디는 해산물 요리와 클램 차우더(북미 지역의 전통적인 조개 수프), 그리고 그릴드 치즈샌드위치를 좋아했다는 기록이 있었다. 이에 정임은 소고기 대신 다진 새우로 패티를 만들고, 진한 치즈 맛을 내기 위해 치즈를 두 장 사용하기로 결심했다. 또한, 채소를 좋아했다는 점을 고려해 채소 또한 곱절 이상 풍성하게 올리기로 했다. 음료는 콜라 대신 그가 커피를 즐겨 마셨던 기록이 있어 커피를 제공하기로 결심했으며, 초콜릿을 좋아했다는 기록도 보여 감자튀김 위에 초콜릿 파우더를 살짝 뿌려 내는 색다른 아이디어를 더하기로 했다.

다른 구성원들도 인공지능 채팅창을 참고해서 분주히 움직이며 30분이라는 짧은 제한 시간 안에 햄버거를 조리했다.

이내 7명의 구성원은 각자의 개성을 듬뿍 담은 햄버거 세트 7개를 완성해 망자 앞에 하나둘 내놓기 시작했다. 그런데 종구는 이번에도 또, 제 발에 걸려 넘어지며 마를린 먼로의 머리 위에 트레이를 엎어버리고 말았다. 구성원들은 손으로 이마를 짚으며 고개를 절레절레 흔들었다. 정임은 이번 미션에서 남편은 탈락이 거의 확정적이라고 생각하며 눈을 질끈 감았다.

그래도 마를린 먼로는 영원한 섹스 심벌의 아이콘다웠다. 그녀는 전혀 당황하거나 불쾌한 표정 없이, 그윽한 눈빛을 발산하며 머리 위로 쏟아진 연노란색 음료를 이용해 농염한 포즈를 취했다. 그녀는 손으로 음료를 훔쳐낸 후, 손가락을 입술에 넣더니 쪽쪽 빨았고, 그 관능적인 모습에 남자들은 넋을 잃고 말았다. 젖어버린 그녀의 농밀한 모습에 빠져있던 종구는 얼른 정신을 차리고 주방으로 뛰어가 먼로만을 위한 버거 세트를 다시 만들어 돌아왔다.

모두 숨을 죽인 채, 망자들이 햄버거를 먹는 모습을 지켜보았다. 어쩐지 실내는 으스스한 적막에 휩싸였고, 오직 음식 씹는 소리만이 공간을 가득 메웠다.

망자 중에는 생전 처음으로 햄버거를 접하는 이도 있었다. 그는 다름 아닌 토머스 에디슨이었다. 햄버거가 대중적인 패스트푸드로 자리 잡은 건 거의 1900년대 중반쯤이었다. 에디슨은 1847년생으로 가장 먼저 세상을 떠나서 살아생전 햄버거를 맛볼 기회가 없었다. 그래서 그는 햄버거를 마치 위대한 발명품이라도 되는 양 요리조리 뜯어보다가 망자 중 가장 늦게 베어 물었다.

드디어 망자들이 결과지에 만족 또는 불만족을 볼펜으로 표기했다. 평가를 마친 후, 망자들은 자신을 위해 세상에 단 하나뿐인 특별한 햄버거를 만들어준 구성원들과 따뜻하게 포옹을 나누었다. 그리고 조용히 가게 밖으로 사라졌다.

이윽고 도널드는 묘한 표정으로 결과지를 살피더니, 천천히 입을 열었다.

"모두……"

모두의 시선이 도널드의 입에 쏠렸다.

"불합격……"

일부러 길게 뜸을 들이더니 말장난을 쳤다.

"……이 아니네요. 놀랍군요."

순간 모두가 가슴을 쓸어내렸다. 이내 환호성이 터졌고, 구성원들은 서로를 얼싸안고 기쁨을 나눴다.

첫 번째 팀 미션에서 햄버거를 조리한 경험이 큰 도움이 되었고, 두 번째 개별 미션에선 대화형 인공지능이 준 힌트를 바탕으로 각자의 직관을 믿고 조리한 것이 좋은 결과로 이어진 것이었다.

"너무 기뻐하지 말아요. 마지막 미션이 최고로 고난도 미션이니까."

도널드는 들뜬 분위기에 찬물을 확 끼얹었다.

"모두 날 따라와요."

그는 주방을 가로질러 구석에 있는 쪽문을 열어젖혔다. 모두 그 뒤를 따라 나가자, 뉴욕 뒷골목이라고는 믿기 힘든 시골 풍경이 눈앞에 장엄하게 펼쳐졌다.

분지를 따라 끝없이 펼쳐진 들판 위로 핏빛 석양이 내려앉았고, 감자 덩굴과 잎이 붉은빛에 반사되어 물결처럼 일렁였다. 촉촉한 흙냄새가 감도는 감자밭에서는 젖소들이 감자 줄기를 뜯어 먹고 있었다.

들판 한쪽에는 공룡을 연상케 하는 거대한 몸집의 콤바인 서 있었다. 이 모델은 GRIMME Ventor 4150이라는 감자전용 수확기로 불타는 듯한 강렬한 빨간색이 사람을 압도하는 존재감을 뿜어냈다.

도널드는 콤바인이 있는 감자밭으로 구성원들을 데려가더니 손바닥만 한 크기의 갈퀴 일곱 개를 구성원들에게 건넸다. 그러고는 자신은 우주선의 조종석처럼 생긴 콤바인의 운전석으로 뛰어올랐다. 그는 통유리창 너머로 구성원들을 내려다보며 말했다.

"다시 팀 미션입니다. 여러분은 한 팀이 되어 지금 내가 탄 콤바인과 한판 대결을 펼칠 겁니다. 30분 안에 감자 1,000개를 수확하는 것이 기본 조건입니다. 이 조건이 충족되면, 감자 수확 속도, 감자의 상태, 그리고 총무게라는 세 가지 항목의 상대 평가를 해 최종 승자가 결정됩니다."

곧바로 구성원들의 항의가 빗발쳤다.

"당신은 최첨단 기계를 타고, 우리에겐 고작 갈퀴를 던져주고서 대결을 하자구요?"

"이건 그냥 지라는 소리나 다름없잖아요!"

"맨손으로 30분 안에 감자 천 개를 어떻게 캡니까?"

도널드는 평온한 웃음을 잃지 않고 일곱 구성원을 내려다봤다.

"지금이라도 원치 않으면, 각자도생으로 집으로 돌아가면 됩니다."

일부 구성원들은 바닥에 주저앉거나 갈퀴를 흙밭에 내던졌다. 그때 리더 역할을 했던, 연극 연출가 철우가 구성원들을 향해 물었다.

"30분 안에 감자 천 개를 캐려면, 각자 분당 몇 개씩 맡으면 되나요?"

소방관 경훈이 즉각 폰을 꺼내 대화형 인공지능에 물어 답했다.

"분당 5개씩이라고 나오네요."

"하지만 최소한 한 명은 감자를 나르고, 한 명은 숫자를 세야 할 테니…… 5명이 작업하면 몇 개씩이죠? 죄송한데, 다시 한번만 물어봐 주세요."

경훈이 다시 확인한 뒤 답했다.

"분당 7개씩 캐면, 천 개를 달성할 수 있네요."

"그렇다면…… 천 개가 실현 불가는 아니네요. 가까스로 될 거 같긴 한데……."

철우는 턱을 괴고 잠시 생각에 잠겼다.

"결국 인간이 질 겁니다……. 저 기계를 어떻게 이겨요?"

그러나 철학도 민수가 고개를 저으며 말했다.

"그래도 감자 상태는 우리 쪽이 유리하지 않을까요?"

"손으로 캐면 기계보다 상처가 덜 날 거 같긴 한데요."

모든 미션에서 부정적이었던 종구와 정임 부부가 처음으로 긍정의 에너지를 불어넣었다.

"그렇다 해도 결국 2대1로 지잖아요."

서아는 회의적인 쪽이었다.

"다들 너무 고민만 하지 말고, 까짓것 일단 해봐요! 결과는 아무도 몰라요. 부딪혀 보고 최선을 다해 보는 거예요."

구성원들이 갈팡질팡하는 모습에 답답함을 느낀 전직 복서 형진이 불쑥 손을 펴서 앞으로 내밀었다. 구성원들은 머뭇거리다가 하나둘 그의 손등 위에 손을 올리기 시작했다. 마지막으로 서아의 손이 포개지자, 모두가 눈빛을 주고받으며 결연한 의지를 다졌다.

"형진 씨는 다리가 불편해 보이니까 숫자를 세는 일을 담당해 주세요. 서아 씨는 감자를 나르는 일을 맡아주시고요. 나머지 분들이 저랑 함께 감자를 캐는 겁니다."

리더 철우의 말에 모두가 고개를 끄덕였다. 구성원들은 각자 구역을 나누고, 효율적인 동선을 고민하며 회의를 이어갔다. 다리가 불편한 형진은 직접 감자를 캐지 못하는 것이 미안했지만, 누군가는 반드시 개수를 세어야 했다. 그는 자기 역할에 최선을 다하기로 마음먹었다.

"준비됐나요, 여러부운?"

도널드는 징그러운 미소를 지어 보였고, 바로 애플워치의 타이머를 눌렀다.

콤바인은 공룡의 발톱처럼 생긴, 디거 블레이드를 드러내며 거친 흙을 파헤치고 감자의 뿌리와 줄기를 끊어 냈다. 그 속도가 어마어마했다. 그와 동시에 거름망에서 흙과 분리하고 썩은 감자는 버리고 좋은 감자만 선별했다.

도널드는 게임 조종기처럼 생긴 핸들을 요리조리 움직이며 대형 터치스크린으로 실시간 수확량과 기계의 동작을 모니터링했다. 감자의 상태를 분석하는 센서 데이터와 땅에 묻힌 감자의 GPS 정보까지 확인할 수 있는 창이 띄워져 있었다. 불과 5분도 채 지나지 않아 목표량인 1,000개를 달성하자, 도널드는 거드름을 피우며 콤바인의 시동을 껐다.

반면, 구성원들은 무릎을 꿇은 채 구슬땀을 흘리며 손바닥만 한 갈퀴로 감자를 캐느라 여념이 없었다. 얼굴과 옷, 손은 온통 흙투성이와 풀투성이가 되었다. 거의 8초마다 감자를 하나씩 캐내야 했기에 숨 돌릴 여유조차 없었다. 모두 앞만 바라보며 전투적으로 땅을 파나갔다. 그중 종구가 유독 속도가 느렸지만, 정임과 나머지 구성원들은 묵묵히 종구의 몫까지 채우려 애썼다.

"선생님, 포기하면 안 돼요. 끝까지 해내세요!"

종구가 지쳐 감자밭에 쓰러지자, 앞서가던 철우가 뒤를 돌아보며 다독였다. 종구는 그 말에 다시 몸을 일으켜 감자를 캐기 시작했다. 구성원들이 흙 속에서 끄집어낸 감자를 서아가 가슴에 한 아름 안고 옮겼고, 형진은 숫자가 흐트러지지 않도록 감자 10개, 100개씩 쌓일 때마다 나무 막대기로 흙바닥에 표식을 남겼다. 모두 전력을 다했다.

어느덧 해가 완전히 저물고, 감자밭은 칠흑 같이 지루한 어둠에 휩싸였다. 마침내 30분의 제한 시간이 끝났을 때, 구성원들은 가까스로 감자 1,000개를 캐내는 데 성공했다. 그들의 얼굴은 밤의 어둠보다도 더 새까맣게 변해 있었다.

인공조명 하나 없는 감자밭에서 콤바인의 LED 작업등이 켜지자, 그 주변만 쨍하게 밝아졌다. 그 조명에 눈이 부셔 구성원들은 인상을 찌푸렸다. 콤바인 조정석에 앉아 기지개를 켜고 하품하던 도널드는 최종 결과를 확인하기 위해 감자밭 아래로 사뿐 뛰어내렸다.

"천 개를 수확하는 데 성공하긴 했네요. 그 점에 대해서는 심심한 박수를 보냅니다. 그런데 콤바인은 천 개를 캐는 데 불과 4분 37초가 걸렸습니다. 무려 25분이나 차이가 나는군요. 하물며 감자의 상태도 콤바인 쪽이 훨씬 낫군요."

도널드의 말에 리더 철우가 반박했다.

"사람의 손으로 캐낸 쪽이 흠집은 훨씬 없는 거 같은데 그게 뭔 소리죠?"

"알의 크기와 선도를 비교해 보세요. 그리고 이쪽은 딱 봐도 썩은 감자가 꽤 있잖아요."

도널드는 구성원들이 캔 감자 몇 개와 콤바인이 캔 감자를 서로 비교하며 말했다. 인공지능이 탑재된 최신식 콤바인은 상태가 안 좋은 감자는 뱉어내고, 토실토실하고 매끈한 감자만 선별하는 자동화 시스템이 있어서 가능한 일이었다.

"선생님, 그래도 이런 감자가 맛은 더 있는데요."

정임의 의견에 도널드는 단호히 고개를 저었다. 그리고 이어서 말했다.

"감자 천 개의 무게마저도 콤바인 쪽이 더 무겁네요. 삼 대 빵, 기계의 완승이군요."

구성원들은 고개를 푹 떨구었다. 더는 아무도 반박하지 못했다. 이로써 인간의 완벽한 패배였다.

"그럼, 각자도생으로 잘 돌아가길 바랍니다."

도널드는 구성원들을 허허벌판에 내버려두고 쪽문으로 돌아갔다.

그때 종구가 갑자기 크게 소리쳤다.

"저기, 자, 잠깐만요!"

종구는 콤바인이 선별한 상자 속을 파헤쳐 감자 하나를 꺼내 들었다.

"이건 감자가 아닌 거 같은데요?"

그 말에 구성원들의 시선이 일제히 집중됐다.

"그럴 리가요."

도널드는 다시 돌아와 종구가 든 감자를 살폈다.

"감자 맞습니다."

종구가 손아귀에 힘을 주자 감자가 힘없이 바스러졌다. 그건 감자가 아니라 감자처럼 보이는 소똥이었다.

"그럴 리가……."

"이것도 아닌 거 같아요!"

이번에는 철학도 민수가 또 다른 감자를 집었다. 그것도 힘을 주자 으깨어졌다. 소동이 하나 더 있었다. 도널드는 믿을 수가 없어 콤바인 운전석으로 뛰어들어 터치스크린 데이터를 살폈다.

"아니, 왜…… 이딴 오류가……."

2개의 감자가 오류로 판명이 나면서 콤바인이 채집한 감자 숫자는 최종 998개로 바뀌었다.

"센서의 오류를 잡아 판을 뒤집은 셈이 됐네요."

리더 철우의 입가에 미소가 번졌다.

"결국 사람이 하는 일이잖아요. 기계는 어디까지나 기계일 뿐이니까……."

소방관 경훈도 거들었다.

"기계, 컴퓨터, 인공지능이 대부분 분야에서 인간을 앞섰지만, 개와 고양이 구분하는 단순한 일에서 오류를 일으킨다던데…… 지금이 딱 그 모양 그 꼴이네요."

이번 미션을 가장 비관적으로 바라봤던 철학도 민수가 정곡을 찔렀다.

"이로써…… 최종 미션을 통과했군요."

도널드의 최종 선언에 구성원들은 기쁨에 겨워 서로를 끌어안고 환호성을 질렀다. 구성원들은 서로 흙이 묻어 더러워진 옷을 털어주었다. 비록 짧은 시간이었지만, 세 가지 미션을 수행하면서 구성원들은 자연스레 가족처럼 스스럼없는 사이가 되었다. 어둠이 짙게 내린 감자밭에 승리를 자축하는 축가가 아득하게 울려 퍼졌다.

일곱 구성원은 도널드를 따라, 가게의 홀로 돌아왔다. 모두 드디어 뉴욕 최고의 햄버거를 맛볼 수 있다는 기쁨에 들떴다. 도널드는 애플워치의 시간을 확인하더니 일곱 구성원에게 말했다.

"어디 보자, 제한 시간이 30분 남짓 남았군요. 주방으로 들어가서 각자 먹을 햄버거를 조리하세요."

"여기서 만들어주는 게 아니에요?"

전직 복서 형진이 물었다.

"각자 기호에 맞게 조리하는 편이 더 맛나지 않겠어요?"

도널드의 말에 구성원들은 수긍하며 고개를 끄덕였다.

"포장해서 바깥에 나가도 되나요?"

서아가 물었다.

"물론이죠."

도널드가 앙증맞은 덧니를 보이며 세상 너그러운 표정을 지어 보였다.

Recipe Card: 뉴욕 버거의 비법 레시피

「준비 재료」　　　　　　　　　　　　　　　※1인분 기준
소고기 다짐육 150g, 포테이포번 1개, 무염버터 1큰술, 체더치즈 1장, 생양파 슬라이스, 토마토 슬라이스, 로메인, 뉴욕 버거 특제 소스, 소금, 후추

1. 양파 슬라이스는 잠시 물에 담가두세요. 매운맛을 빼는 겁니다. 강한 맛이 좋다면, 굳이 이 과정을 생략해도 되겠지만……
2. 소고기 다짐육 150g을 손으로 동그랗게 말아서 중앙에 살짝 눌러줘요. 왜냐고요? 안 그럼 풍선처럼 부풀어 오를 거예요.
3. 팬을 강불로 예열한 후, 기름 살짝 두르고 패티 올려 소금과 후추를 뿌려요. 그리고 납작한 도구로 힘껏 눌러 모양을 잡아요.
4. 뜨거운 패티 위에 치즈를 올리세요. 치즈가 끈적끈적하게 달라붙도록요.
5. 번을 반으로 갈라 버터를 녹여 안쪽 면을 구워주세요.
(번이 없다면, 식빵을 활용해 봐요. 별수 없잖아요)
6. 이제 뉴욕 버거의 '킥'이라고 불리는 비법 소스를 만듭시다.
마요네즈 1큰술, 디종 머스터드 1큰술, 케첩 1작은술, 다진 피클 1개, 다진 페페론치노 1개 (다른 고추로 대체할 수 있다면 해봐요), 레몬즙 1작은술
7. 이제 조립해요. 아래서부터 차례로: 패티, 치즈, 토마토 슬라이스, 양파 슬라이스, 로메인, 그리고 마지막에 소스.
이 정도 순서는 틀리지 않겠죠?

Notes: 소고기 다짐육에 양지머리나 갈비를 블렌딩하면 더 훌륭하겠죠.

살코기 8 : 지방 2의 황금비율. 자신만의 블렌딩, 감히 시도해 보시길~

일곱 구성원은 주방에 들어가 각자 먹을 햄버거를 만들어 포장한 뒤, 모두 함께 가게 밖으로 나갔다. 가게 바로 앞에 샛노란 뉴욕 택시 두 대가 나란히 서 있었고, 그들은 인원을 나눠 택시에 올라탔다. 택시는 5분 만에 그들을 타임스 스퀘어로 데려다주었다.

일곱 구성원은 사방에서 불꽃놀이가 펼쳐지는 듯한 휘황찬란한 대형 전광판에 시선이 완전히 사로잡혔다. 전 세계 모든 인종을 모아놓은 듯한 그곳에서 그들은, 햄버거 속 재료처럼 인파의 물결 속에 떠밀려 tkts 티켓 부스 뒤편의 붉은 계단으로 나아갔다.

붉은 계단에 도착하자, 그들은 나란히 어깨를 맞대고 앉아 햄버거 포장지를 풀었다. 그런데 종구는 포장을 푸는 도중 그만 햄버거를 바닥에 떨어뜨리고 말았다. 종구의 변함없는 허술한 매력에 구성원들은 저도 모르게 웃음을 터뜨렸다. 다행히 형진이 햄버거를 하나 더 포장해 온 덕분에, 그는 자신의 몫을 종구에게 선선히 건넸다. 종구는 고마운 마음을 담아 고개를 숙였다.

첫입을 베어 무는 순간, 모두의 입에서 자연스레 감탄사가 흘러나왔다. 각자의 취향에 맞게 손수 조리한 햄버거는 맛이 없을 수가 없었다. 일단 뉴욕 버거의 속 재료는 그 자체로 품질이 워낙 뛰어났다. 바삭하면서도 촉촉한 육즙을 머금은 소고기 패티는 깊은 풍미로 입맛을 사로잡았고, 진하고 크리미한 치즈, 달콤한 토마토, 물결 모양의 아삭한 로메인이 소고기의 느끼함을 절묘하게 잡아주었다. 여기에 뉴욕 버거만의 킥이라 할 수 있는 수제 특제 소스와 아름다운 황금빛의 두 개의 햄버거 번의 폭신한 식감은 그야말로 예술적인 조화를 이루었다. 훌륭한 햄버거는 각 재료가 합쳐질 때 각각의 맛을 절정으로 이끌어내는 놀라운 재주가 있다는 걸 깨달았다.

평소 햄버거를 즐기지 않던 종구와 정임마저 그 맛에 완전히 매료될 정도였다. 그들이 기존에 알던 패스트푸드와는 차원이 달랐고, 하나의 근사한 요리라고 할 만했다. 딸아이 한별의 말마따나, 이 정도 수준이라면, 완전식품이라 불러도 전혀 손색이 없었다. 부부는 딸아이의 소울푸드를 가슴속에 새기며 햄버거를 천천히 음미하고 있었다.

"다리가 아주 불편해 보여요. 어쩌다 다치신 거예요?"

가장 빨리 햄버거를 먹어 치운 철학도 민수가 전직 복서였던 형진이 절룩대는 모습을 보고 물었다.

"아, 지금 재활 중이에요. 그래도 아주 좋아진 거예요. 하루아침에 하반신 마비가 되었다가…… 감사하게도 누군가 조직을 기증해 준 덕분에 기적이 일어났죠."

형진은 그렇게 말했다.

"어, 저도 기증 수혜자인데…… 제가 엄청 건강한 체질이었는데, 한순간에 확장성 심근병증에 걸려 지난해에 심장 이식을 받았었거든요. 덕분에 두 번째 삶을 덤으로 얻었네요."

민수도 말했다.

본의 아니게, 둘의 얘기를 들은 종구가 대화에 끼어들었다.

"저희는 작년 이맘때 딸애가 불의의 교통사고를 당해 장기 기증을 했었어요."

"와…… 정말 어려운 결정 하셨네요."

"선생님처럼 좋은 분이 세상에 계셔서 저희가 새 삶을 얻었네요."

민수와 형진이 감탄했다.

그때 가만히 그 얘기를 듣던 다른 구성원들도 속속 대화에 합류했다.

"저도 기증 수혜자예요. 선천적인 원추각막 질환을 오래 앓아서, 그나마 보이던 오른쪽 눈마저 거의 실명 직전까지 갔었는데, 천운으로 각막 이식을 받고 이렇게 두 눈으로 세상을 볼 수 있게 되었어요."

플로리스트 서아가 말했다.

"어라, 저도 기증 수혜자인데······."

"저도요······."

소방관 경훈과 연극 연출가 철우마저도 기증 수혜자라고 밝혔다.

그러자 다들 눈이 동그랗게 커져 서로를 쳐다보았다.

"다들 기증 받은 날이 언제예요?"

전직 복서 형진의 질문에 구성원들이 하나둘 날짜를 밝혔다. 놀랍게도 다섯 명의 기증받은 날짜가 작년 10월 31일로 모두 같은 날이었다. 그 순간, 구성원들의 얼굴에는 소름이 돋은 기색이 역력히 떠올랐다.

한데, 누구보다 놀란 이는 종구와 정임이었다. 부부는 온몸에 전율이 일며 살갗이 부들부들 떨릴 정도였다.

"저희 딸애가 기증한 날이 바로, 그날이에요."

"······."

그 말에 구성원들은 저마다 입을 벌리거나 손으로 입을 가렸다.

타임스 스퀘어 광장의 현란한 빛과 요란한 소음이, 그 순간 사라졌다. 세상은 시력을 상실한 것처럼 모든 것이 희미해지고, 음 소거 버튼을 누른 것처럼 소리마저 삼킨 고요가 찾아왔다. 그러더니 장면이 흑백 톤으로 바뀌었고, 주변의 인파도 흔적 없이 사라졌다.

무덤 같은 침묵 속에서 종구와 정임의 눈물이 터져 나오며 환각의 막이 깨졌다. 잇달아 다섯 구성원의 눈가에도 주르륵 눈물이 흘렀다. 감정의 둑이 무너진 듯, 그 눈물은 멈출 줄 몰랐다.

"마, 말도…… 안 돼……."

서아는 입술을 틀어막은 손을 부르르 떨었다. 정임은 천천히 서아에게 다가가 손을 꼭 잡고 그녀의 맑고 투명한 눈을 깊이 들여다보았다. 그 눈동자 속에는 마치 잃어버린 딸아이의 눈망울이 고스란히 담겨 있는 듯했다. 종구도 서아의 다른 손을 잡고 그녀의 눈을 가까이에서 바라보았다. 부부는 나머지 구성원들의 몸을 하나하나 어루만지거나 끌어안으며, 세상을 떠난 딸의 숨결을 더듬어 보려고 애썼다.

"……느껴지세요?"

신장 이식을 받은 소방관 경훈이 눈물범벅이 된 얼굴로 물었다. 그의 손을 겹겹이 맞잡은 종구는 눈물로 시야가 흐려져 앞이 거의 보이지 않는 상태로 말없이 고개를 끄덕였다. 그리고 어느새 정임은 간 이식을 받은 연극 연출가 철우의 품에 안겨 어린아이처럼 울음을 터트렸다.

"흐어엉…… 가, 감사합니다. 흐으윽……. 다들 이렇게 잘 살아줘서 너무 감사해요."

오히려 정임이 그런 식의 표현을 해 마지막에 철우마저 울음이 터져버렸다.

"흐으윽……. 감사한 건 저희죠."

경훈과 철우를 껴안고 있는 종구와 정임을 민수, 형진, 서아가 뒤에서 포근히 감쌌다. 그들 일곱은 부풀어 오른 번처럼 하나로 둥글게 포개어졌다. 종구와 정임은 죽었던 딸아이가 다시 살아 돌아와 그 온기가 고스란히 전해지는 듯한 착각에 빠져버렸다.

한참 뒤, 감정이 가라앉은 후에야 종구와 정임은 남은 햄버거를 손에 들었다. 딸아이가 왜 그토록 햄버거를 좋아했는지, 이제야 그 이유를 가슴 깊이 절절히 느끼고 이해할 수 있었다. 부부가 남은 햄버거를 거의 다 먹었을 때, 도롯가에 뉴욕 택시 두 대가 조용히 정차했다.

시간을 확인해 보니, 이제 고작 1분여밖에 남지 않았다.

종구와 정임은 다섯 아이를 제 자식처럼 하나씩 차례로 끌어안으며 조용히 작별 인사를 나눴다. 헤어지고 싶지 않았지만, 피할 수 없는 이별의 순간이 마침내 찾아왔다.

"편지 자주 드릴게요. ……엄마."

서아가 비음을 내며 나지막이 속삭였다.

"저도요. 아버지……. 늘 감사하며 살겠습니다."

형진이 코를 훌쩍이며 말했다. 종구와 정임은 말없이 고개를 끄덕이며 그들의 등을 따스하게 쓸어주었다.

일곱 사람은 서둘러 두 대의 뉴욕 택시에 나눠 올랐다. 그리고 차례로 '접속 종료' 버튼을 눌렀다. 부부는 아들과 딸이 먼저 사라지는 걸 지켜봤다. 그러고 나서 마지막에 둘만 남아 서로의 손을 꼭 붙들었다.

3초가 채 남지 않은 순간, 버튼을 힘껏 눌렀다. 부부는 거대한 회

오리에 휩쓸린 듯 빙글빙글 회전하다가 처음 출발했던 모범택시 안으로 내려앉았다. 딸의 블랙베리 폰을 내려다보니, '야미킥' 앱은 흔적도 없이 증발해 있었다.

꿈인지 기적인지 모를 그 만남이 너무도 짧게 끝나 여운이 길게 남았다. 그러나 종구와 정임은 새로운 자식을 선물 받은 듯한 기적적인 만남에 감사하며, 딸 한별을 마음속 깊이 추모했다.

부부는 곧바로 택시를 떠나지 않고, 블랙베리 폰 속 사진 앨범을 천천히 넘겨보며 추억에 잠겼다. 그러다 마지막에 떠오른 사진 한 장. 한별이 불의의 사고를 당하기 바로 전날에 찍은 사진 속으로 빠져들었다.

그날은 한별이가 오래간만에 본가를 찾아와 종구와 정임과 함께 저녁을 먹던 날이었다. 사진 찍기를 싫어하는 아빠와 무심한 표정을 짓는 엄마를 한 프레임에 담기 위해, 한별이는 폰의 셀카 모드를 켜고 장난스럽게 카메라 셔터를 눌렀다.

흐릿한 화질과 빛바랜 듯한 색감이 마치 폴라로이드 사진 같은 그 사진을, 종구와 정임은 손가락으로 가만히 쓸어보았다. 부부는 눈물이 그렁그렁 고인 눈으로 과거를 감싸안듯 조용히 미소 지었다.

체더치즈를 닮은 고양이 한 마리가 따뜻한 볕이 드는 마루에 널브러졌다. 고양이는 길게 기지개를 켜고 하품했다. 곧 투박한 손이 다가와 고양이의 머리를 쓰다듬었다. 체더는 기분이 좋은 듯 눈을 감고 가르릉 소리를 냈다.

"체더야, 아빠 다녀올게."

고양이를 쓰다듬은 손의 주인은 종구였다.

몇 달 전, 종구는 딸이 근무했던 두레 동물병원에 들렀다가 이남운 원장이 임시로 돌보고 있던 고양이를 집으로 데려왔다. 한별이 독립 후 키우던 고양이, '체더'였다.

사고 이후 너무 정신이 없어 한동안 고양이의 존재조차 잊고 지냈다. 그러나 어느 날 문득 한별의 반려묘가 떠올랐고, 동물병원에 들러 고양이를 정식으로 입양하기로 마음먹은 거였다. 다행히 원장은 한별이가 기르던 고양이를 계속 돌보고 있었다.

종구는 빈 그릇에 사료를 듬뿍 채우고, 물도 새로 갈아주었다. 그리고 화장실에 똥과 오줌이 뭉쳐진 모래를 치운 뒤, 새 모래도 넉넉하게 깔았다.

운전대를 잡은 종구는 예전에 비해 볼살이 호빵처럼 올라 후덕해진 인상이었고, 피부도 홍시처럼 주홍빛 혈색이 감돌았다. 뒷좌석에는 한별의 또래로 보이는 20대 여성이 연인의 손을 잡고 다정하게 앉아 있었다. 종구는 입가에 잔잔한 미소를 머금고 룸미러 너머로 그 모습을 슬쩍 훔쳐보았다. 곧 커플이 예의 바르게 인사하며 모범택시에서 내리자, 블랙베리 폰이 울렸다. 딸의 핸드폰에 자기 번호를 옮겨놓은 것이었다. 전화를 건 사람은 아내 정임이었다.

곧 종구는 정임이 기다리는 장소로 택시를 몰았다. 길가에서 연노랑 유니폼에 선 캡을 쓴 정임이 손을 흔들었다. 그녀를 태운 종구는 법원 방향으로 쾌속 질주했다.

얼마 전, 대법원은 피해자 가족이 겪는 깊은 고통을 강조하며,

"과연 진정한 반성문이라 볼 수 있을지 의심스럽다"라고 판단했다. 이어 '기습공탁'을 감형 요소로 삼아서는 안 된다며 하급심의 판결을 파기하고, 사건을 다시 심리하라는 취지로 '파기환송' 결정을 내렸다. 그리하여 재판이 다시 열리게 된 것이었다.

반복되는 재판에 가해자 조기형은 울그락불그락한 얼굴로 종구와 정임을 노려보았고, 그 부부 역시 물러서지 않고 매서운 눈빛으로 그를 맞받았다.

재판이 시작되기 전, 음주 운전으로 꽃다운 나이의 딸을 잃은 종구와 정임의 애달픈 사연이 세상에 알려졌다. 더불어 그들의 딸이 장기 기증이라는 숭고한 선택을 했다는 사실이 조명되며, 이 사건은 대중의 높은 관심과 열띤 논쟁을 불러일으켰다.

이윽고 판결 선고의 순간을 앞두고, 종구와 정임은 서로의 손을 굳게 맞잡았다. 그리고 깊은숨을 들이쉬며, 두 눈을 감았다.

"주문. 피고인을 징역 25년에 처한다."

종구와 정임은 그 판결을 듣고서야, 고장 난 수도꼭지처럼 수시로 쏟아지던 눈물이 비로소 멎었다.

두 번 연속 음주 운전 치사라는 범행의 죄질과 사회에 미친 악영향이 매우 심각하다고 판단한 재판부는 원심에서 형량이 7년이 늘어난 징역 25년을 선고했다. 이는 대한민국 법원이 내린 음주 운전 치사 사고 중 법정 최고형에 해당했다. 이것으로 충분하다고 생각하진 않지만, 현시점에서 최선의 판결을 내린 재판부를 향해 부부는 정중히 고개를 숙였다.

※

 뭉게구름이 샛노란 태양 주위를 둥글게 감싼 하늘이 마치 써니 사이드 업—계란을 굽는 방법의 하나로, 한쪽 면만 익혀 노른자가 생생히 살아 있는 상태가 마치 해가 떠 있는 모습처럼 보인다고 해서 붙여진 이름—으로 부친 달걀프라이 같아 보였다. 따스한 금빛 햇살이 차창 너머로 스며들어 종구와 정임의 피부를 부드럽게 감싸안았다. 둘은 말없이 창밖을 바라보며, 알록달록 봄꽃이 피어나는 풍경을 조용히 눈에 담았다.
 "당신 배 안 고파?"
 한참 만에 종구가 물었다.
 "음, 쪼끔……?"
 "뭐라도 좀 먹을래?"
 "……글쎄, 뭘 먹지?"
 그 순간, 종구의 시야에 무언가가 들어왔다. 그는 주저 없이 핸들을 틀었고, 모범택시는 한 건물 앞에 멈춰 섰다.
 그곳은 낡은 간판이 걸린 아담한 수제 햄버거집이었다. 뉴욕 브루클린의 감성이 묻어나는, 붉은 벽돌 건물 2층에 자리한 작은 가게였다.
 내부에는 키오스크 대신 직원이 직접 메뉴판을 들고 다가와 주문을 받았다. 공원이 내려다보이는 창가에 자리를 잡은 부부는 메뉴판을 한참 들여다보다가, 종구는 클래식 버거 세트를, 정임은 하와이안 버거 세트를 골랐다.

얼마 지나지 않아, 직원이 햄버거 세트가 담긴 쟁반을 받쳐 들고 다가왔다. 갓 조리된 따끈한 버거와 시원한 음료를 테이블 위에 살며시 내려놓으며, 그는 부부를 향해 깍듯한 말씨로 말했다.
"주문하신 버거 나왔습니다."

‡ DESSERT ‡

낱말과 문장을 엮어, 종이라는 그릇에 이야기를 담아보았습니다.
어찌 이야기는 입맛에 잘 맞으셨나요?

혹 누군가에게는 슴슴하게 느껴졌을지도,
또 다른 누군가에겐 짜거나 맵게 다가왔을지도 모르겠습니다.

그래도 사골국물을 고아 내듯 오랜 시간 정성을 들여,
먹음직스러운 한 상을 내기 위해 최선을 다했습니다.

저는 우리가 매일 먹는 음식이
단순히 생존하고 배고픔을 채우거나 건강을 유지하는 것을 넘어,
더 깊은 가치를 지닌다고 믿습니다.
때로는 좋은 음식은 우리를 위로하고,
영혼까지 어루만지는 듯합니다.

혹여 부족한 점이 있었다면 너그러이 용서해 주시길 바랍니다.
기회가 닿는다면, 후일에 더 깊고 진한 작품으로 찾아뵙겠습니다.

끝까지 읽어주신 독자 여러분께 진심으로 감사드립니다.

야미킥

1판 1쇄 발행 / 2025년 5월 27일

지은이	민가원
펴낸이	민가원
표지 디자인	조성훈 (노키미)
펴낸곳	그롱시
출판등록	제2022-000030호(2022년 5월 6일)
이메일	grongsy@gmail.com

ⓒ 민가원, 2025
ISBN 979-11-983763-3-6(03810)

· 이 책 내용의 일부 또는 전부를 사용하려면 반드시
저작권자와 그롱시 양측의 서면동의를 받아야 합니다.
· 책값은 뒤표지에 표시되어 있습니다.
· 잘못된 책은 구입하신 서점에서 바꿔드립니다.

❀ 그롱시는 글+홍시의 결합어로 글감이 홍시처럼 무르익은 적기에 책을 펴냅니다